GHOST IN LOVE

DU MÊME AUTEUR

chez le même éditeur

Et si c'était vrai..., 2000
Où es-tu ?, 2001
Sept jours pour une éternité..., 2003
La Prochaine Fois, 2004
Vous revoir, 2005
Mes amis, mes amours, 2006
Les Enfants de la liberté, 2007
Toutes ces choses qu'on ne s'est pas dites, 2008
Le Premier Jour, 2009
La Première Nuit, 2009
Le Voleur d'ombres, 2010
L'Étrange Voyage de Monsieur Daldry, 2011
Si c'était à refaire, 2012
Un sentiment plus fort que la peur, 2013
Une autre idée du bonheur, 2014
Elle et lui, 2015
L'Horizon à l'envers, 2016
La Dernière des Stanfield, 2017
Une fille comme elle, 2018

Marc Levy

GHOST IN LOVE

roman

Dessins de Pauline Lévêque

Robert Laffont | Versilio

ISBN 978-2-221-15787-9
Dépôt légal : mai 2019

À mon père

« J'aime que ma musique réveille les fantômes qui sont en moi. »

David Bowie

Tu avais huit ans, je préparais ton petit déjeuner pendant que tu rassemblais tes affaires dans ton cartable. Tu es entré dans la cuisine, j'ai entendu tes pas dans mon dos et je me suis retourné. Tu m'as fixé de tes grands yeux et tu m'as posé une question : « Dis, Papa, c'est quoi être un père ? »

Je suis resté silencieux, avant de te demander : « Tu veux des œufs ? » J'étais bien incapable de trouver les mots simples que tu attendais. Ma réponse se trouvait ailleurs, dans le sourire que je t'adressais, dans mes yeux aussi, dans le besoin de savoir ce qui te mettrait en appétit, pas seulement pour ton petit déjeuner, mais pour le reste de la journée et pour toutes celles à venir. C'était peut-être cela être un père, mais je ne savais pas comment te le dire. Une table de cuisine et quarante ans nous séparaient. En te regardant, j'ai pensé que j'aurais dû renoncer plus tôt à mon égoïsme de jeune homme, rencontrer ta mère plus tôt et te concevoir aussi plus tôt. Aurions-nous été plus proches si notre écart d'âge avait été moins grand ? Je n'ai probablement jamais su répondre à ta question, mais je n'ai jamais non plus cessé de me la poser. Il a fallu que je disparaisse pour que tu commences à chercher par toi-même, à fouiller le trésor de nos moments vécus, de nos conversations, à rassembler ces souvenirs endormis, comme tu rangeais tes cahiers dans ton cartable, à vouloir enfin nous connaître. Est-ce cet étrange jeu de la vie qui me fait renaître aujourd'hui, pour nous relier enfin ? Maintenant que, bien plus que mon fils, tu es devenu un homme.

*

1.

La salle Pleyel était déserte et si dehors un soleil printanier réchauffait la ville après un hiver timide, seul un rai de lumière perçait l'obscurité pour éclairer la scène, baignant le piano d'un demi-jour dans lequel flottaient des éclats de poussière.

Le *Concerto n° 2* de Rachmaninov est un morceau savant. L'un de ceux où la virtuosité ne suffit pas. Chaque fois que Thomas l'interprétait, tout ce qu'il croyait acquis était remis en cause. Le jouer revenait pour lui à chercher l'invisible, exalter les émotions qu'il avait vécues, à puiser dans sa mémoire pour raconter le chemin depuis l'enfance jusqu'à demain où, dans cette salle de concerts, un millier de spectateurs viendraient l'écouter, et quelques fines oreilles critiques le scruter. Le dernier accord plaqué, le faisceau clignota à trois reprises. Le machiniste s'impatientait.

– C'est bon, j'ai presque fini, encore une fois, et je m'en vais, cria Thomas.

– Vous le tenez parfaitement, croyez-moi, répondit une voix surgissant des coulisses.

Thomas aurait pu s'amuser que ce soit un technicien lumière qui lui donne cet avis, mais il faisait confiance à l'oreille de Marcel. Au fond, cet homme avait assisté à plus de concerts que lui, il avait éclairé des orchestres venus du monde entier, alors pourquoi lui accorder moins de crédit qu'à son chef d'orchestre qui ne s'était pas donné la peine de le guider durant son ultime répétition.

– Je dois rentrer, monsieur Thomas, et je ne peux pas vous enfermer ici, même si je suis certain que l'idée ne vous déplairait pas. Allez vous changer les idées. Vous avez sûrement mieux à faire à votre âge que de passer la nuit dans cette salle.

L'homme, à la bedaine aussi prononcée que sa bonhomie, apparut sur la scène.

– Vous le tenez parfaitement, je vous dis. Je suis certain que Rachmaninov doit jubiler en vous voyant du ciel, croyez-moi.

– J'aimerais mieux qu'il m'entende, répondit Thomas en refermant le couvercle du clavier. Et puis, qui vous dit qu'il a mérité le ciel, ce monstre qui a composé des partitions si difficiles ?

– Pour cette raison-là précisément, répondit l'éclairagiste en entraînant Thomas vers la sortie des artistes. Admettons, lui vous écoute, mais moi je vous regarde jouer depuis ma guérite, et croyez-moi, la musique s'entend jusque dans vos yeux, même quand vous les fermez. Si vous jouez comme cela demain, ce sera un triomphe.

– Vous êtes trop gentil, Marcel.

– Ne soyez pas grossier. Je t'en foutrais des gentils ! Filez maintenant, s'exclama le technicien en poussant Thomas vers la porte. Ma femme m'attend et si je tarde encore, ce n'est pas de la gentillesse qui m'accueillera à la maison. Allez retrouver votre petite amie, enfin, faites ce que vous voulez, mais arrêtez de vous laisser ronger par le trac, ça ne sert à rien. À demain, je viendrai une heure en avance si vous souhaitez encore répéter.

La solitude du pianiste se manifeste dès la sortie des artistes. Il arrivait à Thomas d'envier flûtistes, violonistes ou contrebassistes qui s'en allaient en compagnie de leur instrument. Il fourra ses mains dans les poches de son veston et remonta la rue Daru en se demandant comment occuper le temps. Il aurait pu appeler son ami de toujours, lui proposer d'aller dîner dans une brasserie, mais Serge venait de se séparer et l'idée d'affronter sa conversation épuisait déjà Thomas. Philippe aurait été une compagnie parfaite, mais il tournait un film publicitaire quelque part entre la Pologne et la Hongrie. La galerie de François n'était pas loin. Thomas pouvait s'y rendre à pied, mais il se souvint que la semaine dernière, il avait préféré répéter au lieu de se rendre au vernissage de son ami, et François était rancunier. Sophie n'avait pas répondu à ses derniers messages, elle avait probablement encore mis un terme à leur relation épistolaire et épisodique, et à nouveau renoncé à lui ouvrir son lit quand il avait besoin de chaleur. À moins qu'elle ait rencontré quelqu'un. Alors ça ne durerait pas, un soir ou l'autre, c'est elle qui l'appellerait.

En passant devant la brasserie La Lorraine, Thomas observa un couple attablé. Pour admirer la place des Ternes avec un tel émerveillement, ce ne pouvait être que des touristes ou de nouveaux amants. Il traversa la chaussée et se dirigea vers le marché aux fleurs qui ceinturait la place au centre du rond-point. Il prit une botte de freesias et de jasmin étoilé dont émanait un puissant parfum. Les fleurs blanches étaient les préférées de sa mère.

Un gros bouquet en main, il grimpa dans le 43 et s'installa à la fenêtre. Les passants se pressaient sur les trottoirs. Alors que le bus s'arrêtait à un feu rouge, une jeune femme à la grâce notable apparut sur sa bicyclette. Elle appuya sa main sur la vitre pour ne pas poser le pied à terre et adressa un sourire à Thomas. Le bus démarra, et Thomas se retourna pour la voir disparaître dans le flot de la circulation rue de Monceau.

Un souvenir lui revint. Il avait vingt ans, il accompagnait son père au vernissage d'une exposition d'un maître danois. En sortant du musée Jacquemart-André, Thomas avait posé les yeux sur une femme qui marchait vers eux, boulevard Haussmann. Elle était passée à leur hauteur et avait poursuivi son chemin. L'échange de regards n'avait pas échappé à son père qui s'était empressé d'expliquer que la rue était un terrain de rencontres inépuisable, le lieu de tous les possibles. Combien d'idiots s'évertuaient à séduire dans les bars, à aboyer des conversations inintelligibles dans le brouhaha des clubs ou des restaurants à la mode. Raymond était un séducteur dans l'âme, le parfait contraire d'un fils dont la pudeur était souvent raillée par ses amis, lorsqu'ils sortaient ensemble.

Thomas descendit à la station Haussmann-Miromesnil et se dirigea vers la rue Treilhard. Il poussa la porte cochère d'un immeuble et sonna au quatrième étage.

– Tu n'as pas tes clés ? s'étonna Jeanne en lui ouvrant la porte, en robe de chambre.

– Je te les ai rendues il y a au moins dix ans.

– Toujours un mot aimable pour ta mère. Et ces fleurs, elles sont pour moi ou tu as un dîner galant ?

– Il y a quelque chose de bon dans ton frigo ? demanda Thomas en se glissant dans le vestibule.

– Alors elles sont pour moi, rétorqua Jeanne en s'emparant du bouquet. Elles sentent fort, ajouta-t-elle en se dirigeant vers la cuisine.

– Un merci aurait suffi, enchaîna Thomas.

– N'attends pas les remerciements d'une femme quand tu lui offres des fleurs, mais observe le soin qu'elle met à les arranger dans un vase. Ton père ne t'avait pas appris cela ?

Thomas ouvrit la porte du réfrigérateur et se retourna vers sa mère.

– Je peux prendre l'assiette de jambon ?

– Ta conversation est d'un romantisme, mon chéri, heureusement que tu dînes seul ce soir ! Je dis bien seul, car je sors et je ne compte pas changer mes plans. Mais tu es le bienvenu, reste autant que tu veux, tu peux même dormir ici si tu le souhaites.

Thomas posa l'assiette sur la table et prit sa mère dans ses bras.

– Quelque chose ne va pas ? questionna-t-il d'une voix tendre.

– Tu m'étouffes, et tu me chatouilles, répondit-elle joyeuse en se libérant de son étreinte. Et toi, qu'est-ce qui ne va pas ?

Jeanne se hissa sur la pointe des pieds et attrapa un vase sur une étagère.

– C'est ton concert qui te tracasse ? Nous ferons comme d'habitude, pour ne pas rajouter à ton trac, je prétendrai que je ne viens pas. Et en bonne mère d'un fils ingrat qui ne m'aura pas réservé de place au premier rang, je serai invisible au fond de la salle.

Thomas, d'un air las et complice à la fois, sortit deux billets de sa poche.

– Un pour toi et un pour Colette, mais tu la prieras de ne pas applaudir à la fin de chaque mouvement, c'est gênant.

– Je ferai de mon mieux, promit Jeanne.

Elle lui arracha les places et les glissa sous sa robe de chambre.

– Tu ne m'as toujours pas dit ce qui me vaut une telle profusion de fleurs, ce bouquet est magnifique, dit-elle en finissant de l'arranger. Un peu trop parfumé pour que je le mette dans ma chambre, tu ne m'en voudras pas.

– Cela fait cinq ans aujourd'hui que Papa nous a quittés. Je ne savais pas si tu t'en souviendrais, mais je préférais être près de toi…

– Mon chéri, s'il t'a quitté il y a cinq ans, moi, il m'avait larguée depuis bien plus longtemps, alors tu sais, les anniversaires, très peu pour moi.

– Tu devrais aller te changer, suggéra Thomas. Je ne sais pas quels sont tes « plans », mais l'heure tourne.

– Si ma conversation t'ennuie, tu n'as qu'à dîner dans la cuisine, conclut Jeanne avant de se retirer.

Thomas la regarda s'éloigner dans le couloir de l'appartement haussmannien où il avait grandi. Il attaqua son assiette de jambon et profita d'être seul pour consulter ses messages. Philippe lui donnait des nouvelles du tournage, il se plaignait de la neige et de la difficulté à diriger une équipe qui ne parlait pas un mot de français et à peine plus d'anglais, mais Varsovie était une ville magnifique, et les Polonaises l'étaient encore plus. Thomas ne le démentirait pas, il y avait été invité à jouer l'an dernier par l'orchestre philharmonique et gardait un merveilleux souvenir de son concert, moins de l'hôtel où il avait séjourné. Il aimait partir en tournée, c'était un privilège de parcourir le monde, de côtoyer des musiciens d'horizons divers. Mais la carrière de soliste n'était pas sans conséquences sur sa vie sentimentale. Il avait entretenu une relation passionnée avec Anna, une violoniste sicilienne, rencontrée lors d'une tournée en Italie deux ans plus tôt. En six mois, ils avaient réussi à passer un week-end à Berlin en décembre grâce à Chostakovitch, un jeudi soir de mars à Milan où Bach les avait réunis, un vendredi de mai à Stockholm dans la fougue de Brahms, dont le *Concerto n° 1* en *ré* mineur, après les avoir accompagnés dans leur nuit, fut consacré comme *leur* musique. Faire l'amour sur un concerto de Brahms lorsque l'on est pianiste ou violoniste est source de prodiges insoupçonnés. Juin les éloigna, juillet plus encore, Grieg eut toutes les peines du monde à réveiller leur flamme en septembre, même si c'était à Vienne. Leur histoire s'éteignit à Madrid au début de l'hiver. Depuis, Thomas n'avait plus jamais joué le premier concerto de Brahms sans que le chef d'orchestre le prie de refréner son interprétation de l'adagio.

– Tu restes ? demanda sa mère au seuil de la porte.

Thomas se leva et posa son assiette dans l'évier.

– Laisse, je m'en occuperai, j'aime faire la vaisselle après ton départ, cela me donne l'impression que tu vis encore un peu ici.

– Je vais rentrer chez moi, répondit-il. Il faut que je dorme, je dois être en forme demain.

– Je me trompe ou tu nous as assises au huitième rang ?

– Ce sont les meilleures places.

– Celles où tu es sûr de ne pas me voir, n'est-ce pas ?

– Tu sais très bien pourquoi.

– Une fois, une seule fois dans toute ta vie, tu as cru lire dans mon regard que je n'appréciais pas ta façon de jouer, tu avais seize ans et tu étudiais encore au conservatoire. Tu ne crois pas qu'il y a prescription ?

– Je n'ai pas cru lire, j'ai vu, et à cause de toi, j'ai foiré mon concours.

– Peut-être que mes yeux ne mentaient pas et que tu l'avais raté depuis les premières notes, ton concours. Tu t'es bien rattrapé depuis, que je sache.

– Tu sais ce qu'on dit, un adulte, c'est un enfant qui a des dettes.

– Alors tu seras mon débiteur à jamais, mon chéri. En attendant, reste ici autant que tu voudras.

– Tu aurais un paquet de cigarettes quelque part ?

– Je croyais que tu ne fumais plus ?

– C'est pour cela que je n'ai pas de cigarettes.

– Tu en trouveras dans l'ancien bureau de ton père. Colette profite de nos dîners du samedi pour cloper en cachette, à son âge c'est pathétique. Enfin, elle « oublie » son paquet dans le tiroir de droite il me semble, parfois dans celui de gauche, pour donner plus de piquant à sa prochaine visite. Tu ne me dis rien sur ma tenue, tu trouves que je suis encore désirable ?

Thomas observa la jupe fourreau noire et le haut blanc que portait sa mère. Le temps semblait ne pas avoir d'emprise sur sa silhouette, ni sur son élégance et encore moins sur son goût de la provocation.

– Tout dépend de l'âge de ton cavalier, répondit-il, nonchalant.

– Quelle peau de vache ! s'exclama-t-elle, faussement outrée. Je te revaudrai ça quand tu auras besoin de mes conseils. Bon, je file, je vais être en retard. Ne t'amuse pas trop quand même.

Elle disparut en fredonnant, ce qui, et elle le savait très bien, avait le don d'exaspérer son fils. Thomas se rendit dans le bureau et fouilla les deux tiroirs. Il trouva le paquet qu'il cherchait sous un bloc-notes et s'étonna en l'ouvrant d'y découvrir, non pas des cigarettes blondes, mais six joints roulés de main de maître.

Thomas n'avait fumé de l'herbe qu'une seule fois. À l'aube de l'adolescence, son père l'avait terrorisé en lui parlant des effets dévastateurs de la drogue sur de jeunes cerveaux. Photos et rapports à l'appui, il lui avait apporté la preuve irréfutable que la consommation de substances illicites pouvait à jamais endommager son système nerveux et ruiner ses espoirs d'être concertiste. Avoir un père chirurgien n'était pas non plus sans conséquence. La transgression faisait partie de l'apprentissage de la vie et il avait pris le risque. Une fois. L'expérience s'était produite au cours d'un week-end en Normandie, Thomas avait attendu le second soir pour braver l'interdit, après avoir vérifié que ceux qui avaient fumé la veille ne présentaient pas de déficits neuromoteurs. Pour s'en assurer, il avait fait passer des épreuves à Serge et François, les entraînant dans une série de jeux d'adresse, dont une course pieds attachés, une partie de bilboquet et un concours de fléchettes. Pour son baptême du feu, ses amis s'étaient amusés de leur côté à forcer un peu la dose. Thomas, le sourire béat, avait admiré une bonne partie de la nuit un nid de vaches… entre deux poutres du manoir où il logeait.

Mais ce soir, Thomas avait une irrépressible envie de fumer, et puisque le joint qu'il tenait entre les mains appartenait à Colette, la meilleure amie de sa mère qui avait fêté ses soixante-dix ans, il estima qu'il ne pouvait être bien dangereux. De toute façon, il s'octroierait une taffe, deux au plus.

Lorsqu'il avança la flamme du briquet, l'extrémité du cône en papier grésilla. La première bouffée emplit ses poumons, et comme il n'avait jamais vraiment cessé de fumer, il l'expira avec plaisir. La deuxième bouffée lui apporta le calme dont il avait besoin, la troisième serait la dernière, il s'en fit la promesse, mais une quatrième lui succéda. Thomas sentit sa tête tourner et il écrasa le mégot dans le cendrier. Il se leva, chancelant, pour ouvrir la fenêtre.

La main sur la poignée de la porte vitrée, il entendit une voix dans son dos lui conseiller de ne pas se pencher au balcon dans son état, une voix qui lui glaça le sang, puisqu'il reconnut sur-le-champ le timbre de son père.

*

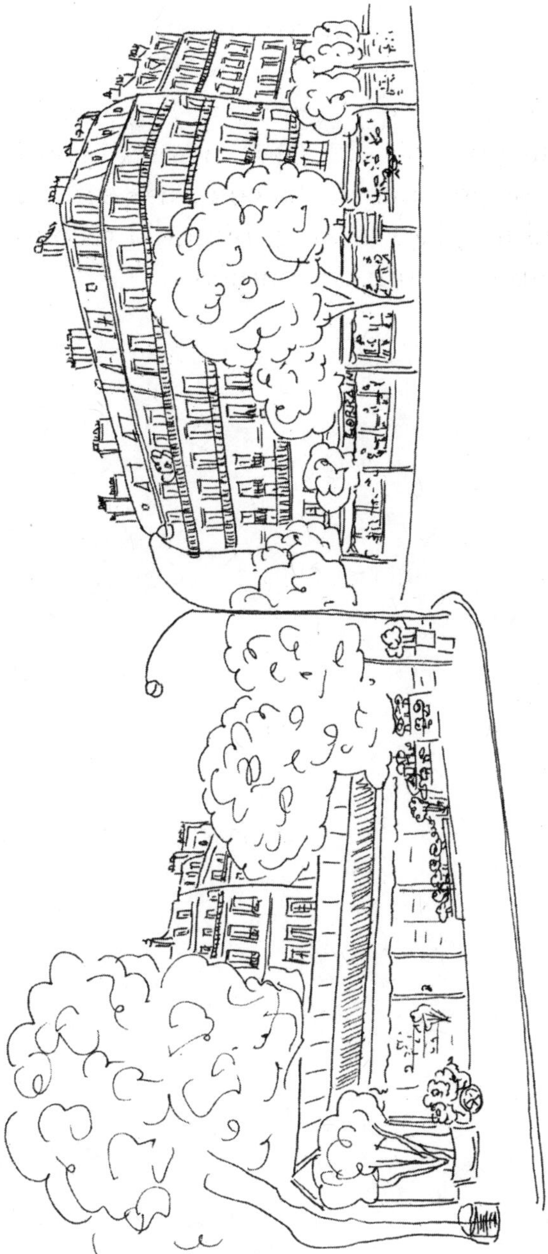

2.

Bien plus qu'un simple éblouissement, c'était une sensation de vertige terrifiante pour un homme qui ne supportait pas de perdre le contrôle de soi, un homme dont la précision des gestes décidait chaque jour de sa carrière, comme un pianiste, ou pire encore un chirurgien... ou encore pire son père, qu'il venait d'entendre surgi d'outre-tombe.

Thomas se plaqua à la vitre, s'accrochant des yeux au balcon de l'appartement d'en face, dans l'espoir de faire cesser le vacillement qui l'avait saisi.

– Tu peux lâcher cette poignée, personne n'a jamais chuté d'une fenêtre fermée, plaisanta la voix.

– Tu m'avais prévenu, haleta Thomas... qu'est-ce que j'ai fait ? Qu'est-ce qu'il y avait dans ces cigarettes, j'ai bousillé mes neurones !

– Calme-toi, Thomas, s'il te plaît, gronda la voix. Tu as fumé un joint, tu n'es ni le premier ni le dernier. J'admets avoir peut-être un peu exagéré mes mises en garde. Mais à l'époque, tu étais adolescent, je redoutais que tu testes une drogue dure. Et le fait que tu m'entendes ce soir n'a rien à voir avec cela.

– Rien à voir ? reprit Thomas, le visage scotché au carreau. J'entends parler le spectre de mon père ! Mon Dieu que ça tourne, je vais y passer.

– Laisse Dieu tranquille. Et merci pour le spectre, c'est fort aimable. Tu as une crise d'angoisse, ce qui vu les circonstances est excusable. Tu te rappelles la petite astuce que je t'avais apprise pour évacuer le stress avant d'entrer en scène ? Mets tes mains devant ta bouche, expire et inspire à fond, le CO_2 fera son effet, tu te sentiras mieux très vite. Si je pouvais te soutenir, je le ferais volontiers, mais je n'ai pas ce pouvoir. C'est déjà un exploit d'arriver à te parler.

Thomas sentit ses jambes le lâcher ; son corps glissa le long de la fenêtre. Assis sur le parquet, il se recroquevilla avant d'enfouir sa tête entre ses genoux.

– Enfin, Thomas, cesse de te comporter comme un enfant, c'était juste un pétard.

– La première fois, j'ai vu voler des vaches, maintenant, j'entends le fantôme de mon père, pourquoi est-ce que je ne peux pas vivre comme tout le monde, m'offrir un gueuleton sans me retrouver gonflé comme un cachalot, prendre une cuite sans avoir l'impression que je vais mourir ?...

– Ce que tu dis est grotesque, chacun de nous pâtit de ses excès, il y a ceux qui l'avouent et ceux qui friment, c'est tout.

– Je vous en supplie, faites taire cette voix ! cria Thomas en se couvrant les oreilles.

– Je disais cela pour te rassurer, ce n'est pas la peine d'être désagréable.

Mais Thomas ne trouvait rien de rassurant à entendre parler un mort comme s'il se trouvait dans la même pièce que lui.

– Si tu voulais bien relever la tête, tu constaterais par toi-même que tes sens ne te trompent pas, reprit la voix.

Thomas inspira profondément avant de se redresser. Dans la pénombre d'un recoin, il distingua la silhouette familière de son père qui le fixait d'un regard bienveillant, assis dans le grand fauteuil en cuir noir où il avait coutume de lire. Sa présence suffit pour que le seul mot qui lui vînt à l'esprit reste coincé dans sa gorge : Papa ?

La date anniversaire de sa mort, le stress du concert, un état de fatigue qu'il ne pouvait nier, un joint qu'il n'aurait pas dû fumer, peut-être était-ce assez pour donner un sens à ce qui n'en avait pas.

– Une nuit de sommeil et demain tout redeviendra normal, chuchota-t-il.

– Tu me définiras un jour ce que tu entends par « normal ». Par exemple le fait qu'un garçon de ton âge, plutôt bel homme, pour ne pas dire le portrait de son père, virtuose de son état, passe la soirée seul à la veille d'un concert et de surcroît, dans l'appartement de sa mère ? Si c'est cela ta normalité, tu peux te la garder. Approche-toi, que je te regarde de plus près.

Mais Thomas resta pétrifié par cette vision qui le bouleversait autant qu'elle l'effarait.

– Comme tu voudras, je vais tenter de venir jusqu'à toi, mais mes déplacements sont encore un peu erratiques. Il paraît que cela va s'arranger, ce serait une question d'heures. Bien que la notion du temps ne soit plus tout à fait la même pour moi.

Thomas écarquilla les yeux en voyant la silhouette de son père filer du fauteuil vers le manteau de la cheminée, puis glisser vers le mur d'en face, avant de se poser sur le coin du bureau.

– Je me débrouille plutôt pas mal ! s'exclama son père, ravi. Je comprends que cela te semble incongru, mais tu n'es pas victime d'une hallucination, je suis vraiment là. Crois-moi.

– J'ai l'impression d'entendre Marcel.

– Qui est ce Marcel ? demanda Raymond.

– Le chef éclairagiste de la salle Pleyel. Quand il commente ma façon de jouer, il ponctue toutes ses phrases d'un « Croyez-moi, monsieur Thomas ».

– Et tu le crois, ce chef éclairagiste ?

– Oui, c'est un grand mélomane.

– Et à ton père, tu accorderais un peu de crédit ?

– Marcel est vivant, un détail pour toi, mais qui a tout de même son importance !

Et Thomas sentit son cœur accélérer.

– Mais qu'est-ce que je fais à te répondre, reprit-il, qu'est-ce que c'est que ce trip !

– Remarque, je me doutais que cela demanderait un peu de patience et je m'y étais préparé, même si le temps presse. Bon, revenons à ton enfance. Quand je m'asseyais le soir au pied de ton lit et que je te racontais des histoires pour t'endormir, des histoires où se mêlaient fées et démons, des créatures aux pouvoirs merveilleux, vivant sur des terres lointaines, tu m'entendais dans le noir ? Tu acceptais de croire à mes mondes imaginaires ?

Thomas hocha la tête en signe d'acquiescement.

– Alors qu'est-ce qu'il t'est arrivé depuis ?

– Tu vas rester dans cette pièce, je vais me lever, j'irai dans la salle de bains me passer de l'eau sur la figure et quand je reviendrai tu auras disparu, nous sommes d'accord ?

– Ce que tu peux être têtu ! Tu n'es pas content de me revoir ?

Thomas ne répondit pas. Il rassembla ses forces pour se relever et fit ce qu'il avait annoncé, veillant à refermer doucement la porte du bureau derrière lui. Après s'être rafraîchi, il s'allongea sur le canapé du salon. La tête lui tournait encore, il ferma les yeux et s'assoupit.

*

Un bruit de clé le réveilla. Thomas se redressa et vit sa mère qui l'observait, l'air attendri.

– Tu sais que tu as toujours ta chambre ici ?

– Je n'avais pas l'intention de rester, répondit-il en s'étirant.

Sa torpeur dissipée, il tourna brusquement la tête et scruta la pièce comme un animal à l'affût.

– Qu'est-ce qui t'arrive ? s'inquiéta Jeanne.

– Rien, répondit-il en se frottant le crâne. Tu es au courant que ce ne sont pas vraiment des cigarettes que ta meilleure amie planque chez toi ? Tu m'étonnes qu'elle fume en cachette !

Jeanne releva la tête pour sniffer l'air.

– Ah ! dit-elle d'une voix repentante. Il est possible que tu te sois trompé de tiroir, celles de Colette sont à droite.

– Et celles de gauche ?

– Ne me regarde pas avec cet air réprobateur, à mon âge je suis libre de faire ce que je veux !

– Rassure-moi, c'est pour soulager des douleurs ?

– Tout de suite les grands mots ! Mais comment ai-je pu enfanter un fils aussi sérieux ? Qu'est-ce que j'ai pu rater dans ton éducation ?

– Les parents normaux se plaignent plutôt du contraire, non ?

– Avoue qu'ils sont bien chiants, tes parents normaux. Avant d'être ta mère, j'ai été une fille de la génération 68. On roulait sans ceinture, cheveux au vent, on buvait, on clopait, on riait de tout, surtout de nous-mêmes, sans craindre d'offenser quiconque, on défilait pour accroître nos libertés et non pour les restreindre et nous savions ce qu'était la vie privée. Certains mouraient beaucoup plus jeunes, mais entre-temps, qu'est-ce que nous vivions !

– Qu'est-ce que tu roules dans tes joints, exactement ? demanda Thomas, d'une manière délibérément détachée.

– Que veux-tu que je roule ? De l'herbe, mais de la très bonne. C'est comme avec le vin, ne s'enivrer que d'excellents crus, sinon, c'est d'une banalité déplorable. Je reconnais qu'ils sont un peu serrés pour quelqu'un qui n'a pas l'habitude, tu auras peut-être la tête un peu lourde en te réveillant, je te rassure, rien qui compromette ton concert… Ce n'est pas mon petit pétard qui t'a mis dans cet état, qu'est-ce qui ne va pas ?

Thomas fit part à sa mère de la singulière hallucination qu'il avait eue dans la pièce voisine. Elle l'écouta, songeuse, admettant qu'elle avait peut-être forcé la dose en faisant son mélange.

– Et qu'est-ce qu'il t'a dit ? questionna-t-elle, aussi curieuse en s'asseyant que si Thomas lui avait rapporté une rencontre avec ses voisins de palier.

– Que je n'allais pas passer par la fenêtre.

– Quelle étrange idée… et quoi d'autre ?

– Rien de spécial, sinon qu'il avait été un peu trop protecteur dans mon enfance…

– Un peu ? Ton père te sur-couvait, et te surcouvrait d'ailleurs. Combien de fois t'ai-je vu en nage sur le chemin de l'école. Que veux-tu, il était médecin et il voyait des épidémies partout. Et il ne t'a pas du tout parlé de moi ?

– Maman, c'était une hallucination, pas une conversation de salon.

– On ne sait jamais. Il m'est arrivé aussi de le voir dans mon sommeil, peu de temps après...

– Et il te parlait, tu le voyais vraiment ? interrompit Thomas dans un regain d'énergie.

– Oui, je le voyais, je viens de te le dire, et oui, il me parlait.

– Et à toi, qu'est-ce qu'il te disait ?

– Qu'il était désolé, mais ses excuses ne comptaient pas. Les soirs de ses apparitions, j'étais un peu pompette, pour tout t'avouer. Ton père avait l'air d'être en forme ?

– Égal à lui-même... mais répondre à ta question me semble totalement absurde.

– Cela t'a fait du bien de le voir ?

– Pas exactement, non.

– Dommage. Ce n'est pas donné à tout le monde.

– Je m'en serais bien passé, si tu veux tout savoir, enfin... je n'en sais rien. Si je n'avais pas été drogué, j'aurais peut-être pu profiter de ce moment.

– J'ai une idée géniale ! Reviens me voir après ton concert, nous retenterons l'expérience ; j'aurai deux trois choses à te confier à son intention, tu seras mon messager, dit-elle avec un clin d'œil complice.

Thomas poussa un long soupir.

– Ma mère m'invite à fumer avec elle pour que je passe ses messages au fantôme de mon père. Tu te demandais ce que tu avais pu rater dans mon éducation ?

– Tu aurais préféré que je te propose une partie de bridge, ou un atelier de macramé ? Va te coucher, tu as un concert demain, nous reparlerons de tout cela un autre soir. Nous aurons le droit de venir te féliciter dans ta loge après le spectacle ou cela aussi ça te gênera ?

Thomas embrassa sa mère sur le front et se retira.

Il se sentait encore bizarre en sortant de l'immeuble, et préféra rentrer en taxi. Il marcha jusqu'à la station et hésita en chemin à appeler Sophie. Il avait plus que jamais besoin de sa présence, besoin de parler à quelqu'un qui trouverait tout aussi anormal ce qu'il venait de vivre, quelqu'un qui lui offrirait un peu de compassion. Il renonça, de peur de passer pour un fou.

*

Thomas habitait un deux-pièces sous les toits. Cinq étages à pied l'avaient remis d'aplomb. Il avait retrouvé son équilibre, son corps semblait avoir évacué la drogue, ce qui le rassura.

Avant d'aller se coucher, il fit un tour d'horizon, s'approcha de la fenêtre enchâssée dans la toiture de l'immeuble, et lança un regard vers le ciel, un sourire aux lèvres.

– Si tu savais ce que j'ai vécu ce soir, tu serais le premier à rire. Tu m'as fichu une sacrée peur, mais c'était doux de te voir Papa, même dans un rêve étrange.

Le fantôme de Raymond attendit que Thomas se soit endormi pour venir se poser au pied de son lit. Lui aussi souriait en contemplant son fils.

*

3.

Le brouhaha de la salle grondait jusqu'aux coulisses. Comme la houle levée par le vent, le trac grandissait chez ceux qui l'écoutaient. L'orchestre se tenait en file indienne dans le corridor qui menait à la scène. Les lumières faiblirent et les musiciens avancèrent pour aller prendre place. Ils accordaient leurs instruments dans une cacophonie joyeuse qui fit taire le public. Puis ce fut au tour du pianiste d'entrer. Colette lança un bravo qui excita les applaudissements du public. Le chef d'orchestre s'installa à son pupitre et se retourna pour saluer Thomas, qui se leva de son tabouret afin de lui rendre la pareille. Marcel était aux commandes et le Steinway brillait dans une lumière presque céleste.

La baguette s'éleva, Thomas emplit ses poumons d'air, souleva les avant-bras et posa, en huit mesures, la lente série d'accords mimant des cloches graves, puis ses doigts se délièrent sur les touches d'ivoire, libérant un torrent de croches. Les violons le rejoignirent peu après dans un souffle faisant songer aux vents d'hiver balayant les steppes. Thomas ferma les yeux, il se trouvait déjà ailleurs, en Russie, un autre monde, une autre époque, où rien n'existait plus qu'une furia romantique. Alors que ses mains s'élevaient vers les aigus, Colette bondit de son fauteuil, pour suivre les doigts agiles qui faisaient chavirer son cœur de marraine ; Jeanne la rattrapa de justesse et la força à se rasseoir.

Jamais Thomas ne se sentait transporté comme lorsqu'il jouait sur une scène. Les violons conversaient avec lui. Les hautbois n'allaient pas tarder à les rejoindre. Rachmaninov avait écrit le *Concerto nº 2* alors qu'il suivait un traitement sous hypnose, la partition raconte une renaissance. Au tout début du premier mouvement, le compositeur émerge de sa torpeur, puis en une évocation magnifique, témoigne des moments douloureux qu'il vient de traverser. Thomas et Rachmaninov ne faisaient plus qu'un, comme si son fantôme avait pris place à ses côtés pour jouer, les doigts posés sur les siens… comme si…

Thomas jeta un regard furtif vers la salle et vit son père assis au premier rang, lévitant sur les genoux d'une jeune femme qui ne semblait nullement consciente de sa présence.

Le chef d'orchestre s'étonna que son pianiste ait sauté quelques notes. Heureusement, en virtuose, il s'était rattrapé. L'orchestre portait la mélodie et le piano lui répondait d'un chant gracile. Thomas profita du silence à la fin du premier mouvement pour s'éponger le front. L'adagio commença, lentement, cette fois dans une confidence entre flûtes et hautbois que Thomas avait charge d'épier. Nouveau regard furtif, son père avait croisé les jambes et souriait fièrement. Le chef d'orchestre se retourna, intrigué par cet autre accroc lors d'une montée dominée par l'orchestre. Thomas se ressaisit dans une attaque magistrale et un piqué sublime.

– Quelque chose débloque, murmura Colette.

– C'est toi qui débloques, tais-toi, chuchota Jeanne.

– Il transpire comme un bœuf alors qu'il fait un froid glacial dans cette salle.

– Il est sous les projecteurs, souffla Jeanne. Vas-tu te taire !

– Regarde, il jette de drôles de regards à une fille assise au premier rang. Enfin je ne suis pas folle tout de même, tu vois bien qu'il n'est pas dans son état normal.

– C'est toi qui n'es pas dans ton état normal. Il va très bien et il joue comme un dieu !

– Puisque tu le dis, je me tais !

– Voilà, écoute et ferme-la.

Leurs voisins s'impatientaient de leur bavardage. Jeanne leur adressa un sourire contrit et rassurant, signifiant d'un petit geste que son amie n'avait plus toute sa tête.

– Fais-moi passer pour une cinglée pendant que tu y es, grommela Colette.

Quand le troisième mouvement commença, Thomas abandonna les steppes russes. L'allegro débutait par un long mouvement de l'orchestre durant lequel le pianiste eut toutes les peines du monde à se concentrer, à ne pas jeter de regards vers le fauteuil où Raymond croisait et décroisait les jambes. Cette manie avait toujours eu pour effet d'agacer Thomas au plus haut point, le fantôme de son père n'allait tout de même pas prétendre être mal assis.

Un long solo l'attendait, et s'il commettait la moindre erreur, aucun instrument ne viendrait le tirer d'affaire. Le regard noir que lui adressait le chef d'orchestre en disait déjà long sur ce qui l'attendait à la fin du concert. Il fallait tenir jusqu'à l'arrivée des secours, en l'occurrence, les flûtes et les hautbois, tenir bon jusqu'à la dernière mesure, en dépit des fourmillements qu'il sentait dans ses doigts, de la sueur qui perlait sur son front et d'un cœur chaviré par ces apparitions. Ne plus tourner la tête, oublier la salle, ne songer qu'à sa mère et à sa marraine qui lui rendraient visite dans sa loge. C'était encore une petite crise de panique, son père le lui avait expliqué la veille… mais non, cette pensée était absurde. Son père n'avait rien pu lui expliquer puisqu'il n'était plus de ce monde depuis cinq ans.

Thomas plaqua les quatre accords finaux, le mouvement s'acheva de façon triomphante, comblant le public. Colette se leva d'un bond en criant des bravos, rejointe par la salle tout entière qui acclama les musiciens dans un tonnerre d'applaudissements. Le chef d'orchestre tendit le bras vers le pianiste, lui attribuant le mérite de cette prestation, mais leurs regards se croisèrent et Thomas ne fut pas dupe, il était furibond.

Il avança au-devant de la scène et s'inclina à trois reprises. Les acclamations fusaient, puis ce fut au tour des musiciens de se lever et de recevoir les remerciements d'un public conquis. Le rideau tomba et les lumières se rallumèrent.

Le chef d'orchestre rangea sa baguette et se dirigea vers les coulisses.

– Je suis désolé, s'excusa Thomas, j'ai eu un léger malaise.

– Je l'avais remarqué, rien de grave ?

– Rien qui compromette la représentation de demain, je vous le promets.

– Je l'espère, répondit-il, hautain, en partant vers sa loge.

Thomas gagna la sienne. Il ôta sa queue-de-pie et son pantalon noir pour passer un jean et un tee-shirt, avant de s'asseoir songeur sur la chaise qui faisait face au miroir, se demandant s'il devait ou non aller consulter. On frappa à la porte qui s'ouvrit avant qu'il n'ait proposé d'entrer. Il s'attendait à voir sa mère et sa marraine, mais ce soir, il n'était pas au bout de ses surprises, et se trouva nez à nez avec Sophie.

– Ce n'était pas Brahms, mais tu t'en es bien tiré, dit-elle en souriant.

Elle était rayonnante dans sa longue robe noire. Elle avait noué ses cheveux, comme lorsqu'elle jouait, rappelant à Thomas le temps où il leur arrivait de se retrouver sur scène.

– Je ne savais pas que tu étais à Paris, répondit-il en se levant.

– Les hasards de la vie. Je repars demain, j'ai hésité à venir t'embrasser, je pensais t'écrire de retour à Rome, mais tu avais l'air si seul en saluant.

– Tu es venue, cela compte déjà beaucoup.

– J'ai vu ton nom sur l'affiche en passant ce matin devant la salle. Non, c'est un mensonge idiot, reprit-elle, il m'arrive encore de suivre tes tournées à distance, ne me demande pas pourquoi, je ne le sais pas moi-même.

– Tu veux que nous allions dîner quelque part ? lui proposa Thomas.

– J'ai rencontré quelqu'un, Thomas, quelqu'un avec qui je me sens bien, j'ai pensé que c'était l'occasion de te le dire.

– Tu n'as aucun compte à me rendre.

– Je sais, mais c'est mieux ainsi. Tu ne m'en veux pas ?

– D'être heureuse ? Pourquoi t'en voudrais-je ?

– Parce que je l'ai aussi été avec toi. Tu as été celui qui m'emmenait sans m'emporter, qui me tenait sans me prendre, qui m'aimait sans me vouloir, cela te rappelle quelque chose ? Qu'importe, c'est la vie, je ne regrette rien.

– *César et Rosalie.* Nous regardions le film en boucle lorsque nous jouions à Stockholm, il était doublé en suédois et je te récitais les dialogues.

– Sans deviner le mal que tu me faisais.

– Il est musicien ?

– Non, c'est peut-être pour cela que notre histoire a une chance, il vit à Rome, restaurateur, ce n'est pas très musical, je te le concède, mais nous sommes comme des marins toi et moi et il nous faut un port d'attache si nous ne voulons pas sombrer, n'est-ce pas ?

– Je n'en sais rien, tu as peut-être raison.

Elle s'approcha de lui, le serra contre elle et lui caressa la joue.

– Toi aussi tu mérites d'être heureux, mon Thomas. Lorsque tu la rencontreras, ne la laisse pas partir comme tu l'as fait avec moi. Trouve le courage de vouloir l'aimer.

Elle l'embrassa sur le front et se retourna sur le pas de la porte.

– Je me trompe ou tu as sauté quelques mesures au cours de l'adagio ?

Et sur ces mots, elle disparut.

Thomas attendit quelques instants et se rassit sur sa chaise, songeur, devant le miroir.

– Une démonstration magistrale du génie féminin ! s'exclama son père en apparaissant dans le miroir. Elle a dû sacrément la préméditer sa vengeance, mais je dois reconnaître qu'elle était exemplaire. Quelle cruauté ! Et cette façon de te caresser la joue avec un petit air maternel, quelle vipère, quel talent ! ajouta-t-il en mimant un applaudissement. C'est un échec et mat mon vieux, elle t'a rendu la monnaie de ta pièce.

– Mais tu vas me laisser en paix, à la fin ? grogna Thomas.

– Après ce que je viens de voir ? Hors de question. Je ne me serais jamais douté avoir raté à ce point ton éducation sentimentale. J'espère que tu retiendras la leçon qu'elle vient de t'infliger. Deux minutes à peine et quelques phrases pour te faire savoir que tu n'étais plus qu'un souvenir. Une montée au filet pour te laisser espérer une complicité toujours présente et hop un smash en te balançant que tu étais passé à côté du bonheur, bonheur qu'elle incarnait bien entendu. Tu n'avais aucune chance de renvoyer la balle. Magnifique, je dois dire. Et non contente de t'avoir mis à terre, elle a piétiné ton cadavre en te faisant remarquer tes fausses notes. La peau de vache !

– Tu as fini ?

– J'ai dit ce que j'avais à dire, c'est tout.

– Mes fausses notes, c'est à toi que je les dois.

– Dis donc, tu ne manques pas d'air, ce n'est pas moi qui étais sur scène, que je sache.

– Mais assis au premier rang sur les genoux d'une bimbo, comme par hasard, vraiment rien qui puisse me distraire.

– Je n'ai pas beaucoup de temps devant moi, alors ne viens pas me reprocher d'être venu écouter mon fils.

– Tu avais mieux à faire ?

– J'aurais pu passer la soirée au Lido, et profiter de mon état pour errer tranquillement en coulisse.

– Tu ne peux pas être là, dans ce miroir, tu ne peux pas me parler, tu ne peux pas exister puisque tu n'existes plus !

– Alors de deux choses l'une : ou tu t'obstines à nier ce qui nous arrive, et nous perdrons de précieux moments en conjectures, ou tu admets que certaines choses se produisent sans qu'on leur trouve pour autant d'explication rationnelle. Quand j'étais gosse, ce qui hélas remonte au milieu du siècle dernier, on disait qu'il était impossible de greffer un cœur, et pourtant, on l'a fait ; et au siècle d'avant on disait aussi qu'il était impossible de voler et pourtant San Francisco n'est qu'à onze heures d'avion. Tu veux d'autres exemples ?

– Mais les fantômes n'existent pas !

– Alors dans ce cas, les Tibétains, les Chinois, les Japonais, les Écossais, toutes les civilisations qui, à travers les siècles, leur ont voué un culte ne forment qu'une bande d'abrutis, mais toi tu détiens la vérité, belle humilité.

On frappa encore à la porte et Thomas demanda sur un ton agacé qui était là.

– C'est ta mère et Colette, chuchota Raymond, qui veux-tu que ce soit ? Pas un mot sur nous bien entendu, je disparais et je reviendrai dès qu'elles seront parties.

Thomas se leva pour aller ouvrir. Colette entra la première, Jeanne se faufila derrière elle.

– Tu étais formidable ! s'exclama sa marraine. Un baiser, et nous te laissons te reposer, à moins que tu veuilles aller prendre un verre avec deux vieilles mémés. Ta mère explique à qui veut l'entendre que je suis gaga.

– Tu l'épuises, Colette, soupira Jeanne.

– Tiens, je n'avais pas eu droit à un reproche depuis au moins dix minutes.

Thomas embrassa sa mère.

– La salle était aux anges, lui dit-elle.

– Laisse donc les anges en paix, suggéra Thomas, j'ai très mal joué. J'ai eu de la chance que l'orchestre me soutienne.

– Ah, qu'est-ce que je disais ! s'écria Colette, triomphante. J'avais remarqué que tu n'étais pas dans ton assiette, mais je t'assure que le public n'y a vu que du feu. Ta propre mère ne s'est rendu compte de rien. Qui fusillais-tu du regard au premier rang ?

– Quelqu'un qui a disparu de ma vie depuis longtemps, répondit Thomas en fixant son reflet dans le miroir.

Jeanne et Colette échangèrent un air intrigué. Jeanne prit son amie par le bras et la poussa vers la sortie.

– Fichons-lui la paix, il est fatigué, c'est mon fils, je le connais mieux que toi.

Elle salua Thomas et fit sortir Colette, soufflant un baiser dans le creux de sa main en s'en allant.

Thomas entendit sa marraine rouspéter dans le couloir et le silence revint.

Le miroir ne reflétait que ses traits. Sa mère n'avait pas tort, il avait une mine de papier mâché. Il suspendit son habit de scène, attrapa sa sacoche en cuir et éteignit la lumière de sa loge avant de partir.

Il croisa Marcel dans les coulisses qui le salua d'un simple bonsoir. Thomas emprunta la sortie des artistes et découvrit son père, assis sur le capot d'une voiture, jambes croisées.

– Je t'aurais volontiers invité à dîner, mais… enfin, je peux au moins te tenir compagnie si tu as envie d'aller grignoter quelque chose.

– J'ai surtout envie d'être seul.

– C'est fou quand même, répondit son père en lui passant un bras sur les épaules.

– Je ne te le fais pas dire.

– Qu'est-ce que vous ne me faites pas dire ? questionna un homme qui passait à la hauteur de Thomas.

– Rien, je ne m'adressais pas à vous.

– Vous m'avez tutoyé, ce n'est pas rien.

– Eh bien si, ce n'était rien, s'agaça Thomas.

– Pardonnez-moi d'insister, mais vous me demandez ce que vous ne me faites pas dire, or je viens de vous dire quelque chose.

Thomas regarda l'homme fixement.

– C'est peut-être un gaz, une sorte de pollution atmosphérique qui rend tout le monde fou, répondit-il.

– Soyez poli, jeune homme, de nous deux, ce serait plutôt vous le fou. Vous parliez tout seul.

Thomas haussa les épaules et poursuivit son chemin. Il tourna la tête et vit son père qui ne masquait pas son plaisir.

– Parce que tu trouves ça drôle ?

– Reconnais que c'était assez amusant, on aurait cru entendre un sketch de Raymond Devos.

– Qui ?

– Passons, tu es trop jeune.

– Pourquoi es-tu là, pourquoi est-ce que je te vois et t'entends ?

– Je suppose qu'un « parce que » ne te contentera pas. Alors je préférerais attendre que nous soyons chez toi, et que tu sois assis, pour m'entendre vraiment ; il faut que nous parlions.

– Et ensuite tu me laisseras tranquille ?

– C'est si insupportable de me revoir ?

– Ce n'est pas ce que je voulais dire. Ça n'a pas été une mince affaire de te perdre. Tu occupais tant d'espace. Maman disait que cela demanderait du temps, que je passerais par différentes phases, mais je n'avais pas envisagé que cela prenne une telle dimension.

– Ta mère te parlait souvent de moi après ma mort ?

– Tu es conscient qu'une telle question n'a aucun sens ?

– Dans mon état, la conscience est une vaste affaire. Et puis qu'est-ce que cela veut dire que « j'occupais tant d'espace » ? Je te faisais de l'ombre ?

Thomas poussa la porte de son immeuble. Il releva la tête dans la cage d'escalier et vit son père penché à la balustrade du dernier palier.

– Je croyais que c'étaient les fantômes qui traînaient un boulet derrière eux ! soupira-t-il.

Il entra dans son appartement, accrocha sa sacoche au portemanteau, alla prendre une bière dans le réfrigérateur et s'écroula dans son sofa.

Son père vint se poser sur le fauteuil en face de lui.

– Cette manie que tu as de croiser et décroiser les jambes, tu ne peux pas imaginer comme c'est agaçant. Quand tu étais vivant, cela me coupait l'envie de te parler.

– Je n'y suis pour rien, mes jambes étaient trop longues, je n'ai jamais su quoi faire d'elles. J'avais d'autres manies qui t'agaçaient ?

– Qu'est-ce qui t'amène ici, une sensation d'inachevé ?

– Ne sois pas insolent, Thomas, je suis encore ton père.

– À la façon dont tu me hantes, je ne risque pas de l'oublier.

– Je suis revenu parce que j'ai un service très important à te demander. Si tu acceptes, je te promets de te laisser en paix. Mais avant il faut que je te parle un peu de moi, à condition que cela ne te fasse pas trop d'ombre, bien sûr.

Face au mutisme que lui opposait son fils, Raymond prit un air accablé.

– Pourquoi restes-tu silencieux, si froid, si distant ? Tu m'en veux de quelque chose ? Je ne t'ai pas assez aimé ?

– Tu étais la montagne que je n'ai cessé de vouloir escalader, avec la peur d'arriver un jour au sommet. Tu étais ce grand chirurgien qui sauvait des vies et moi, je joue de la musique.

– Et alors ? Tu les embellis, les vies. Si tu avais vu les regards des spectateurs ce soir, j'étais fier et bouleversé. Oui, j'ai dû sauver quelques vies, mais dans mon métier, personne ne vient vous applaudir à la sortie du bloc et personne ne vient vous féliciter une fois le concert de scalpels terminé.

– Te voilà bien lyrique, tout à coup.

– L'apanage du trépas, répondit son père en reprenant de sa splendeur.

– D'accord, je vais t'écouter et ensuite, tu me laisseras dormir, je suis vraiment épuisé, promis ?

– Juré, répondit son père en faisant semblant de cracher par terre. Voyons, voyons, par où commencer ?

– En m'expliquant ta présence ?

– Désolé, là, je n'ai rien le droit de dire, c'était une condition sine qua non pour obtenir cette petite perm.

– Une petite perm… comme à l'armée ?

– Non, mais si tu veux.

– Tu as obtenu une petite perm de l'au-delà pour revenir me voir ?

Aussitôt cette phrase prononcée, Thomas partit dans un immense éclat de rire.

– Tu as fini de te foutre de moi ?

– Comment peux-tu imaginer cela ! Je suis en train de parler avec le fantôme de mon père au beau milieu de la nuit… Vas-y, poursuis. J'ai l'impression que je ne suis pas au bout de mes peines, ajouta-t-il en s'essuyant les yeux d'un revers de la main.

– J'ai besoin de toi pour accomplir quelque chose, dont mon éternité dépend.

– Évidemment, tout devient clair ! On t'a renvoyé sur terre pour que tu sauves l'humanité, comme tu sauvais tes patients, et en bon Don Quichotte, tu t'es dit que ton fils ferait un épatant Sancho.

– Arrête de faire l'andouille, il y a urgence.

– Qu'est-ce qui peut être urgent quand on est mort ?

– Tu le comprendras un jour, enfin le plus tard possible, j'espère. Tu vas me laisser parler ou tu comptes m'interrompre à tout bout de champ ?

Thomas accepta de se taire. Il était convaincu de vivre un rêve étrange dont il se réveillerait tôt ou tard. Et cette idée l'apaisa tandis qu'il écoutait son père.

– Le couple que nous formions ta mère et moi n'en était plus vraiment un depuis longtemps.

– Tu ne m'apprends pas grand-chose, tu as quitté la maison dix ans avant ta mort.

– Je parle d'un autre temps. Peu après ta venue au monde, notre vie n'a plus guère été qu'un arrangement entre amis.

– Merci, si j'avais un psy, une information de ce genre lui assurerait une retraite dorée avant que j'en aie fini avec ma thérapie.

– Je ne parlais pas de l'époque qui a précédé ta naissance. Durant ces années-là, nous nous aimions d'un amour sincère, mais nous nous sommes éloignés. Un peu par ma faute.

– Qu'est-ce que tu entends par « un peu » ?

– J'ai rencontré une autre femme.

– Tu as eu une liaison, sans blague ? Toi qui avais l'art et la manière de séduire tous ceux qui croisaient ton chemin, tu parles d'une révélation.

– Tu te méprends sur mon compte, j'aimais plaire, mais je n'étais pas un coureur de jupons. D'ailleurs ce grand amour, je n'ai jamais pu le vivre, ce qui explique peut-être pourquoi il ne s'est jamais éteint.

– C'est cette anesthésiste à l'hôpital qui te regardait avec des yeux de mangouste ? J'ai toujours soupçonné quelque chose entre vous.

– Tu te souviens de Violette ?

– Chaque fois que je venais te voir à ton bureau, elle me caressait le front comme si j'étais un caniche et se pâmait en me disant que j'étais ton portrait craché.

– Eh bien, ce n'est pas d'elle dont il s'agit. Et même si nous avons eu une petite aventure, elle fut sans conséquence.

– Pour toi ou pour Maman ?

– Tu me jugeras devant ton psy quand tu en auras un, en attendant, laisse-moi continuer.

– La pédiatre aux yeux verts !

– Arrête ! Ce n'est pas à l'hôpital que j'ai rencontré Camille.

– Camille, donc. Et alors, où vous êtes-vous connus ?

– Tu te souviens de cette station balnéaire où nous passions nos étés ?

– Toutes mes vacances d'enfant à ramasser des coquillages dans un sable vaseux, à faire des tours de manège ou de poney, des parties de minigolf que je ne gagnais jamais, à pique-niquer sur la grève avec les paniers que Maman préparait… Et les promenades autour du sémaphore, les crêpes devant la guinguette de la plage à l'heure du goûter, les parties de Monopoly quand il pleuvait… Il faudrait que je sois atteint d'une amnésie sévère pour ne pas me rappeler une telle monotonie.

– Tu es injuste, tu t'amusais comme un fou pendant ces vacances.

– Tu m'as demandé une seule fois si je m'amusais vraiment comme un fou ?

Raymond regarda son fils d'un air circonspect avant de poursuivre.

– C'est là-bas que nous nous sommes rencontrés.

– Je suis enchanté de l'apprendre. Et en quoi cela me concerne ?

– Eh bien dans la mesure où la pêche aux palourdes, les tours de manège, le club hippique et l'heure des crêpes étaient autant de moyens de nous côtoyer, disons que tu as été un peu le prétexte à chacun de nos rendez-vous.

– Tu te servais de moi comme couverture ? Mais c'est dégueulasse !

– Enfin qu'est-ce que tu vas t'imaginer ! Nous ne faisions rien de mal, Thomas, nous nous aimions en silence, pour vous protéger. Il nous arrivait parfois de nous prendre discrètement par la main, et nos cœurs battaient alors la chamade, d'autres fois, nous nous effleurions, un effleurement seulement, mais la plupart du temps nous ne faisions qu'échanger des regards et des confidences.

– Épargne-moi les détails ! s'emporta Thomas.

– Tu n'as plus cinq ans, tu pourrais faire l'effort de m'écouter sans ramener tout à toi ?

– C'est vraiment le monde à l'envers. Tu veux savoir ce que j'aimais dans ces vacances sous des ciels gris à pleurer ? Au contraire du reste de l'année, où ton bloc opératoire et tes patients t'accaparaient tout entier, tu étais à moi. Nous passions enfin des moments ensemble, rien que nous deux. Alors je n'ai pas envie d'apprendre que le temps que tu me consacrais n'était qu'un prétexte pour fréquenter ta maîtresse.

– Camille n'était pas ma maîtresse, elle était bien autre chose que cela. Et toi, tu t'es demandé une seule fois si je m'amusais, si j'étais heureux ou si j'allais bien ?

– J'étais un gosse ! cria Thomas.

– Tu as grandi, et moi je crevais de solitude ! cria son père.

– Et Maman ?

– Ta mère n'y est pour rien, et moi non plus. Ce fut un véritable coup de foudre, Thomas, ces choses-là ne s'expliquent pas, répondit Raymond en baissant la voix.

– Parler au spectre de son père non plus ! Je vais me coucher et tu es prié d'aller hanter qui tu veux, où tu veux, mais pas au pied de mon lit.

– Comme tu voudras, nous poursuivrons cette conversation demain. Le concert a dû t'épuiser, ce n'était pas le bon moment pour te raconter tout cela.

Thomas se leva et alla dans sa chambre. Sur le pas de la porte, il se retourna vers son père et lui lança un regard féroce.

– Il n'y aura pas de demain, parce que cette soirée n'a jamais eu lieu, pas plus que cette conversation. Je suis en train de faire un cauchemar, où toutes mes peines et mes angoisses se sont donné rendez-vous, Sophie, toi, enchaîner les fausses notes à Pleyel, endurer le regard de mon chef d'orchestre, l'air désolé de Marcel. Je suis toujours chez Maman, allongé sur le canapé du salon et quand je me réveillerai, rien de tout cela n'aura existé. Nous serons encore le jour anniversaire de ta mort, je n'aurai pas revu Sophie, mon concert n'aura pas encore eu lieu, et je n'aurai que de bons souvenirs de mes vacances d'été avec mon père.

*

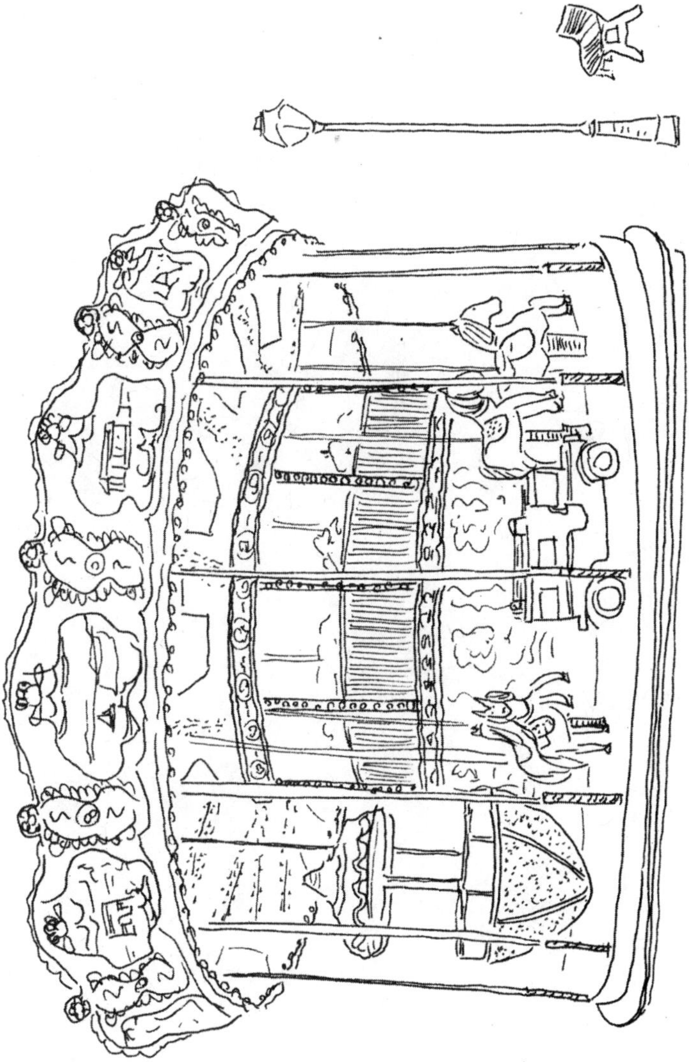

4.

Thomas chercha le réveil à tâtons. Il ouvrit les yeux, accablé de sommeil, et prit conscience que c'était une sonnerie de téléphone qui l'avait tiré de ses rêves. Il attrapa mollement son Smartphone et regarda l'écran. Rejeter l'appel aurait été vain, sa mère insisterait jusqu'à ce qu'il décroche.

Elle déversa dans son oreille un flot de paroles. La voix de sa mère avait un pouvoir apaisant, et son portable posé sur l'oreiller, il l'écouta, ponctuant sa litanie de quelques borborygmes.

– Tu as pu te reposer ?

– Mmm…

– Je suis confuse que tu te sois senti aussi mal après avoir fumé ; j'ai eu tort de prendre cela à la légère. Chacun réagit à sa façon. Ton père avait cette sale manie de se moquer de mes allergies, d'après lui elles n'existaient que dans ma tête. Et alors, dans la tête ou dans le sang, seul le résultat compte, n'est-ce pas ?

– Mmm…

– Moi, tu vois, chéri, c'est l'ail. Il suffit qu'il y en ait un soupçon dans un plat et je ne dors pas de la nuit, enfin c'est mon estomac qui ne dort pas.

– Mmm…

– Tu avais une mine épouvantable, je m'en suis tellement voulu. J'espère que les effets se sont dissipés, sinon, tu peux toujours essayer les bons vieux remèdes contre la gueule de bois, rien de plus efficace qu'un jus de tomate au réveil pour vous remettre sur pied, le jus de citron marche aussi très bien. En tout cas, même avec ta mauvaise mine, tu étais très beau.

– Mmm…

– Nous viendrons t'écouter ce soir avec ta marraine, je ferai en sorte qu'elle ne te dérange pas, et ne t'inquiète pas, quel que soit le rang où tu nous installeras, nous serons heureuses. N'oublie pas de laisser des places au guichet, deux bien sûr !

– Mmm…

– Je radote, je viens de te dire que Colette m'accompagnait, enfin c'est plutôt moi qui l'accompagne. Nous viendrons t'embrasser dans ta loge. Je suis si fière tu sais, je ne te le dirai jamais assez. Quelle heure est-il, 8 heures seulement ? Mon Dieu c'est encore très tôt !

– Oui.

– Je te laisse te rendormir, je t'aime, mon chéri, à ce soir.

Thomas envoya valdinguer son téléphone sur le tapis. Il ouvrit grand les yeux et balaya sa chambre du regard. À son grand soulagement, elle baignait dans le silence et la lumière dorée du matin. Une solitude jouissive, qui finit d'éveiller ses sens.

Si sa mère lui avait demandé des places, cela signifiait qu'elle n'était pas venue l'écouter la veille, et si elle n'était pas venue l'écouter, la soirée improbable qu'il se remémorait n'avait donc pas existé. Pas de concert, pas d'accrocs, pas de Sophie, et surtout pas de fantôme. Avant de se réjouir pleinement, Thomas se redressa et appela son père.

– Papa ? Papa tu es là ? Si tu es caché quelque part pour me faire peur, ce n'est pas drôle.

Un drôle de souvenir surgit de sa mémoire. Le jeu complice qu'il avait entretenu avec son père depuis sa plus tendre enfance consistait justement à se faire peur en sortant brusquement d'une cachette. La blague avait commencé vers ses six ans et n'avait jamais cessé. Ils se planquaient derrière un arbre à la sortie de l'école, dans le vestiaire de la faculté, en bas de chez l'un ou l'autre, dans une cabine d'ascenseur, dans les coulisses d'une salle de concerts, même à l'hôpital, où il était arrivé à Thomas de se faufiler dans le bureau de son père, avec la complicité de sa secrétaire. Tout endroit était bon pour perpétuer la farce, seuls la scène et le bloc opératoire avaient été déclarés zones interdites.

– Papa ? appela encore une fois Thomas en ouvrant brusquement un placard qui ne contenait qu'une valise et un manteau.

Seul, il alluma la cafetière et s'attabla dans le coin cuisine pour y prendre son petit déjeuner, avec un peu de vague à l'âme.

Sous la douche, Thomas ressentit le besoin de parler à quelqu'un, témoigner de ce rêve pour mieux l'exorciser.

Sylvain était un bon copain, presque un ami, il était aussi psychiatre et féru de musique. Thomas lui avait offert des places à de nombreuses reprises, alors pourquoi ne pas lui demander un service. Il l'appela pour lui proposer de l'inviter à déjeuner. Sylvain ne fut pas dupe et répondit que la voix qu'il entendait dans l'appareil trahissait une envie de parler plus que de partager un steak frites. Une brasserie ne serait pas un endroit idéal pour se libérer de ce qu'il avait sur le cœur. D'ailleurs, était-ce une affaire de cœur qui le tourmentait ? demanda son ami.

– Un psy n'est pas un conseiller sentimental, tu le sais.

– C'est autre chose, l'assura Thomas, et tu as raison, il vaut mieux que nous soyons au calme. Ce que j'ai à te raconter est complètement dingue.

Piqué par la curiosité, Sylvain lui donna rendez-vous à son cabinet en fin de matinée.

*

Thomas préféra s'installer dans un fauteuil plutôt que de s'allonger sur le canapé.

– Même s'il ne s'agit pas, à proprement parler, d'une consultation, tu es tenu au secret professionnel, n'est-ce pas ?

– La discrétion est une question de nature, mon vieux, mais oui, quoi que tu me dises, cela restera entre ces murs. Maintenant, si tu veux que je t'aide, il faut que tu me racontes ce qui t'amène ici.

Thomas fit un récit circonstancié de ce qu'il avait vécu… ou croyait avoir vécu.

Le médecin l'écouta pendant une heure, sans jamais l'interrompre, se contentant de prendre des notes. Lorsque Thomas eut fini, il lui demanda de formuler avec ses propres mots la question qu'il n'avait pas encore posée, celle qui l'avait poussé à venir lui rendre visite de façon si urgente.

– Ce que je viens de te raconter n'a aucun sens, et pourtant, tout semblait si réel. Tu crois qu'un simple joint a pu endommager mes neurones à ce point, me rendre fou ?

– Ne prononce jamais ce mot chez un psy, il est tabou. Personne n'est fou, chacun possède sa propre perception de la réalité et comme tu le sais, ou pas, d'ailleurs, la réalité est subjective. Lorsque tu joues en public, tu es physiquement sur scène, mais ta conscience est ailleurs. Ton esprit se projette, comme dans un rêve, ce qui nous arrive aussi lorsque nous dormons. Lorsque ce rêve est encore très présent à notre réveil, nous cherchons à démêler le vrai du faux, et ce rêve va nous hanter jusqu'à ce qu'il s'efface.

– Quel jour sommes-nous ?

– Mercredi.

– Alors la journée d'hier a bien existé !

– La veille précède toujours le lendemain, c'est un fait incontestable, mon pote ! Mais tu as pu vivre cette journée dans une sorte d'état hypnotique. Cela arrive à beaucoup de gens, parfois cela ne dure qu'un instant, comme cette sensation de déjà-vu qui nous trouble tant, parfois plus longtemps. Il suffit d'un petit choc émotionnel. La chimie de notre cerveau est pleine de ressources insoupçonnées.

– Tu penses qu'un psychotrope peut avoir un effet aussi prolongé ?

– Tout dépend lequel. Ce n'est pas ton pétard, aussi fort soit-il, qui est la cause de ton problème. Tu es shooté à une drogue, bien plus forte et bien plus persistante : la culpabilité judéo-chrétienne.

– Mmm…

– Dans cet épisode, ton père t'a-t-il fait un reproche ?

Thomas hocha la tête.

– Je m'en doutais, lequel ?

– Je ne sais plus exactement, que je ne m'étais jamais inquiété de savoir s'il était heureux, enfin je crois.

– Tu vois, le seul fait d'en parler et le souvenir se dissipe déjà. Et qui d'autre est venu te rendre visite dans ce rêve ? Nous reviendrons plus tard à la figure paternelle.

– Je te l'ai déjà dit, Sophie.

– Sophie dont tu t'es séparé faute d'avoir su t'engager avec elle dans une vraie relation.

– Oui, enfin, je suppose, bafouilla Thomas.

– Mais elle, elle le souhaitait.

Nouveau hochement de tête.

– Et qui ensuite ?

– Ma mère et ma marraine.

– Les deux femmes que tu aimes sans réserve et que tu ne pourras jamais repousser, deux femmes avec lesquelles tu n'es jamais entré en compétition, comme ce fut souvent le cas avec ton père.

– Je ne vois pas le rapport.

– Moi si. Et c'est tout, personne d'autre ?

– Non, personne, enfin, il y a eu ce passant dans la rue, dont les propos n'avaient aucun sens, mais qui ont pourtant fait rire mon père. Il a fait allusion à quelqu'un en me disant que j'étais trop jeune pour l'avoir connu.

– Trop jeune, mais d'une clarté magnifique dans la façon dont tu t'es servi de ce passant sans visage pour te ramener aux fractures de l'enfance. Une représentation de l'oreille inattentive des adultes qui n'entendent rien de ce que les enfants leur disent. J'imagine que tu comprends le tableau. Tu te sens mieux ?

– Peut-être, enfin, j'ai toujours un petit doute.

– Alors, une autre question pour te rassurer complètement : tu es sûr de n'avoir omis personne parmi tous ceux que tu m'as cités ?

– Le chef d'orchestre ?

– Le chef d'orchestre ! L'incarnation de l'autorité, et pas n'importe laquelle. La seule capable selon toi de juger ton excellence et de la sanctionner. Je me souviens suffisamment de nos années d'école pour savoir combien tu avais du mal avec l'autorité. Nous approchons du but, il manque encore quelqu'un et ce n'est pas pour rien que tu ne le cites pas facilement.

– Franchement, Sylvain, je ne vois pas.

– Forcément, on se voit très mal soi-même. Cherche bien.

– Marcel ?

– Exactement. Marcel, l'éclairagiste. Celui qui allume et éteint la lumière, celui qui ponctue toutes ses phrases d'un « Croyez-moi ».

– Qu'est-ce que Marcel vient faire là-dedans ?

– Marcel, c'est ta conscience. C'est ton moi et ton surmoi qui sont en conflit permanent. Et ce cauchemar qui te semble si réel, et apparaît comme par hasard au jour anniversaire de sa mort, est un rappel de cette conscience qui te dit : « Mon petit Thomas, tu n'as pas fini de faire le deuil de ton père, et même si Marcel te dit crois-moi, le sur-Marcel te conseille de ne pas le croire, car il te reste encore un long chemin à parcourir. »

– Marcel m'a dit tout ça ?

– Oui, répondit posément le psychiatre.

– Si tu me dis qu'il me l'a dit, alors je te crois.

– Tu vois, tu refermes la boucle. Tu me crois, tu crois Marcel, tu crois tout le monde, mais maintenant, tu dois surtout croire en toi, accepter que ton père ne soit plus là pour te protéger, accepter aussi ta propre mortalité et surtout, de ne plus avoir peur de t'engager avec une autre Sophie. Bon, je pourrais passer la journée en ta compagnie, mais j'ai des patients, des cas bien plus compliqués que le tien. Amuse-toi ce soir, tu ne feras pas de fausse note, ta mère sera aux anges, Sophie ne viendra pas te hanter, ni le fantôme de ton père.

– Je te dois quelque chose ? demanda Thomas en se levant.

– Un déjeuner, une prochaine fois. Mais si tu peux m'obtenir des places pour le concert de Verdi à Garnier à la fin du mois, tu auras ma reconnaissance éternelle.

Sylvain raccompagna Thomas à la porte de son bureau, et lui tapota l'épaule en l'assurant que tout allait rentrer dans l'ordre, si ce n'était pas déjà fait.

Dans la rue, Thomas se sentit marcher d'un pas plus léger. Et pour se débarrasser d'un dernier doute, il prit son portable et appela son ex-petite amie.

– Thomas ? s'étonna Sophie en décrochant.

– Je suis désolé, je ne veux pas te déranger, surtout si tu n'es pas seule, mais j'ai une question pressante à te poser, je n'en ai pas pour longtemps. Est-ce que tu es venue me voir hier soir dans ma loge après le concert ? Je n'arrive pas à savoir si ce moment relève d'un cauchemar ou s'il était bien réel. Je penche pour le cauchemar, toi tu avais l'air authentique, enfin je crois, tu étais même ravissante, mais ce que tu me disais était si irréel que j'ai eu un doute en me réveillant ce matin. D'autant que ta visite n'était pas le clou de cette journée surréaliste, mais elle y a participé d'une certaine façon et je voulais juste m'ôter ce doute. Tu comprends ?

Il y eut un silence et Thomas se demanda si elle lui avait raccroché au nez.

– Sophie ?

– Je suis là, souffla-t-elle. Tu sais quoi, Thomas ? J'ai peut-être fait une énorme bêtise en te laissant partir, j'aurais dû être plus patiente, parce que des types aussi tordus et géniaux que toi, je ne suis pas près d'en rencontrer beaucoup, et je ne sais pas si c'est tant pis ou tant mieux pour moi.

Et cette fois elle raccrocha.

Thomas remarqua qu'elle n'avait pas répondu à sa question… à moins qu'il l'ait mal formulée.

Il continua son chemin et conclut que le mieux serait de ne plus penser à tout cela, d'oublier cette journée hypnotique, ainsi que l'avait qualifiée Sylvain, et surtout de se concentrer sur le concerto de ce soir.

Il profita de ce que le soleil pointe ses rayons sur la terrasse des Deux Magots pour s'y installer et commander une salade.

Et pendant que le serveur repartait vers les cuisines, Thomas alla s'acheter un journal au kiosque qui se trouvait à deux pas de là.

Il reprit sa place et remercia le couple voisin qui avait bien voulu veiller sur sa veste et sa sacoche.

Il sifflait une bière quand il entendit siffler dans son dos.

– Ce que ça peut raconter comme conneries un psychiatre, non, mais franchement ! Si ta conscience a autant de bedaine que ce bon Marcel, tu dois avoir les idées bien lourdes. Je t'en collerais, des moi et des surmoi.

Thomas ne chercha même pas à répondre à son père, il régla la note, enfila sa veste, prit son journal nonchalamment et traversa le boulevard Saint-Germain vers la station de taxis. Il monta à bord d'une Skoda et demanda au chauffeur de le conduire salle Pleyel.

La voiture descendait la rue Bonaparte quand Raymond apparut à la place du mort, et se retourna vers lui.

– D'abord, nous n'avons jamais été en compétition toi et moi, et tu n'as jamais eu non plus de problème avec l'autorité quand tu étais à l'école. C'est tout de même moi qui me coltinais les réunions de parents d'élèves.

– Maman se les coltinait ! rectifia Thomas.

– Non, mais sérieusement, les fractures de ton enfance ? Et pourquoi pas les foulures de l'adolescence pendant qu'on y est ! Les escarres de la vieillesse, ça, je peux t'en parler, c'est du concret. Mon métier à moi aussi c'était du concret, quand on opère on n'est pas dans le subjectif, on coupe ou on ne coupe pas, et ensuite, on ligature, un point c'est tout.

Thomas se mit à fredonner en regardant par la vitre comme un gamin qui refuse d'écouter ce qu'on lui dit.

– Vous voulez que je mette la radio ? demanda le chauffeur interloqué.

– Non, c'est inutile, répondit Thomas, du silence me ferait le plus grand bien.

– C'est pour moi que tu dis ça ? questionna son père.

– Pour qui d'autre ? Tu n'as pas entendu Sylvain expliquer que je n'avais pas fini de faire mon deuil ? Et quand tu parles de compétition… tes propos sur les psychiatres sont pathétiques.

– Vous avez un problème psychiatrique ? questionna le chauffeur avec un brin d'inquiétude dans la voix.

– Tu vois ce que tu provoques ! grommela Thomas à son père.

– Je n'ai rien provoqué, c'est vous qui me parlez, protesta le conducteur.

– Lequel de nous deux a appelé l'autre ce matin dans son appartement ? « Papa ? Papa ? » Je m'étais fait tout petit volontairement pour te laisser dormir en paix. C'est ta mère qui t'a réveillé, pas moi.

– Réveillé d'un cauchemar que je croyais terminé !

– Pendant qu'on est sur les quais, je peux pousser jusqu'à l'hôpital Pompidou, si vous voulez ? proposa le chauffeur. On peut y être en dix minutes à peine, ça roule plutôt bien.

– Je n'ai pas besoin d'aller à l'hôpital, je vous remercie.

– Tout de même, ça n'a pas l'air d'aller très fort, enfin c'est comme vous voulez, mais pas de crise dans mon taxi.

– Je suis désolé, je répétais un texte, pour une pièce de théâtre.

– Ah ben je comprends maintenant, souffla le conducteur, soulagé. Quelle pièce ? Ma femme adore le théâtre.

– *Un père et passe*... une histoire un peu compliquée sur les rapports filiaux.

– Vas-y, fais le malin, reprit Raymond, continue de te moquer de moi, si tu voulais tuer le père, comme se plaisent à dire les psychiatres, c'est raté, je suis déjà mort.

– Très drôle !

– Ah ben c'est encore mieux, reprit le chauffeur, parce que le théâtre, c'est parfois un peu sinistre, enfin ma femme adore ça et moi j'adore ma femme, alors que voulez-vous. Et qui joue avec vous ?

– Si je le savais !

– Vous êtes seul sur scène ?

– En quelque sorte, oui.

Thomas resta silencieux, et son père garda les yeux rivés sur la route, bras croisés et la mine renfrognée.

Lorsque la voiture se rangea devant la salle Pleyel, le chauffeur se retourna et demanda un autographe à Thomas en lui rendant sa monnaie.

Son père le suivit jusqu'à l'entrée des artistes.

– D'accord, je reste ici, je n'assisterai pas à la représentation, pour ne pas te perturber, mais ensuite, il faudra que tu acceptes de m'écouter. J'ai vraiment besoin de toi, tu es mon fils, je ne peux compter que sur toi, et le temps presse.

En voyant le désarroi dans son regard, Thomas fut ébranlé. De toute sa vie, il n'avait jamais vu pareille tristesse dans les yeux de son père. Le professeur était un homme fier, l'un de ceux qui masquent leurs chagrins, qui disent en toutes circonstances qu'ils vont bien, et son fils, mieux que quiconque, savait que ce n'était pas le cas en cet instant.

– D'accord, répondit-il. Retrouve-moi ici à la fin du concert, nous irons chez moi ; cette fois, je t'écouterai.

Son père l'enveloppa de ses bras et Thomas ressentit sa tendresse. Il hésita et referma les siens autour de lui, dans une étreinte qui lui procura un sentiment de plénitude, aussi étrange que bienvenu.

Le chauffeur qui l'observait à distance démarra en s'exclamant :

– Ces acteurs, de sacrés numéros quand même.

*

5.

Son père l'attendait à la sortie des artistes, adossé à un réverbère. Thomas s'arrêta un instant pour l'observer dans son éternel imperméable d'où dépassaient les jambes de son pantalon de flanelle et ses mocassins toujours impeccablement lustrés. Raymond releva la tête et lui sourit tendrement.

– Tout s'est bien passé ? demanda-t-il.

– Sans la moindre fausse note, répondit Thomas.

– Ta mère était en forme ?

– Comment sais-tu qu'elle est venue me voir si tu es resté dehors ?

– Je l'ai vue entrer, bafouilla Raymond.

– Mouais, dépêchons-nous, je suis fatigué.

Thomas marcha jusqu'à la station de métro.

– Nous ne rentrons pas en taxi ? s'inquiéta Raymond.

– Tu crois que je roule sur l'or ?

– Je te l'aurais offert de bon cœur, hélas, ils ont fermé mon compte en banque, plaisanta Raymond. J'ai horreur du métro, mais puisque nous n'avons pas le choix…

En dépit de l'heure tardive, la rame était bondée. Thomas changea de ligne à la station Villiers et trouva une place assise avant que le wagon ne se remplisse à Saint-Lazare. Son père se tenait debout à ses côtés, sans avoir besoin de s'accrocher à une poignée.

– Lève-toi, chuchota-t-il en montrant du regard une femme d'un certain âge qui tanguait sur ses frêles jambes.

Thomas bondit de la banquette et lui offrit son siège.

– Je suis désolé, j'avais l'esprit ailleurs.

La femme lui adressa un sourire et s'assit, soulagée.

– Merci de m'avoir averti, marmonna Thomas à son père, je ne l'avais vraiment pas remarquée.

– On s'en moque de la vieille ; avec ses artères toutes bouchées, elle est à deux doigts du corbillard, fie-toi à mon expérience. Mais la ravissante jeune femme, assise en face de toi, tu l'avais vue ? Parce que grâce à moi, elle t'a remarqué, enfin surtout ta galanterie. Avec un tel sourire, il suffirait d'un mot et l'affaire serait dans le sac.

Thomas préféra ne pas répondre, il ne voulait pas passer pour un fou dans un métro plein à craquer. Le chirurgien prit un air dépité lorsque la jeune femme sortit à la station Opéra, non sans avoir frôlé son fils en passant à sa hauteur.

– Il faut vraiment que je te reprenne en main ; à Opéra en plus, elle était peut-être ballerine !

– Si elle était descendue à Saint-Lazare, elle aurait été chef de gare ? demanda Thomas.

– Je vous demande pardon ? questionna la vieille dame.

– Rien, je parle tout seul, s'excusa-t-il.

– Ne vous excusez pas, ça m'arrive tout le temps.

Et son père secoua la tête, exaspéré.

*

De retour chez lui, Thomas posa ses affaires et s'affala sur le canapé en poussant un long soupir.

– Tu pourrais au moins faire semblant. Cela te fait si peu plaisir de me revoir ? questionna Raymond.

– Bien sûr que si.

– Mais l'avouer reviendrait à admettre que je suis bien là.

– Les semaines et les mois qui ont suivi ton départ n'ont pas été faciles à vivre, je commençais à m'habituer à ton absence.

– Je vois.

– Non, tu ne vois pas. En te perdant, je suis tombé dans un abîme. Quand je me confiais à toi devant ta photo, tu m'entendais ?

Question à laquelle Raymond ne répondit pas, se contentant de sourire tendrement à son fils.

– Tu étais où tout ce temps ?

– Je n'en sais rien ; en finir avec la vie n'a pas été facile pour moi non plus, et te quitter encore moins.

– C'est comment après ?

– Thomas, lâcha son père d'un ton grave, je n'ai rien le droit dire, et même si je le pouvais, je crois que je serais bien incapable de l'expliquer. Disons que c'est différent.

– Tu es heureux, là où tu es ?

– Je ne souffre plus de rhumatismes, c'est déjà ça, et puis, avec ton aide, je pourrai le devenir.

– Avec mon aide ?

– Oui, ce petit service dont je t'ai parlé.

– Au sujet de cette femme ?

– Camille ! Si tu pouvais l'appeler par son prénom, je t'en serais infiniment reconnaissant, répondit le chirurgien en se posant sur le clavier du piano droit. Quand je pense à tout ce que nous n'avons pas vécu, au temps qu'il nous faut rattraper…

– Oui, je sais, par ma faute, tu me l'as déjà dit.

– Pas seulement. Aussi parce qu'à l'époque, ces choses-là ne se faisaient pas.

– En fait, tu es vraiment revenu me hanter et Sylvain a peut-être sous-estimé l'étendue des dégâts.

– Arrête avec ce charlatan. Tu lui confies que tù vois un revenant et il te traite par-dessus la jambe, une conversation de salon, sans même se donner la peine de t'examiner. Prendre ta tension, c'était trop lui demander ? Si un patient, que dis-je, un ami, était venu me raconter un truc pareil, je te l'aurais envoyé passer une batterie de tests illico.

– C'est un avis médical ? Tu crois que je devrais aller aux urgences dès ce soir ? questionna Thomas inquiet.

– Une opinion médicale certainement, mais au sujet de ton ami psy. Tu es en pleine forme et ta tête va très bien. Tu t'imagines que je ne t'ai pas passé au crible dès que j'ai réapparu ? Une petite mine, je te l'accorde, mais si on ne s'épuise pas à ton âge, c'est une insulte à la vie. À trente-cinq ans, je faisais des semaines de plus de quatre-vingts heures, et je n'en suis pas mort.

– Si, quand même, rétorqua Thomas.

– Dis donc, un peu de respect, j'ai tenu bon la rampe, que je sache. Je te dis que tu vas très bien. Amuse-toi à débarquer aux urgences en expliquant que tu converses avec le fantôme de ton père et c'est à Sainte-Anne que tu passeras des examens.

Ce qui n'était pas faux, songea Thomas ; et son silence invita son père à poursuivre.

– Camille vient de mourir, enchaîna-t-il en baissant la tête, comme soudainement plongé dans un recueillement. C'est tout l'effet que ça te fait ?

– Que veux-tu que je te dise ? Je suis désolé pour elle, mais je ne la connaissais pas.

– Un mot gentil aurait suffi. Maintenant que nous sommes tous les deux passés de l'autre côté, nous avons décidé d'être enfin unis… pour toujours.

– Tu m'en vois ravi pour vous, mais en quoi cela me concerne ? Si ce n'est que le jour où Maman ne sera plus là, je n'aurai même pas le soulagement de vous imaginer ensemble.

– Ne sois pas hypocrite, tu étais le premier à me dire que c'est notre divorce qui avait été un soulagement pour toi.

– OK, mais en quoi vos plans pour l'éternité me regardent ?

– Eh bien justement, puisque tu parles d'éternité… bien que cette notion reste encore confuse… pour que nous puissions la partager, il faut que nos cendres soient réunies.

– Pardon ?

– Mêlées, si tu préfères. Il te suffit de verser le contenu d'une urne dans l'autre et de bien secouer le tout. Une fois nos restes dispersés, nous serons libres et réunis pour toujours. Ne me regarde pas comme ça, ce n'est pas moi qui ai établi l'ordre du grand univers et encore moins ses règles. Être inhumés côte à côte aurait pu faire l'affaire, mais d'abord c'est trop tard en ce qui me concerne et pourquoi se contenter d'une studette, quand on peut jouir d'une immense terrasse avec vue sur la mer ?

– Quelle studette ?

– Une tombe ou un caveau ! Sans parler du voisinage que cela impose. Camille et moi voulons passer l'éternité au grand air. Je ne te demande pas la lune.

– Qu'est-ce que tu me demandes, exactement ? questionna Thomas en retenant son souffle.

– C'est simple comme bonjour. Les obsèques de Camille auront lieu dans trois jours, tu n'auras qu'à te joindre à la cérémonie, tu attendras la crémation, bien sûr, et ensuite tu t'arrangeras pour confisquer son urne, le temps d'y verser la mienne, et hop, le tour est joué.

– Tu as oublié que je devais bien secouer le tout, ajouta Thomas d'un ton pince-sans-rire.

– Cela va sans dire.

– Résumons-nous, tu veux que je m'introduise aux funérailles d'une femme que je ne connais pas, mais qui fut ta maîtresse et que je vole ce qu'il restera de sa dépouille au nez et à la barbe de sa famille.

– Exactement !

– Je vais opter pour la lune, elle sera plus facile à décrocher. Et où ont lieu ses obsèques ? demanda Thomas, ironique.

– À San Francisco.

– Bien sûr, souffla-t-il.

– Pourquoi répètes-tu « bien sûr », avec ce ton bizarre ?

– Ah, parce que c'est mon ton qui est bizarre ?

– Parfaitement, tu as un ton étrange.

– En même temps, si l'enterrement avait eu lieu à Pantin ou au Père-Lachaise, cela aurait été trop simple, je suppose ?

– Pas nécessairement. Et puis je n'y suis pour rien, tu te doutes bien que ce n'est pas moi qui ai choisi de l'envoyer vivre si loin. Même si nous étions d'une discrétion totale, son mari a fini par découvrir le pot aux roses ; dès lors, il nous a éloignés l'un de l'autre. Il s'est fait muter en Californie, et a choisi, non sans un certain égoïsme, de déraciner sa famille.

– Je trouve cela plutôt courageux de sa part, d'avoir tout quitté par amour, et d'être allé au bout du monde pour protéger son couple.

– Pas par amour, par jalousie !

– Qu'est-ce qui obligeait sa femme à le suivre, si elle t'aimait tant ?

– Sa fille. Comme toi, tu as été la raison qui m'a fait rester à Paris.

– J'oubliais que j'avais gâché ta vie.

– Ce n'est pas ce que j'ai dit, et je ne l'ai jamais pensé. Quoi qu'il en soit, nous éloigner n'a servi à rien.

– Qu'en sais-tu ?

– Après son départ, je devais assumer mes responsabilités, je l'avais laissée s'en aller, incapable de vous quitter ta mère et toi. J'ai refusé de tourmenter Camille et j'ai gardé le silence pendant des mois. Un silence qui me coûtait chaque jour et bien plus encore quand nous partions en vacances d'été. Si Camille était retombée amoureuse de son mari, elle ne m'aurait pas écrit la première, et nous n'aurions pas entretenu une correspondance qui aura duré vingt ans.

– Tu racontais notre vie à une femme qui nous était étrangère ?

– Je lui racontais la mienne, beaucoup de choses ont tourné autour de toi, mais pas toutes.

– Et son mari, qu'a-t-il fait en arrivant là-bas ? Ne me réponds pas, je ne sais même pas pourquoi je te pose la question.

– À l'époque, il était ingénieur en aéronautique, et puis, surfant sur la vague informatique dans la Silicon Valley, il est devenu multimillionnaire, ce qui est assez vulgaire, mais chacun fait ce qu'il peut, n'est-ce pas ?

– Tu le connaissais ?

– Évidemment. C'est d'une banalité affligeante. À force de nous croiser en vacances, nous avions fini par sympathiser, il nous arrivait de dîner ensemble, nous partagions même une baby-sitter qui vous gardait, leur fille et toi. Jusqu'à ce que Camille et moi acceptions notre coup de foudre.

– Sympathiques, vos soirées de couples. Deux amants et deux cocus autour de la table, dont l'une était Maman.

– Attends d'avoir vécu ta vie d'homme avant de me juger. Si je te dis que notre amour est resté chaste, tu me croiras ?

– Si tu me le dis, Papa, pourquoi ne te croirais-je pas ? Au moment où nous nous parlons, j'ai d'autres abstractions plus difficiles à avaler.

– Thomas, écoute-moi ! Si son mari disperse ses cendres avant que tu aies pu agir, c'en sera fini.

– Qu'est-ce qui sera fini ?

– Nous. Camille n'a pas pu être la femme de ma vie, mais je veux qu'elle soit la femme de ma mort, et pour cela j'ai besoin de toi.

– Tu lui as demandé son avis, à Camille ? Qu'est-ce que tu sais de ses dernières volontés ?

– Vingt ans à correspondre, tu penses que je ne les connais pas, ses dernières volontés ?

– Tu as gardé ses lettres ?

– Elles sont dans un petit coffre en bois, à côté de mon urne.

– Charmant… et elle est où, cette urne ?

– Cachée derrière des bouquins sur la dernière étagère de la bibliothèque, chez ta mère.

– Merde alors, tu étais donc vraiment là quand je t'ai vu dans le bureau ?

– Oui, enfin, ce qu'il reste de moi.

– Et Maman a conservé les lettres d'une femme qui lui avait volé son mari ?

– Camille n'a rien volé puisque je suis resté. Ta mère et moi avons toujours été de bons amis, nous pouvions compter l'un sur l'autre, en toutes circonstances. Mon coffret est fermé à clé et ta maman est bien trop intelligente pour avoir tenté de l'ouvrir.

– Je comprends mieux, maintenant, souffla Thomas

– Qu'est-ce que tu comprends ?

– Pourquoi Maman refusait qu'on disperse tes cendres. J'avais mis cela sur le compte des sentiments qu'elle éprouvait encore, mais en réalité, c'est ton testament qu'elle a respecté à la lettre. Elle héritait de tout à la seule condition de te garder chez elle. Tu avais poussé l'humour noir jusqu'à stipuler que si ta présence gênait, on pouvait te remiser à la cave, ce qui avait fait sourire le notaire. Tu avais prémédité ton coup ?

– Pas comme tu le supposes. Je ne pouvais pas imaginer qu'un jour je te demanderais de me rendre un tel service, j'ignorais ce qui m'attendait. Mais Camille et moi avons toujours rêvé de nous retrouver dans une autre vie, de passer l'éternité ensemble. Tu pourrais réfléchir cette nuit à réaliser notre rêve ? Va dormir, tu prendras ta décision demain. Mais ne te réveille pas trop tard, le temps nous est compté.

– Je vais sûrement dormir comme un loir après tout ce que tu viens de me raconter, merci !

– Tu préférerais qu'on fasse une partie de poker ? questionna Raymond d'un ton allègre. Tu adorais ça quand tu étais gosse. Je te laissais gagner parce que chaque fois que tu perdais ça te mettait dans une rage noire, mais maintenant, tu es un homme, je ne me laisserai pas faire.

– Tu peux manier des cartes ? demanda Thomas étonné.

– Non, mais tu n'auras qu'à faire une réussite, je m'assiérai face à toi. Quelle idée géniale ! Au lieu de nous affronter, nous ferons équipe.

Thomas releva la tête et regarda son père, amusé.

– C'est pour me convaincre que tu me fais ce numéro de charme ?

– Mon fils, de mon vivant, j'ai toujours tout fait pour te charmer et te convaincre. Et pourtant, rien de tel qu'être parent pour que l'univers vous rappelle à quel point vous ne contrôlez rien.

Raymond posa la main sur l'épaule de son fils, et Thomas eut l'impression étrange de ressentir sa présence. Les deux hommes partagèrent un regard qui en disait long.

Alors Thomas alla chercher un paquet de cartes à jouer dans le tiroir de son bureau.

Il les aligna faces cachées et retourna les six premières. Raymond, assis en face de lui, l'observait, lui suggérant de temps à autre d'en recouvrir une.

La soirée se prolongea jusqu'à ce qu'un singulier sommeil s'empare de Thomas. Il posa la tête sur la table et s'endormit sous le regard malicieux de son père. Raymond lui souffla dans le creux de l'oreille d'aller rejoindre son lit, et tel un somnambule, Thomas alla se coucher.

*

6.

La lumière du matin entrait par les lucarnes, Thomas plissa les yeux, ne sachant pas bien où il était. Le souvenir de la veille restait confus. Raymond, devant l'évier, sifflotait *Le Temps des cerises*, sa chanson favorite. Thomas crut revivre l'un de ses matins d'enfance où, dans la cuisine de l'appartement familial, son père lui préparait un petit déjeuner.

– Tu aimes toujours tes toasts à peine grillés ? Je fais comme si je pouvais attraper les choses… c'est joyeux parfois de faire semblant, comme un rappel à la vie, enfin, tu comprends ce que je veux dire. Tu t'asseyais toujours à la table, tu ouvrais ton cahier et toi aussi tu faisais semblant… de lire, alors que tu m'observais. Je sentais tes yeux posés sur mes épaules et ton silence me plaisait. Je plaçais l'assiette devant toi, avec la confiture sur le côté, car tu aimais qu'il en soit ainsi. Tu étais déjà très maniaque dès qu'il s'agissait de nourriture. Je dépliais mon journal et c'était à mon tour de te regarder pendant que tu dévorais tes toasts. Tu buvais ton verre de lait d'un trait en me fixant droit dans les yeux, avec un petit air de défi. Tu allais ensuite ranger ton assiette dans l'évier, tu m'embrassais sur le front, toujours sans rien dire, et tu filais m'attendre sur le palier. Chaque fois que je t'accompagnais à l'école…

– … je te demandais quelle serait ta première intervention de la journée. Un jour tu m'as fait croire que tu allais opérer un homme né avec deux têtes et que tu ne savais pas du tout laquelle des deux tu allais lui couper. Ça m'avait terrifié.

Raymond éclata de rire.

– Ce n'était pas totalement un mensonge, des confrères anglais venaient de réaliser une prouesse en séparant des siamois reliés par les lobes occipitaux. C'est ce qui m'avait donné cette idée saugrenue, mais assez rigolote. Bon, tu as pris ta décision ?

Thomas ouvrit le réfrigérateur et sortit un paquet de pain de mie. Il mit deux toasts dans une assiette, déposa une cuillerée de confiture sur le côté et s'installa à table après avoir attrapé au vol son ordinateur portable.

Tout en prenant son petit déjeuner, il se mit à pianoter sur le clavier sous le regard fasciné de son père.

– Qu'est-ce que tu tapes vite ! Quand je pense que je rédigeais mes comptes rendus à deux doigts, ça me prenait un temps fou.

– Tu étais chirurgien, je suis pianiste, je n'ai pas grand mérite.

– À qui écris-tu, sans vouloir être indiscret ? questionna Raymond.

– À Okayapodo.

– Un ami lointain ?

– Une agence de voyages en ligne. N'en tire pas de conclusions hâtives, je vérifie seulement si ton projet est réalisable et surtout à quel prix. Quand a lieu l'enterrement ?

– Je te l'ai dit, dans trois jours.

– Je joue samedi prochain à Varsovie, et il n'est pas envisageable d'annuler une représentation au dernier moment. Si nous partions demain, réfléchit Thomas à haute voix en consultant les options des vols, avec les neuf heures de décalage horaire, nous arriverions le même jour. Ce qui me laisserait vingt-quatre heures pour trouver le moyen d'entrer dans la place. Tu sais où se déroule la cérémonie ?

– Dans un crématorium, où veux-tu qu'elle ait lieu ?

– Merveilleux, qui n'a pas rêvé de visiter San Francisco dans ces conditions. Mercredi… je n'arrive même pas à imaginer ce que je serai censé faire mercredi, jeudi retour en avion dans l'après-midi et arrivée vendredi midi à Paris, pour repartir samedi matin à Varsovie.

– C'est très cher ?

– C'est surtout épuisant.

– Mais dans tes moyens ?

– Mille euros, assis près des toilettes.

– En classe économique ?

Le regard que lui lança Thomas ne laissait guère planer de doute sur la réponse.

– Il faut se loger, en plus, enfin, me loger.

– Ah oui, je n'avais pas pensé à cela.

– Moi si, répondit Thomas en se remettant à pianoter à toute vitesse.

– À qui écris-tu maintenant ?

– Je cherche une chambre chez l'habitant sur un autre site spécialisé.

– Spécialisé dans quel genre ? s'inquiéta le chirurgien.

– Tais-toi une seconde, en voilà une raisonnable. Soixante dollars la nuit au rez-de-jardin d'une petite maison victorienne sur Green Street. En espérant que le crématorium ne se trouve pas à l'autre bout de la ville.

Thomas alla chercher son portefeuille dans la poche de son veston, suspendu au dos d'une chaise.

– Qu'est-ce que tu fais ? questionna Raymond, fébrile.

– C'est une bonne question ! Je vais partir quelques jours en vacances avec mon père, en essayant de ne pas penser que cela fait cinq ans qu'il est mort.

– Je peux te demander une dernière chose ?

– Au point où nous en sommes !

– Comment tu me trouves dans cette tenue ?

– Égal à toi-même, je t'ai rarement vu habillé autrement qu'en veste droite, avec tes pantalons de flanelle à revers et tes mocassins cirés.

– Je ne souhaitais pas une revue de détail, mais que tu me dises si je suis élégant.

– Tu l'as toujours été, même le dimanche, cela m'impressionnait beaucoup.

– C'était le but, répondit fièrement son père. Tu comprends, si tout se passe bien, nous allons nous retrouver. Alors je veux être certain d'être impeccable. Je ne me vois pas dans les miroirs.

Et soudain, Thomas prit conscience d'une chose qui le stupéfia. Son père semblait beaucoup plus jeune qu'au jour de sa disparition, il avait les traits de sa cinquantaine, comme sur la photo que Thomas conservait depuis toujours. Une photo d'eux, prise au cours d'un été, sur leur lieu de vacances.

– Ta mèche est de travers, dit-il, mais ça te donne un petit côté rebelle.

– Tu as pris nos billets ? questionna son père, impatient.

– J'ai pris le mien.

– Évidemment ! Passé le stade de la carte Senior, on voyage gratis, il faut bien qu'il y ait quelques avantages à ma condition. Alors, nous partons quand ?

– Demain matin, je vais préparer un sac, et profiter de la journée.

– Pas trop quand même, je te rappelle que tu dois aller chercher mon urne chez ta mère.

– Et comment vais-je expliquer à Maman que j'ai besoin de lui emprunter tes cendres ?

– Tu as raison, il nous faut un plan. Tu n'as pas un double des clés ?

*

Jeanne s'étonna de revoir Thomas si tôt.

– Tu ne joues pas à Vienne ce soir ? demanda-t-elle en lui ouvrant la porte.

– Non, aucun concert avant samedi prochain et il aura lieu à Varsovie.

– Vienne, Varsovie, que veux-tu, je m'y perds entre toutes ces villes et ces dates. Avant je te suivais à la trace, mais je n'ai plus le temps.

– Tu es si occupée que cela ? questionna Thomas.

– Mon chéri, à partir d'un certain âge ou d'un âge certain, le temps est capricieux. Il file à toute vitesse quand on s'amuse et traîne en longueur quand on s'emmerde. Puisque plus personne n'a besoin de moi, j'ai pris le parti de m'amuser autant que je le pouvais, et tant que je le pouvais.

– Tu sais très bien que j'ai besoin de toi, répondit Thomas en prenant sa mère dans ses bras.

– Arrête, tu me chatouilles, rit-elle avec un air espiègle, et tu vas me décoiffer. Je sors ce soir.

– Encore ?

– Et demain aussi.

– Tu vois quelqu'un ?

– Pourquoi juste « quelqu'un » ? Je vois plein de gens.

– C'est bon, inutile de m'en dire plus !

– Que me vaut le plaisir de ta visite ?

– Un fils ne peut pas venir voir sa mère sans raison précise ?

– Ce n'est pas pour que nous fumions une de mes cigarettes ?

– Non, celles-là, je te les laisse.

– Alors, réfléchissons, dit-elle en regardant les deux fauteuils de son salon.

Elle choisit celui de droite et pria son fils de s'installer dans l'autre.

– Tu as une petite mine, veux-tu que je te prépare quelque chose ?

Thomas répondit non de la tête.

– Une peine de cœur !

– Non plus, pas l'ombre d'une femme à l'horizon, enfin…

– Mon Thomas, tu es le portrait craché de ton père, mais Dieu sait que tu ne lui ressembles pas. Je ne comprends pas que tu sois encore célibataire.

– Mais pourquoi cette obsession à vouloir me caser ?

– Parce que être grand-mère ne me déplairait pas.

– Nous avons tout le temps devant nous.

– Toi peut-être.

– On ne va pas passer la journée à discuter layette dans ce salon, chuchota son père, installé dans le canapé.

– Tu peux me laisser faire les choses à ma manière, s'il te plaît !

– Tu n'es pas obligé de me parler sur ce ton, répliqua sa mère.

Thomas s'excusa, et Jeanne trouva étrange de le voir lancer un regard courroucé vers le canapé.

– Dans le temps, quand tu avais un chagrin ou quand tu tombais amoureux, tu me téléphonais et nous passions des nuits à discuter, cela me manque beaucoup.

– J'ai perdu Sophie et depuis, ma vie est un tourbillon qui me mène de ville en ville ; pas idéal pour…

– Et maintenant, on va se taper l'inventaire de ta vie amoureuse ? soupira Raymond. Tu l'aimais ou pas, cette Sophie ?

– Oui… je n'en sais rien.

– Qu'est-ce que tu ne sais pas ? demanda sa mère.

– Si j'aimais vraiment Sophie.

– Alors tu n'as rien perdu, répondirent en chœur ses parents.

Thomas s'amusa de la situation.

– Enfin un sourire ! se réjouit Jeanne. J'ai cru qu'on enterrait quelqu'un.

– Tu ne crois pas si bien dire ! lâcha Thomas sans prendre garde.

– Ah bon, qui est mort ? questionna sa mère piquée par la curiosité.

– Personne en particulier, enfin j'imagine que quelqu'un est mort quelque part, mais changeons de sujet.

– Tu es drôlement bizarre en ce moment.

– Je sais, on me l'a fait remarquer il y a peu.

– Pourquoi te promènes-tu avec ce vieux cabas ?

– Je comptais aller faire des courses.

– Que de paroles inutiles ! râla Raymond. Dis à ta mère que tu as faim, elle filera à la cuisine et pendant ce temps-là, tu pourras piquer l'urne, on ne va pas passer la journée ici.

– Tu me préparerais un sandwich ? demanda Thomas.

– Bien sûr, mon chéri, à quoi servirait une mère sans cela ? Je reviens tout de suite.

– Fonce dans le bureau ! s'exclama Raymond.

Thomas obéit à l'injonction de son père. Par précaution il passa la tête dans le couloir pour s'assurer que sa mère ne rôdait pas dans les parages, et l'entendit fredonner dans la cuisine.

– Opération bibliothèque ! clama son père, comme s'il était officier des armées.

– Opération absurde, si tu veux mon avis, grommela Thomas.

L'ancien bureau du chirurgien n'avait pas changé. C'était une grande et belle pièce, dont la porte-fenêtre ouvrait sur un large balcon. Les murs, tapissés d'un taffetas beige de belle facture s'accordaient avec le ton du parquet en chêne. Une imposante bibliothèque se déployait de chaque côté d'une cheminée où le feu n'avait plus crépité depuis fort longtemps.

– Vise la dernière étagère, suggéra son père, probablement près de la fenêtre.

Thomas se hissa du mieux possible et tendit le bras à la recherche d'une urne cachée derrière les livres.

*

Jeanne avait réchauffé une part de quiche au micro-ondes. En revenant dans le salon, un plateau dans les bras, elle s'étonna de ne pas trouver son fils. Elle entendit du bruit dans la pièce voisine, abandonna le plateau sur la table basse et avança à pas de loup vers le bureau.

Jeanne fut encore plus intriguée de découvrir Thomas, perché sur la pointe des pieds.

– Tu cherches un ouvrage en particulier ? demanda-t-elle.

Thomas sursauta et se retourna.

– Qu'est-ce que tu as fait des cendres de Papa ? répondit-il sans détour.

– Tu peux t'y prendre aussi comme ça, soupira son père.

– Je les ai utilisées pour tester mon nouvel aspirateur sans sac. Enfin, Thomas, ne me regarde pas avec cet air, je plaisantais ! Elles sont là où elles ont toujours été, bien que je ne sois jamais allée le vérifier, mais a priori, je ne crois pas que ton père se soit encore fait la malle. Je ne l'ai jamais eu autant à la maison que depuis qu'il est mort.

– Il te manque parfois ?

– Ça ne te dérangerait pas de garder ce genre de conversation pour un autre jour ? protesta Raymond. Quand je serai absent, par exemple…

– Eh bien va-t'en ! chuchota Thomas.

– Je te demande pardon ? ! questionna sa mère. Tu es vraiment très bizarre aujourd'hui. Et puis tu fouilles au mauvais endroit, ton père repose de l'autre côté de la cheminée, sur la dernière étagère, derrière *Madame Bovary*. Il fallait bien que je trouve un moyen de me venger. Prends ce fauteuil pour grimper, j'ai la flemme de retourner à la cuisine chercher un escabeau.

Raymond referma le bouton de sa veste et disparut, visiblement ulcéré.

Thomas fit glisser le fauteuil où son père lui était apparu et réussit à atteindre son but. Derrière *L'Éducation sentimentale* aussi poussiéreuse que *Madame Bovary*, il trouva enfin l'urne.

– Tu devrais apercevoir une petite boîte, prends-la aussi pendant que tu y es. Si tu as envie d'enquêter sur la sainteté de ton père, ou de t'offrir un petit pèlerinage, ce qu'elle contient t'en apprendra plus sur lui que son urne.

– Je peux l'emporter ? demanda Thomas.

– Tu comptais repartir en la planquant dans ton cabas ? Mais tu as quel âge exactement ?

Thomas eut la désagréable impression d'avoir à nouveau huit ans et de s'être fait surprendre en plein chapardage dans le placard à bonbons.

– Allez, retournons au salon, cette pièce me fiche le bourdon, je n'y reste jamais très longtemps.

Jeanne devina que son fils n'avait aucune envie de s'éterniser et l'entraîna vers la cuisine. Elle posa l'urne sur la table, l'empaqueta dans du papier journal et la déposa au fond du cabas, un grand sourire aux lèvres.

– Voilà, elle est tout à toi. Il avait demandé qu'on la garde, mais sans préciser à la charge duquel de nous deux. C'est ton tour maintenant, bon débarras. Et puis ça te fera le plus grand bien de renouer un peu avec lui. Les dernières années de sa vie, vous vous étiez un peu éloignés… Quoi, qu'est-ce que j'ai encore dit pour que tu me regardes comme ça ?

– De Papa ou de toi, je n'arrive pas à savoir qui est le plus barré.

– Tu t'es vu avec ton cabas ? Non, mais franchement ! Et à ton avis, pourquoi crois-tu que nous nous sommes plu ? Si ton père n'avait pas été un peu barré, comme tu dis, tu n'existerais pas, mon chéri. Allez, file, va discuter avec lui, il faut que je me prépare.

*

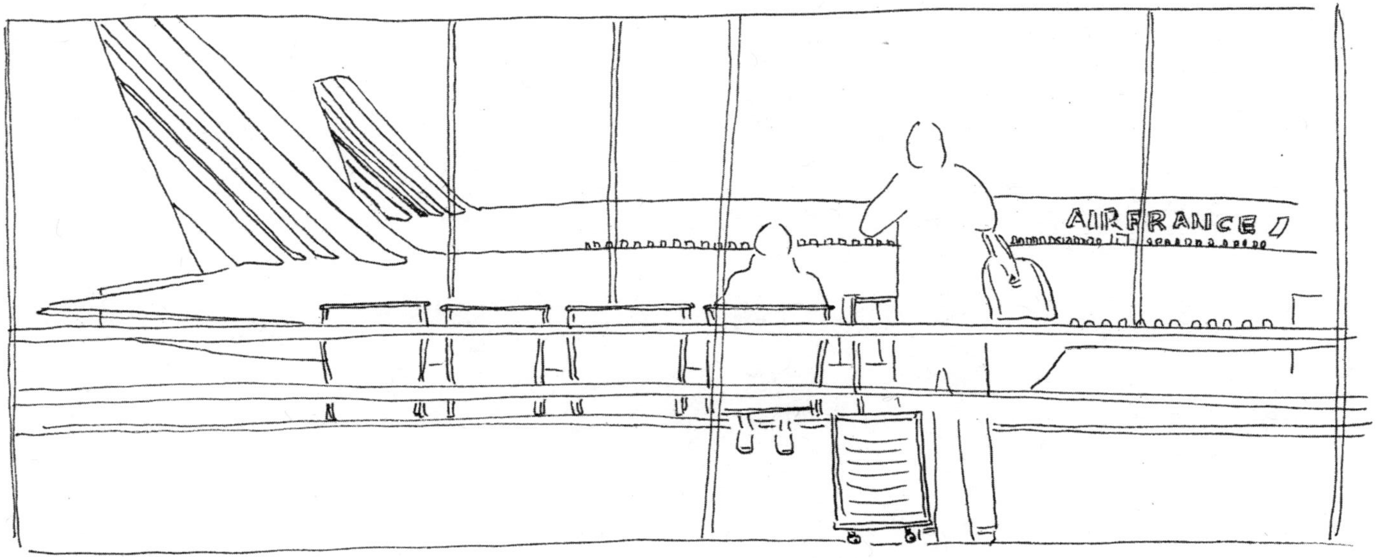
AIR FRANCE

7.

Thomas rentra directement chez lui. Raymond n'avait pas dit un mot de tout le trajet et continuait de se taire en regardant les toits de Paris.

– Tu vas faire la tête longtemps ? questionna Thomas.

– Enroulé dans du papier journal au fond d'un vieux cabas ! Comment avez-vous osé ? Vous m'avez pris pour le poisson du jour ?

– Tu te formalises pour pas grand-chose, si tu veux mon avis.

Thomas alla préparer ses affaires de voyage. Il glissa son passeport dans son sac et garda sa trousse de toilette en main, songeur.

– On ne sait jamais, murmura-t-il en attrapant l'atomiseur d'eau de toilette.

Il récupéra l'urne dans le cabas, déchira le haut de l'emballage, entrouvrit le couvercle et vaporisa une nuée de parfum.

– Qu'est-ce qui te prend, tu es devenu fou ? protesta son père en se levant brusquement.

– À quand remonte ton dernier voyage en avion ?

– Je ne sais plus et je ne vois pas le rapport.

– Fais-moi confiance, de toute façon ce n'est pas comme si tu avais le choix.

– Je te préviens Thomas, si j'empeste le patchouli devant Camille, je ne te le pardonnerai pas.

– Aucun risque, c'est du vétiver. Maintenant, erre où tu veux, je sors dîner, et seul !

– Je sens bien tes reproches peser sur mes épaules, mais cette petite aventure que nous allons vivre ensemble pourrait t'offrir aussi l'occasion de réaliser un rêve.

– Vu les circonstances et ce que tu me demandes de faire, je ne vois vraiment pas lequel.

– Tu n'as pas toujours rêvé de te produire un jour sur la scène du Carnegie Hall ? Pourquoi ne pas profiter de ce voyage pour passer une audition ?

– Parce que le Carnegie Hall est à New York.

Thomas ne chercha pas à argumenter davantage, il attrapa un blouson et sortit en dévalant l'escalier.

Le printemps versait sur Paris un parfum de renouveau. Les marronniers étaient en pleine floraison. Thomas releva la tête pour admirer les campanules, les bouquets rouges et roses surgissant des feuillages. En poursuivant sa route, il décida de traverser un square envahi par les herbes folles… et les détritus. La saleté de la plus belle ville du monde le stupéfiait toujours.

Il s'était promené dans les rues d'Amsterdam, de Madrid, Londres, Prague, Vienne, Budapest, Copenhague et Stockholm, mais à part Rome aucune ne s'accommodait d'une telle crasse. Il en avait fait un jour la remarque à Sophie qui l'avait accusé d'être vieux avant l'âge. En quoi aimer la propreté relevait-il d'une question d'âge ? Un mystère parmi d'autres et un souvenir de dispute qui lui rappela les nombreux messages de Serge, son copain qui ne cessait de rompre et de se rabibocher avec sa petite amie. Thomas l'appela pour lui proposer de dîner dans le bistrot de son choix. La soirée ne s'annonçait pas réjouissante, mais il y avait de bons côtés à écouter son camarade se lamenter. Les malheurs de vos proches vous rappellent que votre vie ne va pas si mal et leurs déboires sentimentaux, qu'être célibataire a aussi des avantages.

Ils se retrouvèrent chez L'Ami Jean, le restaurant préféré de Thomas à Paris. Serge râla d'avoir été installé à une table commune, pas l'idéal pour se confier, mais Thomas le rassura sur ce point. Leurs voisins de droite étaient japonais et ceux de gauche probablement australiens à en juger par leur accent.

Au cours du repas, Thomas fit preuve d'un stoïcisme exemplaire. Si ses voisins avaient compris ce qu'il endurait, ils en auraient convenu, mais Thomas avait une aptitude remarquable à s'évader par la pensée. Un talent découvert sur les bancs de l'école. Le cancre de Prévert faisait figure d'amateur à côté de lui. C'est peut-être ce don qui en avait révélé un autre. Depuis sa petite enfance, Thomas entendait des mélodies, aussi vivantes que s'il s'était trouvé dans une salle de concerts. Elles résonnaient dans sa tête, comme par magie, et l'invitaient à des voyages imaginaires. Pendant que Serge énumérait les preuves d'indifférence de sa compagne, Thomas se laissa emporter par les impromptus de Schubert. D'abord celui en *do* mineur qui le conduisit à Stockholm, une soirée mémorable. Les Suédois sont des auditeurs merveilleux. L'*Impromptu n° 2* le ramena à une après-midi d'automne à Paris et aux baisers d'une étudiante en droit. Comment se prénommait-elle ?

– Tu m'écoutes ? questionna Serge.

– Je ne fais que ça, affirma-t-il alors que l'*Impromptu n° 3* lui rappelait son père.

Il l'avait joué sur scène au lendemain de sa mort, sans que personne ne sache que sa queue-de-pie était un habit de deuil.

Il n'aurait pas dû l'abandonner ce soir ; qui au monde avait la chance qui lui était offerte ? Alors, pourquoi depuis que son père lui était apparu, n'avait-il pas réussi à engager une vraie conversation ? Lui qui s'était tant reproché leurs silences et leurs non-dits.

– Ne fais pas cette tête, enchaîna Serge, même si elle me quitte, la vie continue, ce n'est pas la mort.

– Si, un peu quand même, soupira Thomas.

L'*Impromptu n° 4* déboula en sauveur, départ vers la Toscane à l'aube de ses vingt ans. Elle s'appelait Fabiola, elle avait une poitrine magnifique fleurant la cotonnade, et des mains débordantes de tendresse. Qu'était-elle devenue ?

– Tu crois que je devrais faire le premier pas ? demanda Serge.

– Qu'est-ce qu'elle est devenue ? répéta Thomas, cette fois à voix haute.

– Depuis hier ?... Bizarre, ta question.

– Ah non, je t'en prie, arrêtez avec vos « bizarres » !

– Mais qu'est-ce que tu racontes ?

– Rien, répondit Thomas, continue.

– Je l'appelle ou je ne l'appelle pas ?

Surgit le *Trio pour piano* en *mi* majeur, une réjouissance. Un matin au conservatoire, alors que leur professeur était en retard, il s'était amusé avec ses copains à le jouer façon jazz. La rigolade avait cessé lorsque le professeur, un chef d'orchestre vaniteux, avait débarqué en hurlant que Schubert avait dû se retourner dans sa tombe. Thomas s'était fait sanctionner pour lui avoir répondu qu'ainsi Schubert se serait remis à l'endroit après l'avoir entendu diriger la veille la *Symphonie n° 3*.

– Appelle-la, répondit Thomas, amusé.

– Je peux savoir ce qu'il y a de marrant ?

– Le plaisir de dîner avec toi.

– Après tout, tu as raison, qu'est-ce que je risque à faire le premier pas ?

– D'en faire un deuxième, et de m'appeler dans un mois pour me dire que tu es malheureux. Pardonne-moi, mais nous allons passer sur les desserts, il faut absolument que je rentre, je pars à l'aube demain.

– Où vas-tu ?

– À San Francisco.

– Veinard ! s'exclama Serge. Depuis le temps que tu rêvais de te produire sur une scène américaine.

– Je n'y vais pas pour un concert, expliqua Thomas en faisant signe au serveur de leur apporter l'addition.

– Je vois, comment s'appelle-t-elle ?

– Tu es loin du compte. J'emmène mon père en voyage, expliqua Thomas en cherchant sa carte de crédit.

Serge l'observa d'un air étrange.

– C'était une image, rectifia-t-il. Ne me regarde pas comme si j'étais devenu fou, je fais une sorte de pèlerinage, si tu préfères.

– Je ne préfère rien. On partage ?

– Non, je te laisse m'inviter, ce billet d'avion a vidé mon compte en banque, mais ce sera mon tour la prochaine fois. Il faut vraiment que je file, il m'attend.

Sans plus tarder, Thomas salua son ami et courut dans la rue pour attraper un taxi qui le déposa en bas de chez lui.

Il remonta l'escalier à toute vitesse et trouva son appartement vide.

Dépité, il appela son père, ouvrit la porte du placard avec l'espoir idiot qu'il s'y était caché, entra dans la salle de bains, et se pencha à la fenêtre en jetant un regard sur les toits.

– Tu es peut-être sorti. Si tu m'entends, ne tarde pas, le réveil sonne à l'aube, un long voyage nous attend.

Soudain, Thomas se sentit très seul, et il se demanda en allant se coucher, s'il ne perdait quand même pas un peu la tête.

*

Thomas se réveilla d'un sommeil agité dès les premières heures du jour. Il se frotta le crâne en ouvrant les yeux et appela aussitôt son père, mais il n'entendit que les sifflotements d'un employé de la voirie qui balayait sous ses fenêtres.

Si son sac de voyage ne s'était pas trouvé sur la table, il aurait pensé émerger d'un rêve étrange.

– J'ignore à quoi tu joues, à moins que tu fasses encore ta mauvaise tête. Si tu veux louper cet avion, tu n'as qu'à le dire, ce sera plus simple, cria-t-il.

Et n'obtenant toujours pas de réponse, il haussa les épaules et alla se doucher.

Il s'habilla, se prépara une tasse de café et inspecta les lieux.

– Qu'est-ce que tu fabriques ?

Thomas se remit à douter de sa santé mentale. Il contempla l'urne qui dépassait du sac, l'air accablé.

– Tu m'abandonnes encore, tu veux que je fasse ce voyage seul, c'est ça ? D'accord, dit-il en refermant sa porte, j'accomplirai tes dernières volontés et ensuite nous serons quittes.

Un taxi l'attendait garé en bas de son domicile. Et durant le trajet vers l'aéroport, Thomas se retourna dix fois, en regardant Paris s'éloigner par la vitre arrière.

Au comptoir d'enregistrement, l'hôtesse lui demanda s'il voyageait seul et Thomas lui répondit que c'était presque le cas.

Il s'attarda dans un Relay, acheta un exemplaire de *Diapason* et le feuilleta, attablé devant le comptoir de Ladurée, dont les macarons étaient l'un de ses péchés mignons.

Prenant son courage à deux mains, il avança vers les portiques. L'agent de sécurité se renfrogna en voyant la masse sombre apparaître sur son écran de contrôle, et elle confisqua le sac de Thomas en vue d'une inspection détaillée.

– Qu'est-ce que c'est ? questionna la jeune femme en s'emparant de l'urne.

– Un pot d'encens, répondit Thomas ; je suis pianiste professionnel, ça m'aide à lutter contre le trac.

– On peut dire que vous avez sacrément le trac. Je peux ? demanda-t-elle en dévissant le couvercle.

Thomas répondit oui en clignant des yeux. Elle approcha son nez et respira le contenu de l'urne.

– Ça sent bon, dit-elle en la refermant.

Elle passa l'urne au détecteur de traces d'explosif puis autorisa enfin Thomas à la reprendre.

Thomas la rangea dans son sac, salua la jeune femme et s'en alla. Il parcourut du regard la salle d'embarquement, de plus en plus inquiet.

– J'ai l'impression d'être un enfant qui a perdu ses parents dans la foule, murmura-t-il, tout cela est ridicule.

Thomas songea un instant à faire marche arrière, puis il pensa qu'au point où il en était, renoncer à visiter San Francisco serait un gâchis encore plus stupide. Il s'engouffra dans la passerelle, entra dans la cabine, et rangea son sac dans le compartiment à bagages.

Sa voisine s'était octroyé l'accoudoir et avait déplié son journal en empiétant sur l'espace de Thomas.

Il reluqua le fauteuil inoccupé de l'autre côté de la coursive avec l'espoir de s'y installer une fois l'embarquement terminé.

Dès que le chef de cabine eut annoncé la fermeture des portes, son père lui confisqua la place, et lui lança un grand sourire.

– Avoue que je t'ai un peu manqué !

– Tu trouves ça marrant ? Je peux savoir à quoi tu joues ?

– Parce que tu crois que c'est facile de se réincarner ? J'étais ici et là, mais tu ne me voyais pas, un *glitch,* je suppose. Ingénieux le coup du parfum.

– Un *glitch* ?

– Parfaitement, c'est un mot américain.

– Tu veux un autre *glitch* ? J'étais à deux doigts de tout plaquer.

– Je t'ai entendu râler, mais tu n'aurais pas renoncé. D'ailleurs, nous serons quittes de quoi exactement ? Dois-je en déduire que tu accordes enfin du crédit à l'éducation que je t'ai offerte ?

Sa voisine replia son journal, compatissante. Elle assura Thomas qu'il n'avait aucune raison de paniquer, les avions étaient les moyens de transport les plus sûrs qui soient et pour le distraire, elle lui demanda ce qu'il faisait dans la vie.

– Je suis pianiste, répondit-il.

– Vous trouverez d'excellents programmes à bord, rien de mieux que d'écouter de la musique pour se détendre, affirma-t-elle en mettant un casque sur ses oreilles.

Thomas foudroya du regard son père qui semblait beaucoup s'amuser.

– Au fait, quelle chienlit cette soirée, il est d'un ennui ton Serge ! Je la comprends sa copine, à sa place je l'aurais quitté une bonne fois pour toutes.

Thomas usa de la ruse grossière de sa voisine pour s'isoler. Il s'empara des écouteurs et ferma les yeux alors que l'avion s'envolait.

*

Thomas somnolait, son père l'observait en silence. Au moment de la distribution des plateaux-repas, il se pencha vers lui.

– Je croyais que tu voulais rattraper le temps perdu.

– Je ne pense pas que ce soit l'endroit idéal pour entamer un monologue, à moins que tu veuilles qu'on me mette dans une camisole.

– D'accord, mais rien ne m'empêche de parler.

– Toi qui étais si avare de paroles, Dieu que la mort te rend bavard !

– Si tu pouvais éviter d'interpeller Dieu pour un rien, ça m'arrangerait ; j'ignore jusqu'à quel degré de la hiérarchie est remontée l'information sur ma libération conditionnelle… Et puis si je ne parlais pas souvent, c'est peut-être parce que tu ne me posais jamais de questions.

Thomas jeta un regard furtif vers sa voisine, qui l'observait avec suspicion.

– Puisque tu t'inquiètes de ce que pense cette femme, tu n'as qu'à écrire sur une feuille de papier ce que tu veux me dire.

Thomas trouva l'idée absurde.

– Nous avons patienté trente-cinq ans pour vider notre sac, nous pouvons attendre d'être arrivés à destination.

– Quel sac ? Je n'ai aucun grief à ton égard, toi si ?

– Ce n'est pas ce que je voulais dire.

– C'est pourtant ce que tu as dit. Tu vas jouer au jeu de l'adolescent attardé, te plaindre que je ne me suis pas suffisamment intéressé à toi ? Très bien, engageons la partie, mais privilège de l'âge, c'est moi qui commence. Alors, dis-moi quels étaient mon film préféré, ma musique préférée et le livre qui m'a le plus bouleversé ? Et voilà, échec et mat en un coup, tu ignores tout cela, n'est-ce pas ? Reconnais que tu allais essayer de me piéger avec ce genre de question.

– Être mort te donne le pouvoir de lire dans mes pensées ?

– Être ton père m'a donné ce pouvoir pendant bien des années.

– *Pain et chocolat*, *Chantons sous la pluie*, que tu chantais sous la douche, dans la voiture, à ton bureau et le soir en rentrant quand tu étais de bonne humeur, *Les Raisins de la colère*, ajoute à cela un poème de Villon et *Le Dormeur du val*. Je crois que tu viens de te faire manger ton roi.

Raymond regarda fixement son fils.

– Je t'emmenais passer des samedis après-midi au Jardin d'acclimatation et dès que nous rentrions tu me demandais où était ta mère ; à peine apparaissait-elle dans la pièce, que tu te jetais dans ses bras. Je t'accompagnais sur les terrains de football, mais c'était pour elle que tu triomphais. Je te donnais le bain ou te lisais une histoire, mais tu voulais que ce soit elle qui te couche. Quand j'entrais dans ta chambre le matin, tu étais déçu que ce ne soit pas elle qui soit venue te réveiller.

– Maman s'occupait de moi sans relâche, pas seulement le samedi après-midi, elle m'accompagnait et venait me chercher chaque jour à l'école. Et quand nous arrivions à la maison, je lui demandais toujours à quelle heure tu rentrerais, mais tu n'étais pas là pour l'entendre. Maman me questionnait sur ma journée et ne lisait pas son journal quand je lui parlais, Maman était un océan de tendresse.

– Tu vois, ce n'était pas une question de temps. L'injustice c'est que nous n'étions pas programmés pour cela, foutue pudeur qui faisait que serrer son fils dans ses bras plus de quelques secondes suscitait une gêne. Toute ma vie j'ai manqué d'affection. J'étais ce chirurgien avec lequel on gardait ses distances, et pourtant même quand j'opérais, je le faisais avec amour. J'en ai connu des hommes qui se vantaient d'avoir brisé des cœurs, moi, je les réparais.

– Oui, des rates, des foies, des appendices et certainement plein d'autres organes aussi, mais je me passerais volontiers de ces détails.

– Ce qu'elle m'agace, ta voisine, à nous fixer comme ça. Dis-lui que tu es schizophrène pour qu'elle nous foute la paix !

– À dix mille mètres d'altitude, je suis certain que ça va la rassurer.

– Tais-toi une seconde, chuchota Raymond. Il se passe quelque chose à l'avant.

– Comment pourrais-tu le savoir, nous sommes au dernier rang ?

– Je le sens, je perçois une agitation, tu n'entends rien ?

– La mort te réussit drôlement bien, je te rappelle que tu étais plutôt dur de la feuille les dernières années.

– Surdité sélective, mon fils, l'un des rares privilèges de l'âge, ne plus entendre que ce qui vous intéresse et feindre d'ignorer le reste.

– Tu simulais ?

– Disons que je faisais le tri entre l'utile et le superflu, sans compter qu'être sourd vous épargne un nombre de corvées incalculable. À quoi bon demander à quelqu'un qui ne vous répondra pas de sortir les poubelles…

La voix du commandant de bord résonna dans les haut-parleurs. Un passager de la classe affaires avait besoin de soins ; si un médecin se trouvait à bord, il était prié de se signaler auprès d'un membre d'équipage.

– Qu'est-ce que j'avais dit ! s'exclama Raymond.

– Que tu étais un fieffé roublard.

– Lève la main, ordonna le chirurgien.

– Pourquoi voudrais-tu que je fasse une chose pareille ?

– Tu as vu quelqu'un d'autre se manifester ?

– Non, mais je ne suis pas toubib.

– Moi si. Fais signe à cette hôtesse. Ce que tu peux être têtu parfois, pense à celui qui a besoin d'être secouru, bon sang !

Soudain, Thomas sentit sa main prise de soubresauts et la vit s'agiter en l'air sans qu'il puisse la contrôler.

– C'est toi qui fais ça ? murmura-t-il abasourdi.

– Non, c'est ta conscience, andouille.

Sa voisine le considéra d'un air étrange, un mélange d'étonnement et de compassion.

– Vous avez dû mal entendre, le stress probablement, dit-elle faussement amusée. Ils ont besoin d'un médecin, pas d'un pianiste.

– Je sais, soupira Thomas.

– Alors pourquoi levez-vous la main ? questionna la femme.

– Ça, en revanche, je n'en sais rien, répondit Thomas en haussant les épaules.

– Eh bien cessez !

– Je n'y arrive pas, c'est plus fort que moi.

– Mais vous n'allez pas lui jouer une sérénade tout de même à ce passager qui a besoin d'aide, s'indigna-t-elle.

– Je doute qu'il y ait un piano à bord et puis avouons-le, les sérénades finissent par taper sur les nerfs.

– Enfin à quoi jouez-vous ?

– Cela dépend des soirs, Brahms, Mozart, Bruch…

– Vous vous foutez de moi ?

– Je vous assure que non, s'exclama Thomas le plus sincèrement du monde. Lâche ma main, Papa, tu vas finir par m'attirer des ennuis !

Sa voisine le dévisagea, interdite.

– Il va de soi que ce n'est pas à vous que je m'adressais, précisa-t-il, confus.

Elle se pencha pour observer le siège où seul Thomas pouvait voir le chirurgien savourer le moment.

– Vous avez pris quelque chose ? questionna-t-elle.

– L'avion, comme vous.

Une hôtesse arriva à la hauteur de Thomas, empêchant que cette conversation ne se termine en eau de boudin. Elle le remercia et expliqua qu'un passager avait fait un malaise, puis le pria de la suivre.

Sa voisine fut terrifiée en le voyant se lever.

– Mais c'est un pianiste ! protesta-t-elle.

En vain. Thomas remontait déjà la coursive. Le trac qui le tenaillait avant d'entrer en scène n'avait rien de comparable à celui qu'il éprouvait en approchant des premiers rangs.

Un homme d'une cinquantaine d'années gisait, inconscient, dans le galley où l'équipage l'avait isolé.

– On a besoin d'air ici, s'exclama Raymond. Enfin, c'est ton patient qui en a grand besoin. Tu vas prier ces deux stewards de vaquer à leurs occupations, mais garde l'hôtesse auprès de toi. Questionne-la sur la façon dont le malaise s'est produit, ordonna-t-il.

– Il serait préférable qu'il y ait moins de monde, suggéra Thomas, timidement, mademoiselle pourrait rester m'aider. Qu'est-il arrivé ?

Les deux stewards s'en allèrent et l'hôtesse se sentit flattée d'avoir été choisie par le jeune médecin pour l'assister.

– Il m'a demandé à boire. Lorsque je lui ai apporté un verre d'eau je l'ai trouvé agité. Il transpirait beaucoup. J'ai d'abord pensé à une crise de panique, à cause des turbulences. Ses propos étaient décousus, limite agressifs ; il réclamait sa sacoche, haletant comme s'il avait du mal à respirer. Puis, il est devenu pâle comme un linge et il a piqué du nez. Vous croyez que c'est un infarctus ?

– Possible, mais je pense à autre chose, s'entendit prononcer Thomas, comme si son père avait pris possession de lui.

Puis il se vit prendre le pouls du patient, et dire à haute voix qu'il était lent, mais pas filant.

– Attrape sa main, dis-moi si elle est froide, ça, je ne peux pas le faire, expliqua le chirurgien.

Thomas serra la main de l'homme inconscient, un peu gauchement, comme s'il le saluait, ce qui ne manqua pas de surprendre l'hôtesse.

– Froide, murmura-t-il.

– Bien, maintenant, approche-toi de ses lèvres, ordonna le chirurgien, et dis-moi si ça sent la pomme.

– Et puis quoi encore ! On n'est pas dans les *Tontons flingueurs*, grommela Thomas.

Protestation qui fit sourciller l'hôtesse.

– Fais ce que je te dis ! insista Raymond.

Thomas se pencha sur le visage du malade.

– Aucune odeur de pomme, répondit-il devant l'hôtesse qui ne le quittait plus des yeux.

– Donc, pas d'acidocétose, conclut Raymond. Appuie fort sur l'une des joues, à la jonction des mâchoires, ne me demande pas pourquoi.

Thomas s'exécuta et le patient gémit aussitôt.

– Donc, c'est un petit malaise, pas un coma, expliqua le chirurgien.

Son père lui ordonna de relever les manches de l'homme et de chercher des traces de piqûres sur ses bras.

– En voilà une belle, dit-il d'un ton assuré.

Et soudain, Thomas se remit à prononcer des mots qu'il n'avait pas voulu formuler.

– Vous m'avez dit qu'il avait réclamé sa sacoche ?

– Exact, répondit l'hôtesse circonspecte.

– Allez me la chercher tout de suite.

L'hôtesse hésita avant de consentir à sa requête.

– Vous êtes sûr de savoir ce que vous faites ? questionna-t-elle en la lui rapportant.

– Je l'espère, soupira Thomas, ce qui agaça son père.

– Épargne-nous tes remarques désobligeantes, fouille plutôt cette sacoche, tu y découvriras sûrement un étui en plastique, orange et longiligne, c'est un kit de glucagon, nous allons en avoir besoin.

Comme l'avait prédit son père, il trouva le kit. En l'ouvrant, il tomba sur une seringue remplie d'un soluté et sur un flacon contenant une poudre.

– Maintenant, tu vas procéder exactement comme je te le dis, tu verras ce n'est pas compliqué. Commence par ôter l'opercule sur le flacon, tu piqueras ensuite la seringue dans le bouchon en plastique et tu pousseras le piston pour la vider. Voilà, comme ça, c'est parfait.

Secoue bien maintenant, impeccable ! Manœuvre inverse, fais-moi remonter le mélange dans la seringue ; épatant, tu te débrouilles comme un chef.

– Et ensuite ? s'inquiéta Thomas.

– Soulève un pan de la chemise. De ta main gauche pince la peau entre ton pouce et ton index, pour faire un pli. Tiens la seringue comme si c'était une fléchette, en veillant à ne pas toucher le piston.

– Je suis incapable de faire une piqûre à ce type, murmura Thomas.

– Tu en es tout à fait capable.

– Non, dit-il la main tremblante.

– Ça va ? demanda l'hôtesse qui l'entendait marmonner.

Thomas retenait la seringue à quelques centimètres du ventre du patient, quand sa voisine de siège arriva dans son dos.

– Cet homme n'est pas médecin, il me l'a avoué lui-même ! protesta-t-elle avec véhémence.

Prise d'un doute, l'hôtesse allait s'interposer, quand Thomas enfonça l'aiguille et vida la seringue.

S'ensuivit un moment de silence. L'hôtesse regardait fixement Thomas, Thomas ne quittait pas le patient des yeux, la voisine retenait son souffle et Raymond jubilait.

L'homme reprit ses esprits et demanda où il se trouvait. La voisine haussa les épaules et repartit furibonde, jurant qu'elle n'était pas folle, ce qui n'était pas le cas de tout le monde dans cet avion.

Thomas aida l'hôtesse à accompagner le passager jusqu'à son fauteuil et récita mot à mot les consignes de son père.

– Vous lui donnerez une boisson sucrée. Quant à vous, monsieur, contrôlez régulièrement votre glycémie jusqu'à l'atterrissage.

– Merci, docteur, répondirent l'hôtesse et le patient en chœur, ce qui ravit Raymond.

L'hôtesse aurait voulu inviter Thomas à finir le vol en classe affaires, mais la cabine était complète.

– Cela n'a aucune importance, assura-t-il.

Il regagna son siège et se pencha vers sa voisine qui ne décolérait pas.

– On ne peut pas être médecin et jouer du piano ? balança-t-il.

– Ton vieux père a encore de la ressource, n'est-ce pas ? Tu t'en es bien tiré.

– Comme tu dis ! Et s'il ne s'était pas réveillé, je m'en serais tiré comment ? Avec des menottes aux poignets pour avoir risqué la vie d'un homme ?

– Il est mort ou il va mieux… tu as pris des risques pour porter secours à quelqu'un, c'est tout à ton honneur. Tu veux m'en faire le reproche ? questionna Raymond avec une pointe d'ironie dans la voix.

Thomas réfléchit un instant et se retourna vers son père.

– Que s'est-il passé exactement pendant que j'aidais cet homme ?

– Pendant que *nous* l'aidions ! Il me semble t'avoir un peu assisté.

– C'est précisément à cela que je pensais. C'est une impression ou tu parlais à travers moi ?

– Je pencherais pour une impression… Je ne me le serais pas permis.

– Étrange… j'ai dit des choses dont je ne comprenais pas le sens, et prononcé des mots que je ne connais pas. Comme si tu m'avais possédé.

– Je ne vois pas ce qui te tracasse. L'important, c'est ce que tu as fait, pas ce que tu as dit.

– Eh bien toi ne recommence jamais ça. La sensation était détestable. J'avais l'impression que tu existais en moi.

– Le rêve de tout parent ! Continuer d'exister dans le cœur de ses enfants, répondit Raymond goguenard. Et puis n'en fais pas tout un plat. Ta mère parlait tout le temps à ta place quand tu étais jeune. Je te posais une question et c'était elle qui répondait.

– C'est nouveau, cette jalousie ?

– De quoi tu parles ? Tu ferais mieux de te reposer. Nous avons du pain sur la planche.

L'avion entra dans la baie de San Francisco. Lorsqu'il vira sur l'aile, Thomas aperçut le Golden Gate dont les tours rougeoyantes s'élevaient au-dessus des flots.

*

En sortant de l'appareil, Thomas fut rassuré. Son patient avait quitté l'avion avant lui. L'hôtesse qui se tenait à la porte le remercia chaleureusement.

Thomas lui retourna son sourire et s'engagea dans la passerelle.

– Tu ne lui demandes pas son numéro de téléphone ? Elle doit avoir au moins deux jours d'escale avant de repartir à Paris. Tu aurais même pu l'inviter à dîner demain soir.

– Et lui mentir en prétendant être un toubib. Comme si je n'avais que ça à faire durant ces deux jours…

– Je disais cela pour toi. En fait, je suis parti bien trop tôt, soupira Raymond, j'avais encore tant de choses à t'apprendre.

– C'est ce que Maman m'expliquait il y a peu de temps encore.

– Ah bon ? Quand est-ce que ta mère t'a dit ça ?

– Ce serait une bonne idée que tu restes silencieux quand je passerai la douane, suggéra Thomas en se joignant à la file qui semblait interminable.

– Ordonne-moi de me taire, pendant que tu y es.

– C'est ce que je viens de faire.

Thomas se sentit nerveux pendant que l'officier de l'immigration inspectait son passeport. S'il lui demandait d'ouvrir son bagage, il ne se contenterait pas de renifler le contenu de l'urne. À la question sur les motifs de sa visite, Thomas répondit être venu pour un enterrement. L'officier n'en demanda pas plus et une heure après s'être posé, Thomas montait à bord d'un taxi qui le conduisit vers San Francisco.

La tour pyramidale de la Transaméricaine apparut dans le lointain.

Raymond sembla troublé.

– Elle est là, murmura-t-il, je la sens. Vingt ans que je n'ai pas été si près d'elle, c'est émouvant, n'est-ce pas ?

Thomas regarda son père et le voir ainsi bouleversé l'émut à son tour.

– Oui, je suppose que nous ne sommes plus très loin, dit-il. Je ferai tout mon possible, je te le promets.

– Je le sais, mon fils, je le sais, répéta son père en lui tapotant le genou, un geste de tendresse qu'il faisait si souvent.

*

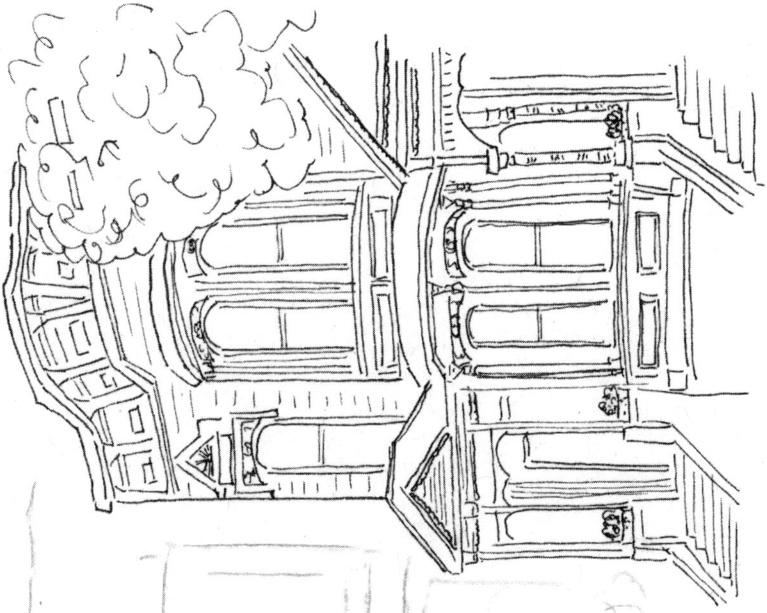

8.

Le taxi s'arrêta sur Green Street, devant le porche d'une maison victorienne, typique du quartier de Pacific Heights. Thomas régla la course, récupéra son bagage et sonna à la porte.

Une femme, la quarantaine radieuse et naturelle, lui ouvrit la porte.

– Thomas, dit-il en tendant la main.

– Lauren Kline, j'avais peur que votre vol ait du retard, je suis de garde dans une heure et je dois filer. Suivez-moi, je vais vous montrer les lieux.

– Vous êtes médecin ? questionna Thomas en entrant dans la maison.

– Oui, pourquoi ?

– Pour rien.

– Des problèmes de santé ? s'inquiéta Lauren en empruntant l'escalier qui descendait au rez-de-jardin.

– De ce côté-là, tout va bien.

– Tant mieux pour vous. Voilà, dit-elle, en ouvrant la porte de l'appartement, à droite la chambre, à gauche la salle de bains et le salon avec son coin cuisine.

Thomas examina la pièce. Un parquet à larges lattes, un petit canapé recouvert d'un plaid, une table basse ancienne, quatre chaises Hickory, un tapis coloré. La décoration était un peu hétéroclite, mais joyeuse. Deux fenêtres sur rue et deux autres ouvrant sur le jardin fleuri laissaient entrer une belle lumière.

– Nous vivons juste au-dessus, expliqua l'hôtesse des lieux, mais vous ne nous entendrez pas. Mon mari est à Carmel aujourd'hui, il ne rentrera qu'en début de soirée, et moi au petit matin. La vie de toubib a souvent des horaires compliqués.

– Je sais, répondit Thomas.

– Votre femme est médecin ?

– Mon père était chirurgien.

– Il a pris sa retraite ? Dans quelle spécialité exerçait-il ?

– Chirurgie cardiothoracique, il ne vivait que pour opérer, mais il n'est plus de ce monde.

– Je suis désolée. Qu'est-ce qui vous amène à San Francisco, vous ne restez que trois nuits, n'est-ce pas ?

Thomas hésita avant de lui révéler qu'il avait traversé l'Atlantique pour assister à des funérailles.

– Quelqu'un de proche ? Évidemment, sinon, vous n'auriez pas fait un aussi long voyage.

– Étrangement, je la connaissais à peine, elle était la maîtresse de mon père.

Lauren le fixa avec un petit sourire en coin.

– Il y a trois ans, nous avons fait un voyage en France. Le meilleur ami de mon mari vivait à Paris et nous étions allés lui rendre visite.

– Cela vous a plu ?

– Beaucoup, les Parisiens ont ce franc-parler qui les rend irrésistibles.

– Vous n'avez pas dû y séjourner très longtemps. Je ne veux pas vous retenir, votre maison est pleine de charme, j'y serai très bien, ne vous inquiétez pas.

– Si vous avez besoin de quoi que ce soit, Arthur sera là en fin de journée et il sera ravi de faire votre connaissance.

Lauren salua Thomas, elle l'avertit de ne pas s'inquiéter si des coups de feu étaient tirés dans le garage. Sa vieille voiture se montrait un peu capricieuse au démarrage.

Peu après, il entendit un moteur pétarader. Il passa la tête par la fenêtre et aperçut une Triumph verte qui descendait Green Street à toute berzingue.

– Elle n'a pas le pied léger, s'exclama Raymond, j'aime bien cela, elle a du caractère.

– La chirurgienne ou la voiture ? questionna Thomas.

– Merci pour cette façon si élégante de vanter mes talents de chirurgien auprès d'une consœur. Veux-tu que nous nous promenions en ville ou préfères-tu continuer à proférer des âneries ?

Thomas poussa la porte de la chambre. Une vieille commode sur laquelle étaient empilés des livres, une bergère devant la fenêtre, un tapis de jute clair, un grand lit couvert d'un patchwork et deux tables de nuit en bouleau. L'ensemble avait aussi son charme.

– Tu préfères quel côté ? plaisanta Raymond.

Thomas ne répondit pas et consulta sa montre. Il avait une furieuse envie de se coucher, mais il valait mieux lutter encore pour ne pas se réveiller au milieu de la nuit à cause du décalage horaire.

Il passa sous la douche, changea de tenue et alla se promener sur l'artère commerçante du quartier.

Signe des temps, le vieux cinéma d'Union Street avait beau avoir conservé sa façade, les lettres qui apparaissaient sur le grand frontispice formaient l'enseigne d'une salle de sport.

Thomas flâna dans les boutiques. Il visitait une galerie d'art, qui exposait des artistes locaux, quand Raymond s'arrêta devant une petite aquarelle représentant la plage du Presidio.

– Elle est pas mal celle-là, dit-il. Un joli trait à l'encre de Chine et les couleurs sont délicates. Si tu cherches un cadeau pour ta mère, en voilà un qui ne te ruinera pas et qui lui fera sûrement plaisir.

Thomas se retourna vers son père.

– Il faut que tu arrêtes ça tout de suite.

– Qu'est-ce que j'ai encore fait ?

– Parler à ma place, lire dans mes pensées. Là, dit-il en pointant son front, est une frontière que je t'interdis de franchir !

– Mais tu es devenu paranoïaque, pour qui me prends-tu ? Un ange aux facultés surnaturelles ? C'est très flatteur, je te remercie, mais tu es à côté de la plaque. Je ne suis que ton père.

– Ton petit jeu dans l'avion, c'était normal ?

– Je t'ai prêté ma voix, sans la moindre idée de la façon dont cela s'est produit. L'urgence a dû me donner des ailes. Je serais bien incapable de recommencer. Pour le reste, il fait un temps de rêve, et au lieu de te promener au grand air, tu traînes dans les magasins, j'en ai déduit que tu cherchais quelque chose à acheter. Tu es célibataire, donc ce ne pouvait être que pour offrir un cadeau à ta mère. Pas besoin d'être un revenant pour deviner cela. Bien, maintenant que je suis innocenté, tu l'achètes, cette aquarelle ?

Thomas ressortit du magasin avec le tableau. Il fit quelques pas dans la rue et s'attabla à la terrasse de Perry, l'un des plus vieux restaurants de San Francisco.

Il se contenta de commander une bière.

– Ta mère sera ravie, dit Raymond en regardant le paquet aux pieds de Thomas. N'empêche que j'aurais préféré que ce cadeau soit pour une amoureuse.

– C'est un peu désuet comme terme, non ?

– Non, c'est très joli. Quel plaisir tu trouves à être célibataire ? C'est d'un ennui !

– Ça te va bien de me dire ça, il ne t'est jamais venu à l'idée que la séparation de mes parents a pu ternir l'image que je me faisais du couple ?

– Ah je t'en prie, ne viens pas jouer les victimes avec moi. Si tu as si peur de l'engagement, c'est parce que tu privilégies ta carrière, ta musique, tes voyages… pour ne pas dire un certain égoïsme ! Commande donc quelque chose à manger, il n'est pas bon de se coucher le ventre vide.

– Mmm…

– C'est agaçant tes Mmm…

– Est-ce que tu dors la nuit ? demanda Thomas.

– Le jour, la nuit, ça ne représente plus grand-chose, mais cette histoire de repos éternel est une gigantesque escroquerie.

– Je croyais que tu n'avais rien le droit de me révéler ?

– Je ne t'ai rien révélé, tu l'avais constaté toi-même, non ? On ne va tout de même pas me reprocher de parler avec mon fils, et puis si je gaffe, je compte sur ta discrétion.

– À qui pourrais-je raconter ce qui m'arrive sans passer pour un illuminé ?

– Ne dis pas cela, un jour tu rencontreras quelqu'un ; à deux, vous inventerez une belle et grande histoire, tu verras ; et tu pourras tout lui confier, même tes pensées les plus folles.

– Ce que tu faisais avec Camille ?

– Avec ta mère.

Raymond se pencha sur le menu et suggéra le hamburger, en voyage, il valait toujours mieux s'en remettre à la cuisine locale, affirma-t-il.

Thomas commanda une salade.

– J'ai trouvé ce qui ne va pas chez toi. Tu ne ris pas assez, mon fils.

– Je sais déjà ce que tu vas me dire : on ne vit qu'une fois.

– Ah non, ça aussi c'est une gigantesque escroquerie. La vérité c'est qu'on ne meurt qu'une fois, en revanche, on vit tous les jours. Alors, cesse de faire cette tête d'enterrement.

– Je répétais mon rôle pour après-demain, tu ne vas pas t'en plaindre, répondit Thomas en posant son bras sur l'épaule de son père.

Et la serveuse trouva bien étrange ce client qui enlaçait une chaise vide.

*

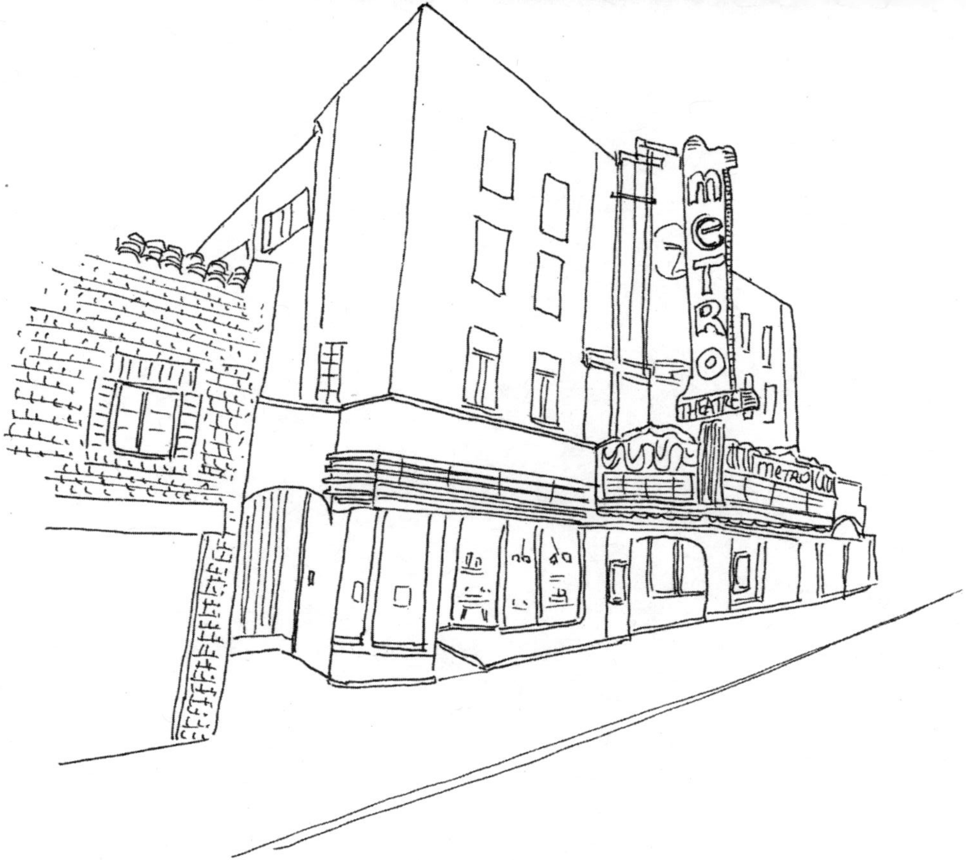
METRO
THEATRE
METRO

9.

Les habitants de Carmel, une petite ville côtière à cent cinquante kilomètres au sud, ont coutume de se regrouper sur la plage à la tombée du jour pour assister à l'immersion du soleil dans l'océan. San Francisco offre des aubes encore plus surprenantes. Au petit matin, le Golden Gate disparaît dans la brume qui pénètre la baie et recouvre la ville jusqu'à la marina, avait expliqué Arthur, le propriétaire de la maison de Green Street.

Le soleil émerge lentement de ce voile cotonneux, teintant les plages du Pacifique d'une couleur miel. Lorsqu'il passe au-dessus du quartier de Castro, la brume se retire, aussi vite que la marée descendante.

Arthur avait ainsi recommandé à Thomas, s'il se réveillait tôt, de grimper à la colline de Twin Peaks d'où la vue était imprenable. Il lui avait même proposé de lui prêter sa voiture. Thomas, réveillé aux premières lueurs du jour, avait choisi de suivre ses conseils.

Il sortit par la porte du jardin qui sentait bon la terre retournée. La Saab était garée dans l'allée bordant la maison victorienne, Thomas prit dans sa poche les clés que lui avait confiées Arthur.

Son père s'était installé sur la banquette arrière, expliquant qu'il avait toujours rêvé d'avoir un chauffeur.

– Ce n'était pas avec mes honoraires que j'aurais pu m'offrir ce luxe et puis me faire conduire par mon fils a quelque chose de réjouissant.

– Tu peux même t'asseoir sur le capot si ça t'amuse, je m'en fiche.

– Vas-y mollo quand tu rétrogrades, la boîte de vitesses est délicate.

– Depuis quand tu t'y connais en mécanique ? s'amusa Thomas.

– J'ai possédé une Saab identique à celle-ci, figure-toi, tu n'étais pas né. J'ai emmené ta mère avec jusqu'en Toscane. Elle était vert olive, la voiture, pas ta mère bien sûr. Jeanne détestait la couleur, mais elle appréciait le confort des sièges.

– Si tu n'avais pas rencontré Camille, vous vous seriez aimés jusqu'au bout ?

– Si nous avions su nous aimer aussi longtemps, je ne pense pas que Camille serait entrée dans ma vie. J'aimais plaire, je ne le nie pas, et qui pourrait m'en blâmer, mais je n'étais pas un homme à femmes. Je les respectais trop pour cela.

– Tu as dit que c'était après ma naissance que les choses s'étaient gâtées entre vous, c'est à cause de moi que vous vous êtes séparés ?

– C'est à cause de nous. On s'habitue à tout, y compris à l'autre, erreur fatale. Lorsque j'avais ton âge, je m'étais juré de ne jamais ressembler à ces hommes qui oublient la passion des premiers jours, celle qui les animait durant les premiers mois ou les premières années d'une histoire. Et pourtant, ta mère et moi avons oublié. Nous nous sommes peu à peu éloignés, sans prendre garde à la distance qui s'installait. La tendresse a disparu et avec elle les petits gestes du quotidien qui sont bien plus importants qu'on ne l'admet. Il m'arrivait parfois, quand tu disais bonsoir à ta mère, d'observer le baiser que tu lui donnais. Quel adulte peut espérer rivaliser avec autant d'amour ? Tu n'es en rien responsable de ce qui nous est arrivé et aussi surprenant que cela puisse te paraître, tu m'as prouvé que je me trompais. L'amour que nous portons à nos enfants est éternel, preuve que nous sommes capables d'aimer sans condition, c'est grâce à toi que je l'ai compris, sans quoi je ne nourrirais probablement pas l'espoir d'une seconde chance. Ce qui nous ramène à Camille justement, conclut Raymond, dont la silhouette venait de glisser sur le fauteuil avant.

– Nous sommes en panne ? demanda-t-il.

– Non, le moteur ronronne à merveille, pourquoi ?

– Pour rien, je m'inquiétais que nous nous traînions autant.

Thomas lança un regard à son père.

– Les yeux sur la route, s'il te plaît, à cette vitesse, on n'est jamais assez prudent.

– C'était comment l'Italie avec Maman ?

– Laisse ta mère tranquille et concentrons-nous sur ce qui nous attend. Nous allons devoir opérer avec méthode. D'abord, un repérage des lieux pendant la cérémonie, nous en profiterons pour faire discrètement des photos. Il faudra penser à acheter un appareil jetable. Peut-être pas d'ailleurs, le labo à qui on confierait le développement pourrait faire un rapprochement, enfin, un employé tout du moins, en lisant le journal par exemple. À moins que tu paies en espèces. Tu penseras à aller changer un peu d'argent. Ensuite, nous dresserons un plan précis des accès : portes, fenêtres, vasistas et bouches d'aération. Et hop, le soir venu, nous reviendrons faire le casse.

– Et hop ?

– Façon de parler.

– Tu te prends pour Arsène Lupin ?

– Et alors, quel mal à cela ? Il était plutôt sympathique et toujours très élégant.

– On ne trouve plus d'appareils jetables, et nous n'allons faire aucun casse. Permets-moi de te rappeler que lorsque tu dis « nous », il s'agit de moi. J'irai faire le repérage dont tu parles, et je verrai dans quelle mesure je peux revenir, après les obsèques, avec ton urne et profiter d'un moment de calme pour mêler tes cendres à celles de Camille.

– C'est une autre façon de procéder, moins romanesque, mais…

– Plus pragmatique, si tu cherchais le mot.

– Et pour la dispersion ?

– Je te rappelle les termes de notre accord ubuesque, je mixe et je secoue, point final.

Raymond se tut, un court instant seulement.

– Imagine que son mari décide de nous garder chez lui, sur sa table de nuit par exemple… Tu devines aisément l'inconfort d'une telle situation ?

– Tu connais beaucoup d'hommes qui dorment avec leur femme posée sur la table de nuit ?

– Non, mais je te rappelle qu'il était ingénieur.

– Et alors ?

– Va savoir ce qui lui passe par la tête, ce type est un jusqu'au-boutiste, neuf mille kilomètres pour nous séparer, si ce n'est pas excessif, alors je te demande ce qui l'est !

– Voler une urne dont les cendres sont encore chaudes, pour ne citer qu'un autre exemple.

– Thomas, n'oublie pas que tu me dois un minimum de respect, je suis ton père.

– C'est marrant, tu disais cela chaque fois que tu avais tort.

– Je ne devais pas te le dire souvent !

Ils arrivèrent au sommet de la colline. Thomas gara la voiture le long du parc et fit quelques pas pour atteindre un promontoire. Une brume épaisse flottait sur l'océan, comme un linceul. Un désert blanc qui se mouvait lentement.

– Tu admettras qu'un tel paysage fasse rêver, souffla Raymond, mais si tu préfères me laisser dans un pot en laiton, je comprendrai.

Le regard de Thomas se posa sur un parterre de fleurs, des tulipes rouges et blanches, parfaitement alignées, l'œuvre d'un jardinier scrupuleux. La nature était docile. Pas la moindre herbe folle pour déranger l'ordre établi des plantations.

– Ce que nous avons fait dans l'avion, enfin, ce que tu m'as fait vivre, c'était tout bonnement incroyable, dit-il.

– À ce point ?

– Lorsque j'entre en scène, l'émotion est forte, j'ai le feu sacré, mais rien à côté de ce que j'ai vécu quand cet homme a repris conscience.

– C'est amusant que tu dises cela. La plupart de mes confrères rendent visite à leurs patients après que ces derniers ont regagné leur lit. Moi, je ressentais le besoin d'aller les voir en salle de réveil. J'aimais assister au moment où l'anesthésie se dissipe. Quel que soit son âge, lorsque mon opéré rouvrait les yeux, ou balbutiait quelque chose, j'avais l'impression d'assister à une naissance. C'était magique. Mais ne dévalorise pas ce que tu accomplis lorsque tu joues. Je me trouvais dans la salle lors de ton concert, et la lumière que j'ai vue dans les yeux du public ressemblait vraiment aux ors d'un feu sacré, crois-moi, comme dirait ce bon vieil Albert.

– Marcel ! Qu'est-ce qui a provoqué ce malaise chez cet homme ? demanda Thomas.

– Il a dû entendre ta conversation avec ta voisine et il s'est dit à quoi bon vivre.

– Tu pourrais être sérieux une fois de temps en temps ?

– De mon vivant, tu me faisais le reproche inverse. Il est diabétique. Et tu lui as sauvé la vie en lui faisant cette injection. Quoi qu'il advienne, tu n'auras pas fait ce voyage pour rien.

– C'est d'accord, soupira Thomas, tu as gagné, je répandrai tes cendres.

– Nos cendres, rectifia son père. Tu penseras à te raser avant la cérémonie, je tiens à ce que tu sois impeccable devant Camille.

– Pourquoi, elle me verra ? s'inquiéta Thomas.

– Je ne pense pas, mais c'est une question de principe. Au début on ne voit pas grand-chose… et je ne t'en dirai pas plus, sinon je vais me faire taper sur les doigts.

*

De retour dans le petit appartement qu'il occupait sur Green Street, Thomas fit ce que son père lui avait ordonné. Il se rasa, enfila un jean et un polo. Il réfléchissait à l'endroit où prendre son petit déjeuner quand son père l'interpella.

– Tu ne comptes pas te présenter au funérarium dans cette tenue, j'espère ? Va mettre un costume, s'il te plaît.

Thomas se sentit très embarrassé en fouillant son bagage.

– Je l'ai oublié, dit-il. J'ai emporté deux chemises, un pantalon en toile... pour une fois que je ne partais pas pour un concert, je n'ai pris que le strict minimum.

– Tu n'as pas de cravate ?

– Ni cravate ni veste, seulement le blouson en daim avec lequel j'ai voyagé.

– Un blouson en daim ? Mais on ne va pas à un meeting aérien, bon sang. Il faut que nous t'achetions des vêtements décents. Quant à ce que tu portes aux pieds, ne me fais pas croire que ce sont des chaussures.

– Parce que tu imagines que j'ai les moyens de m'offrir une garde-robe à chaque voyage ?

– Un costume sombre, une paire de mocassins, tu n'y couperas pas, et une cravate ! Tu te rembourseras sur l'héritage, quand ta mère ne sera plus de ce monde, rétorqua Raymond, furieux.

– Tout à fait charmant, Maman serait ravie de t'entendre précipiter sa mort pour que son fils puisse être élégamment vêtu à l'enterrement de la maîtresse de son père.

– Tout de suite les grands mots. Les découverts en banque, c'est fait pour quoi ?

– Le mien a crevé le plafond.

– On ne paie pas les gens, dans ton métier ?

– Si, mais assez mal.

Raymond s'affala dans le sofa.

– Personne ne se rend à des obsèques en jean et en baskets, se lamenta-t-il. À quoi pensais-tu quand tu as préparé ton sac ?

– À deux trois choses sans conséquence. Par exemple, comment fait-on pour voyager en avion avec les restes de son père ? Pourquoi son fantôme est apparu dans ma vie ? À ce que je ressentais en apprenant qu'il était épris d'une femme dont j'ignorais jusqu'alors l'existence, aux raisons qui me poussaient à vouloir voler les cendres de sa maîtresse, et très accessoirement à ce qui m'arriverait si je me faisais prendre… ah, j'allais oublier mon concert à Varsovie samedi. Non, franchement, j'exagère d'avoir été distrait au point d'en oublier de me mettre sur mon trente-et-un.

– C'est nouveau, ce petit travers insolent, marmonna Raymond, tu ne l'étais pas avant.

– Voilà, c'est nouveau. Alors, on fait ton casse en jean ou on ne le fait pas du tout ?

– On n'a qu'à voler un costume.

– Pardon ?

– Tu m'as très bien entendu. Pendant que tu l'essayes, je m'arrangerai pour faire une diversion et hop, tu te tailles du magasin.

– Tu ne veux pas qu'on pique le corbillard pendant qu'on y est ? Ce serait plus simple et puis on ferait d'une pierre deux coups.

– Quelle idée géniale ! Et tu n'auras plus qu'à rouler jusqu'à l'océan…

– Je plaisantais, Papa !

– Tu as raison, ce serait trop risqué, se reprit Raymond, et puis son crétin de mari sera probablement à bord, on ne va tout de même pas le balancer par la portière. Quoique l'idée ne m'aurait pas déplu.

Ils entendirent la Triumph freiner devant la maison dans un crissement de pneus.

– Reste ici, ordonna Thomas, j'ai une idée un peu moins tordue, je ne promets rien, mais je vais essayer.

Il se rendit à la porte du garage à la rencontre de Lauren qui rentrait de l'hôpital.

– Pas trop dure cette garde ? lui demanda-t-il.

– Un peu, lui répondit-elle, un traumatisme crânien à 3 heures du matin, les gens roulent comme des dingues et après il faut que ce soit moi qui les répare.

– Je vois, répondit Thomas en jetant un regard sur la gomme des pneus encore fumante.

Lauren aurait voulu rentrer chez elle, retrouver son mari et prendre un repos mérité, mais Thomas restait planté devant la porte.

– Un problème ? s'inquiéta-t-elle.

– Je comprendrais que ma demande vous paraisse étrange, mais vous n'auriez pas aussi un costume à me louer ?

Elle le regarda, étonnée.

– Je sais, c'est ridicule. J'ai oublié le mien à Paris et ce que je porte n'est pas idéal pour un enterrement, expliqua-t-il en montrant son jean. Je pourrais aller en acheter un, mais c'est un peu au-dessus de mes moyens en ce moment.

– Je vois, répondit Lauren. À louer, non, mais je peux demander à Arthur de vous en prêter un. Vous faites à peu près la même taille. Il en a plusieurs qu'il ne met jamais, suivez-moi.

Arthur travaillait à sa table d'architecte ; il se leva pour accueillir sa femme et aperçut Thomas derrière elle.

Thomas lui adressa un sourire gêné pendant que Lauren allait fouiller la penderie à la recherche d'un costume.

– Je préfère le bleu, mais le noir est de circonstance, dit-elle en le lui remettant. Vous n'avez besoin de rien d'autre ?

– Une cravate ? se risqua Thomas en baissant les yeux.

– Une cravate, répéta-t-elle en retournant sur ses pas.

Arthur observait la scène, en spectateur amusé.

– Quelle pointure faites-vous, je peux vous prêter une paire de mocassins, si vous voulez, dit-il.

– Quarante-quatre et ce n'est pas de refus, mon père déteste les tennis.

– Votre père est en ville ?

– Non, c'était une façon de parler, mon père est mort depuis longtemps.

Arthur croisa Lauren qui revenait avec la cravate.

– Je vais chercher des chaussures, dit-il en se marrant.

Il les confia à Thomas qui en profita pour lui rendre les clés de sa voiture.

– La vue était comme je vous l'avais décrite ?

– Encore plus belle.

Thomas se confondit en remerciements et se retira sur la pointe des pieds.

– C'est un original, souffla Lauren dès qu'il fut parti.

– Mais plutôt sympathique, ajouta Arthur. Il y a quelque chose d'étrange chez lui.

– Comme de faire onze heures d'avion pour se rendre à un enterrement sans emporter un costume ?

– Il est seul en bas ?

– Il l'était quand je l'ai accueilli, pourquoi ?

– Je l'ai entendu parler à plusieurs reprises.

– Il parlait seul, cela m'arrive tout le temps aux urgences. Je peste après un paquet de compresses qui refuse de s'ouvrir quand je n'engueule pas une civière récalcitrante.

– Mais tu es un peu timbrée, ce qui n'est pas le cas de tout le monde, répliqua Arthur en embrassant sa femme. C'était juste une impression.

– Quel genre d'impression ?

– Comme s'il y avait une sorte d'aura autour de lui.

Lauren se retira dans sa chambre, mais s'arrêta en chemin.

– Qu'est-ce que tu entends par une sorte d'aura ?

– Je n'en sais trop rien. Pourquoi me regardes-tu comme ça ?

– Pour rien.

Elle referma la porte.

*

– Nous voilà tirés d'affaire, soupira Raymond.

Son soulagement n'était pas feint.

– Je vais mettre mon costume de pingouin et ensuite nous irons au funérarium. Quelle est l'adresse ? demanda Thomas.

– Je ne sais pas précisément, répliqua Raymond, mais je saurai t'y guider.

– Comment ?

– Au flair, répondit-il d'un ton détaché.

Raymond refusa catégoriquement d'en dire plus. Il prétexta ne pas vouloir courir le risque d'être rappelé illico pour avoir trahi des secrets que les vivants ne devaient pas connaître.

Il promit d'être plus précis au fur et à mesure qu'ils approcheraient de leur destination.

– Tu m'as engueulé pour une cravate oubliée à Paris et tu ne sais pas où a lieu la cérémonie ! s'insurgea Thomas.

– C'est verdoyant, répondit Raymond impassible, en levant la tête.

– Qu'est-ce que tu renifles ?

– J'essaye de me concentrer, tu me distrais.

– Verdoyant, répéta Thomas. Rantanplan aurait un autre indice peut-être ?

– Dis donc, ça suffit maintenant ! C'est très verdoyant, et prétentieux. Ça ne m'étonne pas que son mari ait choisi un endroit pareil.

– Quel endroit ? Sans vouloir te déconcentrer.

– Je vois du marbre, des dorures, une grande coupole, et un monde fou ; on se croirait dans une résidence de luxe pour pensionnaires du quatrième âge.

– Un cimetière, donc.

– Non, c'est différent, je n'arrive pas à le décrire, je n'ai jamais rien vu de pareil.

Thomas prit son Smartphone, fit quelques recherches et retourna l'écran vers son père.

– Quelque chose dans ce genre ? dit-il en montrant le colombarium de San Francisco.

– Oui, c'est exactement ça, c'est là ! J'ai trouvé ! s'exclama Raymond.

– *Tu* as trouvé ?

– Je t'assure, Thomas, être à ce point susceptible à ton âge, c'est inquiétant.

– One Loraine Court, voici ton adresse, surtout ne me remercie pas.

– Merci infiniment, tu es content ?

Thomas fit défiler les photos afin de s'assurer qu'il s'agissait du bon endroit. Il fut le premier étonné en découvrant l'immensité des lieux. Raymond ne s'était pas trompé, le funérarium se dressait au milieu d'un parc verdoyant où s'élevaient de nombreux bâtiments fastueux. Le plus imposant de tous ressemblait au dôme des Invalides.

– C'est gigantesque, comment vais-je retrouver Camille au milieu de tous ces gens ?

– Quels gens ?

– C'est vraiment très étrange, ce n'est pas un cimetière et pourtant, il y a foule.

Thomas fit glisser son doigt sur l'écran avant de s'arrêter sur une photo qui le stupéfia. Les ailes qui s'étiraient de part et d'autre du dôme renfermaient de grandes salles aux murs couverts d'armoires vitrées et compartimentées. Dans chaque alcôve, étaient exposées une ou plusieurs urnes, accompagnées de bibelots, d'objets personnels et de cadres photo. Chaque vitrine racontait l'histoire d'une vie.

– Il y a en effet beaucoup de monde dans ton colombarium, confirma Thomas en partageant sa découverte avec son père.

– Quel imbécile, je ne la retrouverai jamais, répéta Raymond.

– Ne sois pas défaitiste, je sais comment faire.

– Comment ? demanda Raymond, inquiet.

– En tapant le nom de famille de Camille sur le site de Dignité.com. Nous apprendrons dans quel bâtiment aura lieu la cérémonie. Comment s'appelait-elle ?

– Brrrttlll, marmonna Raymond.

– Tu disais ?

– Brrrttlll, répéta son père.

– Ce n'est pas un nom.

– Bartel ! Elle porte le nom de famille de son mari, tu as compris cette fois ?

– Tu sais, Papa, être à ce point jaloux à ton âge, c'est inquiétant.

*

Thomas se retira dans sa chambre. Il passa son costume, noua sa cravate, et revint se présenter devant son père.

– C'est beaucoup mieux, approuva Raymond. Reste un dernier problème à régler. Je n'ai pas vu de station de métro dans ce quartier ni d'arrêt d'autobus, et le taxi qui nous a conduits ici t'a déjà coûté une fortune. Tu crois que ce serait pousser le bouchon trop loin de leur demander de nous prêter encore leur voiture ? Va te coiffer, tu as les cheveux en bataille.

– J'ai assez abusé de leur hospitalité, j'appelle un Uber, cria Thomas en entrant dans la salle de bains.

– Un quoi ?

– Un chauffeur, répondit Thomas qui remettait ses cheveux en ordre devant la glace.

– Tu as un chauffeur qui s'appelle Hubert ? Je te croyais fauché, marmonna Raymond.

*

La voiture roulait à vive allure sur Scott Street, elle arriva dix minutes plus tard devant la grille du funérarium.

Au milieu d'un parc majestueux, planté d'un gazon fraîchement coupé, de bosquets et de parterres fleuris, s'élevait un immense mausolée en pierre blanche, fenêtré de somptueux vitraux et surplombé d'un dôme en cuivre. De chaque côté s'étiraient de longs édifices tout aussi majestueux.

– Camille aurait détesté cet endroit, protesta Raymond en franchissant la grille.

– Je trouve cela plutôt beau, répondit Thomas.

– Ce faste ne lui ressemble pas, c'est son mari qui a dû faire ce choix, pour impressionner la galerie, comme d'habitude. Quand nous dînions ensemble, il la ramenait tout le temps et à l'époque il n'était pas encore millionnaire. Son sujet de prédilection, c'était lui et il était intarissable. Il ne posait jamais de questions et n'éprouvait aucun intérêt pour les autres.

– Il devait bien avoir une ou deux qualités cachées pour que Camille l'épouse.

– Les erreurs de jeunesse, ça te parle ?

– Je suis en plein dedans, si tu veux mon avis.

Thomas observa son père et comprit à son air maussade que l'heure n'était pas à l'humour.

Raymond avança vers le mausolée. Thomas s'arrêta devant la porte pour le laisser passer en premier. Mais son père ne bougea pas.

– Vas-y seul, je préfère t'attendre ici.

Thomas entra. Le silence et la lumière conféraient une atmosphère étrange aux lieux, sereine, étonnamment joyeuse et quelque peu baroque. Le jour traversant les vitraux enluminait le sol en mosaïque. Six rangées de chaises en bois verni, disposées sous la coupole, faisaient face à un autel en marbre de facture moderne. La rotonde était encerclée par de hautes parois circulaires, incrustées de niches en verre où étaient exposées les urnes. À la périphérie, huit portiques ouvraient sur des alcôves, abritant d'autres urnes. Leur entablement portait le nom de divinités des vents grecques et latines : Solanus, Euros, Auster, Notos, Zéphyr, Olympias, Arktos et Aquilon.

– Vous êtes là pour l'éclairage ? entendit soudain Thomas dans son dos. La boule à facettes doit être installée au centre de la coupole, mon père y tient beaucoup.

Il se retourna et découvrit une jeune femme, d'un âge proche du sien. Elle portait un jean noir, une chemise blanche cintrée à la taille et un boléro crème qui ajoutait une touche élégante à son apparence délicate.

– Non, je ne suis pas l'éclairagiste, répondit-il en retenant ses mots.

– La sonorisation ?

– Non plus…

Elle l'interrogeait du regard. Thomas, de la façon la plus spontanée du monde, expliqua qu'il repérait les lieux.

– Vous êtes français ? questionna-t-elle dans la langue de Molière.

– J'aurais du mal à prétendre le contraire. Vous le parlez remarquablement, répondit Thomas.

– Mes parents sont français… était, en ce qui concerne ma mère. J'ai grandi à San Francisco, d'où ce petit accent quand je m'exprime dans ma langue maternelle.

– Je n'en ai perçu aucun, je vous assure, et je suis musicien.

– Vous aussi vous avez perdu quelqu'un ?

– Mon père.

– Vous avez opté pour quelle prestation ? Digni-té.com en propose tellement qu'il est difficile de faire son choix, n'est-ce pas ?

– De quel genre de prestations parlez-vous ? questionna Thomas, en restant sur ses gardes.

– Eh bien… pour les obsèques de votre père ?

– Elles ont eu lieu il y a longtemps, répondit-il, incapable de mentir. Mais ce serait trop long à expliquer. Et vous, quand la cérémonie a-t-elle lieu ?

– Demain, en fin de matinée, je redoute ce moment, pour être honnête.

– Je ne vais pas vous déranger plus longtemps, vous avez certainement beaucoup de choses à faire. Je suis heureux d'avoir fait votre connaissance… pardon, ce n'est pas très adroit étant donné les circonstances, je suis désolé.

– Ne le soyez pas, depuis que Maman est morte vous êtes la première personne qui ne me déverse pas son chagrin. Je perds ma mère et ses amis ne parlent que de leur peine.

– J'ai connu ça, répondit Thomas en souriant. Je me souviens avoir consolé la secrétaire de mon père pendant des heures alors qu'elle pleurait sur mon épaule.

– Il faut que je file, s'excusa la jeune femme, mais j'ai été ravie de vous rencontrer, moi aussi. C'est étrange, quelque chose me semble familier dans votre visage, ajouta-t-elle en lui tendant la main.

Thomas la salua. Avant de quitter les lieux, il se retourna pour lui adresser quelques mots.

– Ne craignez pas la journée de demain ; on ne réalise pas vraiment ce qui se passe. Cela vient ensuite, quand le téléphone ne sonne plus et que l'absence prend toute sa place.

– C'est réconfortant, merci de votre sincérité.

Thomas retraversa le parc. Son père l'attendait derrière la grille.

– Tu as pu repérer les lieux ?

– Je n'ai pas le droit de faire ça, lâcha Thomas.

– Qu'est-ce que tu n'as pas le droit de faire ?

– J'ai accepté sur un coup de tête, pour te faire plaisir, sans réfléchir aux conséquences, sauf à ce qui pouvait m'arriver si je me faisais surprendre, sans penser à sa famille, à son mari un peu, parce que je voulais le détester autant que tu le détestes, mais sa fille… je n'ai pas le droit de lui voler les restes de sa mère.

Raymond croisa ses bras dans le dos et s'éloigna dans la rue qui descendait vers la baie. Thomas lui courut après.

– Tu me comprends ?

– Ce n'est pas comme si nous allions voler un corps. Il ne s'agit que de cendres qui seront dispersées de toute façon.

– Pas si sa fille souhaite les entreposer dans ce mausolée, où les familles et proches viennent se recueillir devant les urnes qui se comptent par centaines.

– Tu ne peux pas nous abandonner, Thomas ; pas dans ce mouroir, au milieu de tous ces gens, comme tu dis. Camille et moi avons attendu si longtemps d'être réunis. Manon a sa vie devant elle, les nôtres sont passées.

– Manon… parce que tu connaissais son prénom ?

– Attends, j'ai une idée pour chasser tes états d'âme.

– Je crains le pire.

– Tu n'auras qu'à verser les cendres de Camille dans mon urne, et remplir la sienne avec du sable, ou mieux encore avec toute cette poussière que j'ai vue traîner dans l'appartement où tu nous as installés. Un bon coup d'aspirateur suffira à faire le plein. Et pour sa fille, ce sera ni vu ni connu. Elle pourra se recueillir autant qu'elle le souhaite dans son tombeau des mille et une nuits.

– Devant un sac d'aspirateur… C'est ça, ton idée géniale ?

– Né poussière tu redeviendras poussière, ce n'est pas moi qui l'ai inventé !

– Tu ne reculerais devant rien !

– Mon entêtement a sauvé bon nombre de vies, je te rappelle. Tu trouves que nous avons mérité ça ? Élever nos enfants pour qu'ils nous collent dans une niche derrière une vitrine ? Merci la reconnaissance ! D'abord l'hospice et ensuite la galerie des cendres.

*

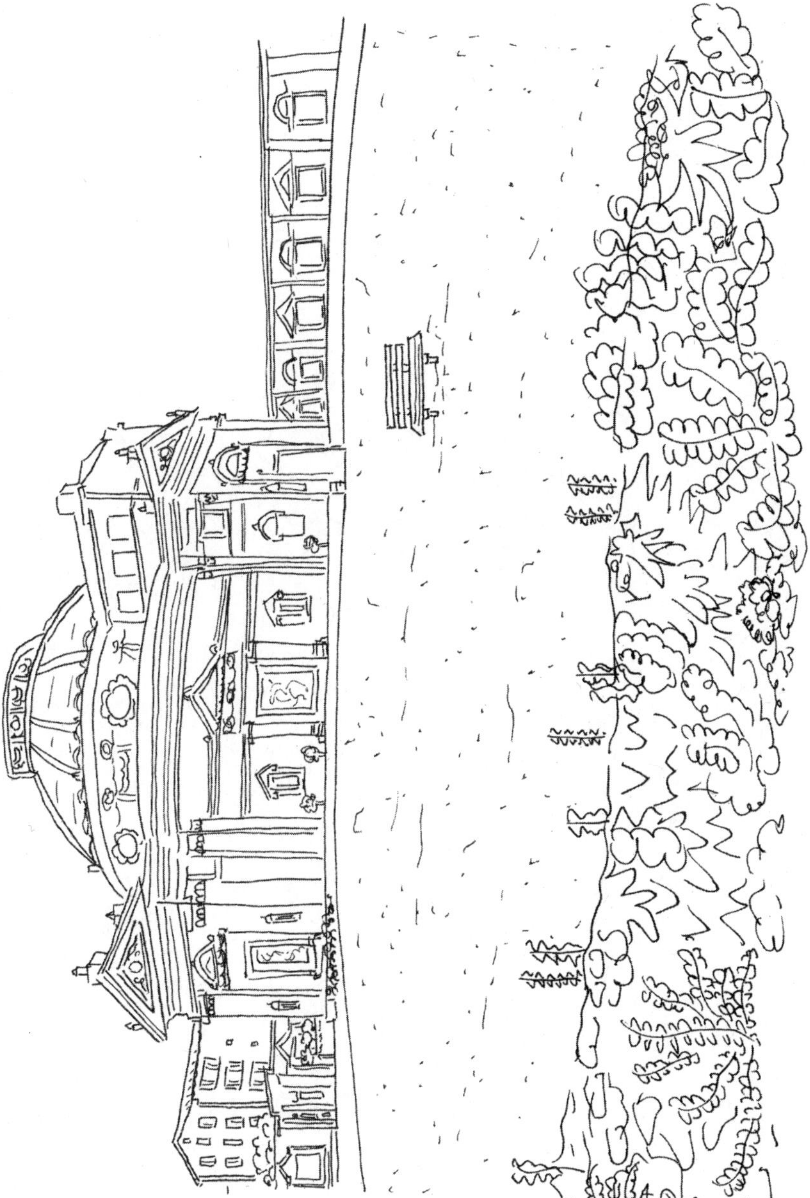

10.

Thomas était attablé à la terrasse d'une boulangerie française sur Arsicault Boulevard. Il avait commandé un café allongé et un croissant aux amandes qu'il dévorait avec appétit.

– Un colombarium, grommela Raymond. Mais quel nom grotesque. Est-ce que j'ai une tête de colombe ? Pourquoi pas de pigeon pendant qu'on y est.

– En tout cas, il nous faut un autre plan.

– Ça tombe bien, j'en ai deux à te proposer, répondit Raymond. Je n'ai cessé d'y penser depuis tout à l'heure, même si se concentrer n'est pas une mince affaire avec le bruit que tu fais en mangeant. Je commence par le plan B.

– Pourquoi pas le A ?

– Parce que je te connais, tu rejetteras le premier par principe. Bon, je développe. Tu te faufiles discrètement au milieu des invités et quand la cérémonie s'achève, tu t'arranges pour traîner un peu. Dans un endroit aussi vaste, il doit bien y avoir un recoin où se planquer. Dès la nuit tombée, tu sors de ta cachette, tu confisques l'urne et tu t'en vas. Simple, non ?

– Quel est ton autre plan ?

– Qu'est-ce que j'avais dit ! Le plan A commence de la même façon. Il y aura forcément beaucoup de gens, Camille était très aimée. Vaniteux comme il l'est, son mari voudra régaler tout ce beau monde. Lorsque les convives se rendront à la réception, tu profiteras d'être seul pour opérer le transfert des cendres, mais dans mon urne cette fois, et tu n'auras qu'à laisser l'autre à sa place. Le tour sera joué… ni vu ni connu.

– Tu m'énerves avec tes ni vu ni connu ! Je constate que tu as tenu compte de mes objections morales !

– Je pensais que nous avions résolu ce problème, répondit Raymond de mauvaise foi. Mais puisque ce n'est pas le cas, j'ai un compromis à te proposer. Tu pourras laisser quelques cendres de Camille dans son urne, je ne crois pas que cela change grand-chose pour nous, et ainsi, sa fille n'ira pas se recueillir dans le vide, façon de parler bien sûr. Mais attention, juste un fond !

Cette proposition laissa Thomas perplexe, mais il avait envie d'en finir. La dernière bouchée de son croissant avalée, il suça ses doigts et accepta d'un hochement de tête.

– Tu vas finir par tacher ce costume, râla son père. Va te changer et nous irons faire un peu de tourisme…

*

Le *cable car* descendait California Street. Le cliquetis de sa crémaillère donnait le tempo et Thomas pianotait en rythme sur la banquette en bois. Son père se tenait debout sur le marchepied, le visage rieur et les cheveux au vent, à ceci près qu'étrangement, ses cheveux ne flottaient pas dans le vent. Thomas l'observa longuement et il eut la certitude qu'il avait encore rajeuni.

Le wagon ralentit en approchant du terminus, Raymond sauta en marche, engageant son fils à le suivre.

– Est-ce que le temps remonte dans ton monde, comme une montre dont les aiguilles tourneraient en sens inverse ? demanda-t-il.

– Si tu espères me tirer les vers du nez par surprise, tu es loin du compte, mon garçon, je ne vais pas prendre le risque de tout ficher en l'air si près du but. Pourquoi me poses-tu autant de questions sur ce qu'il m'arrive depuis que je suis mort et si peu sur ce que j'ai fait de ma vie ? Si tu t'intéresses au temps qui passe, si tu veux rattraper le temps perdu dans nos silences, profites-en, c'est le moment. Jette-toi à l'eau, qu'aimerais-tu apprendre sur ton père ?

Question qui plongea Thomas dans un abîme de réflexion.

*

M. Bartel vérifiait l'alignement des chaises sous la coupole du colombarium. Il en déplaça une qui se trouvait légèrement en retrait dans la rangée.

– Je ne pense pas que les gens qui viendront aux obsèques de Maman s'inquiéteront de ce genre de détail, tu t'enquiquines pour rien, et puis tu sais très bien qu'elle aimait le désordre.

– Sur ce point, notre complémentarité était exemplaire, répondit M. Bartel, moi, je ne le supporte pas.

– Au moins, tu n'auras plus à ranger derrière elle, répondit Manon.

M. Bartel s'approcha d'elle et lui prit la main.

– Chacun fait son deuil à sa manière, tu as perdu ta maman et moi ma femme. J'attends juste de toi que tout soit parfait pour demain. Tu as rencontré l'organiste ?

– Il n'est pas encore arrivé, expliqua-t-elle, mais le matériel est livré, j'ai fait installer le clavier suffisamment loin de l'autel pour qu'on ne le voie pas trop.

– On entendra quand même la musique ? s'inquiéta M. Bartel.

– L'orgue est électronique, il suffit de monter le volume.

– Tu n'as pas oublié d'apporter la liste des morceaux que nous avons choisis ?

– Les textes, les partitions, le déroulement de la cérémonie minute par minute, tel que tu l'as rédigé, je peux aller acheter un chronomètre si ça te rassure.

– Je ne t'en demande pas tant. Puisque tout est en place, je vais au bureau, je tourne en rond ici.

– La pièce s'y prête, rétorqua Manon en levant les yeux vers le dôme.

Elle attendit que son père s'en aille et déplaça plusieurs chaises, recréant ce désordre que sa mère affectionnait tant.

Un employé du colombarium se présenta, accompagné de l'organiste.

L'homme avait la soixantaine passée, il était vêtu d'une chemise à jabot, d'un pantalon à pattes d'éléphant et affichait pourtant le visage austère de ceux qui veulent donner l'assurance qu'ils compatissent à votre douleur. Manon lui confia la liste des partitions et le minutage de la cérémonie. Elle s'adossa à une colonne et se fit un devoir d'assister à la répétition.

Mais dès qu'il commença à jouer, Manon sentit les larmes lui monter aux yeux. Elle sortit du mausolée et fit quelque pas sur la pelouse, emplissant ses poumons d'un parfum d'herbes fraîchement coupées qui la faisait renouer avec la vie.

Presque autant que la cérémonie, elle redoutait la soirée à venir. Si elle dînait chez son père, le silence qui régnerait à table finirait de l'achever. Au diable la fierté, elle appellerait une amie à la rescousse. Un dîner de filles lui ferait le plus grand bien, s'enivrer aussi. Sa mère aurait mille fois mieux aimé cela que de la voir se morfondre.

– Tu te souviens, maintenant que tu es là-haut ? murmura-t-elle en regardant le ciel. Je voudrais tant que la mort ait réparé l'oubli. Lorsque tu reposeras ici, je viendrai m'asseoir près de toi et je te raconterai les moments que nous passions ensemble, comme je le faisais ces dernières années. Je te sais près de moi, je sens encore ta présence. J'évoquerai mon enfance, le souvenir de tes mains qui caressaient mon visage, de tes baisers qui inondaient mes joues de tendresse et d'amour, de tes mots rassurants, de tes élans de joie et de cette spontanéité qui a illuminé ma vie, de nos déjeuners en terrasse, quand nous partagions nos secrets, quelques fous rires aussi et même nos désaccords. Qu'elle sera longue ton absence, Maman. Demain, je ne prendrai pas la parole, ne m'en veux pas, je n'y arriverai pas, la douleur est trop vive et puis mes mots n'appartiennent qu'à toi, qu'à nous deux. À demain, Maman.

Manon retourna vers le mausolée le cœur lourd. Elle entra seule dans le colombarium, où l'organiste triait ses partitions. Elle le salua du regard juste avant qu'il s'en aille, puis elle arrangea un bouquet de fleurs sur l'autel et prit place sur une chaise au dernier rang pour l'observer.

*

Thomas se promenait sur Market Street. Il s'arrêta devant un marchand de lunettes pour admirer une monture équipée de verres solaires. Il sursauta en voyant son père dans le reflet de la vitrine, portant sur le nez des Ray-Ban, copie vintage d'un modèle des années quarante.

– Comment tu me trouves ? C'est pour demain.

– Comment tu as fait ça ? demanda Thomas.

– Je n'en ai aucune idée, je me découvre de nouveaux talents à chaque instant, c'est assez drôle. Je dois tout de même faire attention à moi. Quand nous sommes passés devant ce magasin de déguisements tout à l'heure, je me suis souvenu d'une soirée costumée où, avec ta mère, nous nous étions amusés comme des fous, imagine que je me retrouve soudainement avec un postiche, tu ferais une de ces têtes. Bon, je les garde ou pas, ces lunettes ?

– Il me semble que tu les portes déjà.

– Je te demandais si elles me vont bien.

– Pour un meeting aérien, elles seront parfaites, je pourrai même te prêter mon blouson en daim.

Raymond repoussa les lunettes sur le bout de son nez et lança un regard noir à son fils.

– Tu es très beau, le complimenta Thomas.

– Je portais les mêmes quand j'ai rencontré ta mère. Tu veux que je te confie dans quelles circonstances ?

– J'ai entendu cent fois cette histoire, mais je l'écouterai encore avec plaisir.

– Tu ne connais pas la véritable histoire.

Et Raymond lui raconta en marchant comment il avait séduit Jeanne.

– J'effectuais mon internat à l'hôpital Boucicaut. Une nuit où j'étais de garde aux urgences, on nous a amené un jeune homme en piteux état. Il avait eu un accident de moto. C'était l'été, le personnel se faisait rare et j'allais devoir opérer pour la première fois sans qu'un autre chirurgien m'assiste. J'ai fait de mon mieux, mais ça n'a pas été suffisant, il est mort sur la table. Mon premier décès allait marquer toute ma vie, quelle ironie quand j'y pense. Je devais prévenir ses proches. J'ai ôté mes gants, mon calot, ma blouse et je me suis dirigé vers la salle d'attente. Il n'y avait aucune famille à qui s'adresser, seulement une jeune femme sur une banquette. Je l'ai repérée tout de suite, car elle était ravissante. Elle a relevé les yeux et j'ai compris qu'elle était là pour lui. Quand je lui ai annoncé la triste nouvelle, elle est restée digne, sans manifester le moindre émoi ; elle m'a remercié et elle est partie. J'étais stupéfait. À la fin de mon service, en sortant de l'hôpital, je l'ai découverte assise sur un muret, pleurant à chaudes larmes. Elle y avait passé le restant de la nuit. J'ignore encore ce qui m'a pris, mais je me suis approché d'elle, et d'une voix un peu autoritaire, je l'ai priée de me suivre. Et elle s'est laissé faire. Elle est montée dans ma voiture, une Simca 1100 dont je n'aurais jamais dû me séparer, et nous avons roulé jusqu'à Trouville, sans échanger un mot. Je me suis rangé devant le restaurant Les Vapeurs, nous avons commandé des crêpes, et déjeuné sans nous quitter des yeux, mais toujours en silence, un silence qui dura tout le trajet retour. Je l'ai déposée en bas de chez elle, et elle s'est contentée de me remercier à nouveau. Drôle de rencontre, n'est-ce pas ?

– Tu as un sens du « drôle » qui m'échappe parfois ; mais je reconnais que ce n'était pas banal. Et ensuite ?

– Ah, je suis heureux de constater que la vie de ton père t'intéresse enfin.

– Maman était un peu de la partie aussi, non ?

– Oui, bien sûr… Trois années ont passé. C'était un 21 mars, je m'en souviens puisque c'était le premier jour du printemps. J'avais promis de longue date de me rendre à un cocktail caritatif. Sauf que le moment venu, je n'avais plus aucune envie de tenir ma promesse. Un remords de dernière minute m'a poussé à y aller quand même. La soirée avait lieu au dernier étage du Théâtre des Champs-Élysées. J'étais en train d'admirer la vue, quand ta mère est apparue dans une robe rouge qui s'arrêtait juste au-dessus des genoux. Elle était d'une beauté à couper le souffle, et mes yeux sont restés rivés sur elle. Elle m'a souri, puis s'est mélangée à la foule. Ta mère savait que je ne l'avais pas reconnue. Ne me demande pas pourquoi, l'instinct féminin est un mystère plus grand que celui de la création. Pour ma défense, elle ne ressemblait en rien à la jeune fille éplorée que j'avais conduite à Trouville. De l'eau avait coulé sous les ponts. Pendant une bonne heure, nous avons joué au chat et à la souris, j'avançais vers une table où elle conversait avec ses amis, elle se levait juste avant que j'arrive pour aller s'installer à une autre, je m'approchais du bar où elle attendait, et elle repartait s'asseoir. Et puis soudain, j'ai entendu dans mon dos : « Vous n'avez pas la moindre idée de qui je suis, n'est-ce pas ? » Figure-toi que tu n'es pas pianiste pour rien. Ton oreille musicale, tu la tiens de moi. Si ma mémoire des visages est épouvantable, je n'ai jamais oublié une voix. Et certainement pas celle de cette femme qui m'avait remercié deux fois avec ce timbre grave et mélodieux. Je ne me suis pas retourné et j'ai répondu : « Est-ce qu'une crêpe chocolat chantilly au bord de la mer, ça vous dit quelque chose ? » Mon ego va en prendre un coup en t'avouant cela, mais c'est avec cette phrase idiote que j'ai séduit ta mère.

– Eh bien là, c'est drôle, s'amusa Thomas. Continue.

– Nous avons échangé nos numéros, des lignes fixes, car en ce temps les portables n'existaient que dans la voiture de ministres. Je l'ai appelée chez elle le surlendemain pour apprendre qu'elle partait le jour même à Biarritz en reportage. À l'époque ta mère travaillait pour *Paris Match.* Elle m'a promis de me rappeler à son retour, mais elle l'a fait de là-bas. C'était un vendredi, elle était en train d'écrire son article depuis le bar d'une plage, elle avait décidé de rentrer le dimanche et proposa que nous dînions ensemble. Le dimanche soir, on ne trouvait des restaurants ouverts que dans les gares, ou les drugstores, d'une tristesse à se buter. Alors je l'ai invitée chez moi, dans mon petit appartement rue de Bretagne. Le matin, je suis allé faire le marché ; j'ai passé l'après-midi à faire la cuisine et vers 17 heures, le téléphone a encore sonné. Ta mère redoutait les embouteillages du week-end en arrivant à Orly, et elle avait décidé de ne prendre l'avion que le lendemain.

– Qu'est-ce que tu as fait ? demanda Thomas.

– J'ai dîné seul, aussi digne qu'elle lors de nos deux premières rencontres, convaincu d'ailleurs que nous en resterions là.

– Ce qui n'a pas été le cas…

– Intelligente, ta remarque, tu ne serais pas là, sinon. Le lendemain, en partant pour l'hôpital, j'ai trouvé un paquet sur mon paillasson, il contenait un gâteau basque, emballé dans une feuille de papier sulfurisé sur laquelle ta mère avait écrit qu'elle me souhaitait une bonne journée.

– Alors, elle était rentrée le dimanche après-midi ?

– Évidemment qu'elle était rentrée le dimanche après-midi, elle ne s'était pas téléportée pendant la nuit.

– Je ne comprends pas.

– Ce qui prouve que tu as encore beaucoup de choses à apprendre sur les femmes. Elle ne voulait pas que notre premier tête-à-tête ait lieu chez moi.

– Qu'est-ce que tu as fait en découvrant ce gâteau ?

– Je l'ai mangé pendant ma garde.

– Qu'est-ce que tu as fait avec Maman ! Tu l'as appelée ?

– Mieux que ça, je lui ai fait porter des fleurs chez *Paris Match.*

– Pas mal, et romantique à souhait.

– Non, pas romantique, revanchard et calculateur. Les faire livrer sur son lieu de travail, c'était une façon délicate de lui rendre la monnaie de sa pièce. Tu devines les quolibets de ses collègues quand le bouquet est arrivé.

– Pourquoi calculateur ?

– Parce que les mêmes collègues n'allaient pas manquer de la cuisiner toute la semaine sur l'homme qui lui avait offert des fleurs. Aucune chance qu'elle m'oublie, même si elle l'avait voulu ! Mon stratagème a fonctionné, nous nous sommes revus très vite, et en sortant de ce dîner-là, nous ne nous sommes plus quittés.

– Jusqu'à l'été où tu as rencontré Camille.

– Quinze ans plus tard, et je ne regrette aucune des journées que j'ai passées auprès de ta mère.

Thomas se tourna vers son père et constata qu'il le fixait étrangement.

– Qu'est-ce qu'il y a ? demanda-t-il.

– Regarde derrière moi, s'exclama Raymond.

Thomas découvrit la façade du Davies Symphony Hall. L'une des plus belles salles de concerts au monde.

– Pourquoi crois-tu que je traîne mes savates depuis une heure en te racontant ma vie ? Si je t'avais dit où je voulais t'emmener, tu aurais refusé. Allez, entrons.

– C'est très gentil de ta part, mais on n'entre pas dans ce genre d'endroit comme dans un moulin.

– Tu es déjà entré dans un moulin ? Alors qu'est-ce que tu en sais ? Moi, quand j'avais la chance de voyager, je trouvais beaucoup d'intérêt à visiter les hôpitaux, à découvrir où travaillaient mes confrères. Ton manque de curiosité est consternant.

Thomas s'approcha d'une affiche placardée sur une colonne.

Daniel Harding, Mikhaïl Pletnev qui dirigerait l'Orchestre national de Russie, Anne-Sophie Mutter, Jean-Yves Thibaudet, Hélène Grimaud, la liste des musiciens qui joueraient dans cette salle au cours des semaines à venir le fit rêver de s'y produire un jour, alors il poussa la porte.

Le hall était désert, hormis un employé qui tenait le point de vente de billets.

– Il faut que je t'enseigne l'art de la roublardise, chuchota son père. Demande-lui de visiter la salle de concerts. Tu te présentes… un musicien français de renom en déplacement à San Francisco. Je suis certain que tu seras bien accueilli.

– Je ne suis que pianiste, pas de renom, protesta Thomas.

– Tu portes le mien, de nom, alors s'il te plaît fais-lui honneur.

L'employé le pria de patienter et décrocha un téléphone. Peu de temps après, le responsable des relations publiques du Davies Symphony Hall arriva. Comme l'avait prédit son père, il fut ravi de faire visiter les lieux à Thomas. Alors qu'il l'invitait à le suivre dans les couloirs, il l'interrogea sur sa carrière, une façon élégante de vérifier qu'il n'avait pas affaire à un imposteur. Thomas évoqua ses derniers concerts et à sa grande surprise, le responsable lui dit avoir entendu le plus grand bien de son interprétation du *Concerto n° 23* de Mozart lors de la représentation qu'il avait donnée à Stockholm devant la reine en décembre.

– Si vous saviez le trac que m'a causé la reine Silvia, répondit humblement Thomas.

Le responsable lui fit traverser les coulisses et l'entraîna jusqu'à la scène du grand auditorium devant deux mille sept cents fauteuils.

Puis il lui expliqua avec beaucoup de fierté que les larges panneaux concaves suspendus au plafond étaient des réflecteurs réglables qui permettaient d'adapter l'acoustique en fonction de la composition de l'orchestre et de l'assistance. Thomas pensa que Marcel aurait été aux anges.

– Les tentures que vous voyez de part et d'autre sont également amovibles, ajouta le responsable.

Nous pouvons aussi modifier la réverbération. Je vous aurais volontiers offert de tester ces merveilles de technologie, mais les ingénieurs sont déjà à l'œuvre pour la représentation de ce soir. Suivez-moi, j'ai encore quelque chose à vous montrer.

Thomas lui emboîta le pas, son père les suivit, avec une moue admirative. Ils quittèrent la scène par la porte opposée et empruntèrent une nouvelle coursive qui les mena dans un bâtiment adjacent.

– Nous disposons de deux auditoriums destinés aux répétitions. Ils valent d'être visités, expliqua le responsable en s'arrêtant devant une porte en chêne clair.

Thomas n'était pas au bout de ses surprises. La salle de répétition pouvait accueillir un orchestre philharmonique au complet.

– Impressionnant, n'est-ce pas ? Elle a été conçue pour que les corps de ballet s'entraînent en conditions réelles.

Elle n'était pas grande, mais immense et le Bösendorfer qui trônait sur la scène, de toute splendeur. Thomas les préférait aux Steinway, pour leur profondeur inégalable dans les graves.

– Essayez-le, proposa le responsable.

Thomas ne se fit pas prier. Trois jours s'étaient écoulés sans qu'il ait pu toucher à un clavier. Il s'installa sur le tabouret et dérouilla ses doigts sur les *Jeux d'eau* de Ravel avant d'interpréter deux études de Chopin, la première en *do* majeur suivie de la douzième en *do* mineur. Le responsable ne feignait pas le plaisir qu'il prenait à l'écouter.

Thomas abandonna le clavier à regret, et remercia son guide de l'avoir autorisé à jouer.

– Venez nous rendre visite un jour. Nous recevons des musiciens de tous pays. Notre public est friand de découvertes. Nous avons accueilli plusieurs de vos compatriotes et Mlle Grimaud jouera à la fin du mois.

– Vous n'êtes pas sérieux ? répondit Thomas, juste avant de recevoir un coup de coude de son père qui, s'il ne lui était pas passé à travers le bras, l'aurait certainement fait chanceler.

– Si cela vous tente, je vous laisse mes coordonnées, enchaîna le responsable en lui tendant une carte de visite.

Il le raccompagna jusqu'à la sortie des artistes et lui serra la main.

– Alors, questionna Raymond, qui avait raison ? Tu vois que moi aussi je peux te rendre des services. Si sa proposition se concrétise, nous serons quittes !

*

En route vers la maison de Green Street, Raymond manifesta son étonnement en constatant que le chauffeur ne ressemblait pas à celui du matin, et plus encore qu'il avait changé de voiture.

Ils approchaient de l'église Saint-Patrick, devant laquelle un corbillard était garé, quand Thomas se retourna brusquement vers son père.

– Nous avons un sérieux problème avec ton plan.

– Je ne vois vraiment pas lequel, il est parfait. Mais si tu préfères le plan B, je te laisse seul juge.

– A ou B, les deux commencent de la même façon, je dois me glisser incognito parmi les invités.

– À moins de prendre la place du curé, je vois mal comment faire autrement, et puis quel est ce problème si soudain ?

– Passer incognito, maintenant que j'ai rencontré Manon. Elle me reconnaîtra forcément et se demandera de quel droit je m'invite aux obsèques de sa mère.

– Mais pourquoi l'as-tu rencontrée, bon sang ? pesta Raymond.

– Probablement parce que tu m'avais envoyé seul en repérage, tu t'en souviens ?

– Bon, d'accord, vous vous êtes croisés ; d'ici demain elle t'aura oublié, crois-moi, elle a l'esprit ailleurs en ce moment.

– Nous avons échangé quelques mots…

– Combien de mots ? fulmina Raymond, en croisant les bras.

– Je ne sais pas, nous avons discuté quelques minutes.

– Tu ne t'es tout de même pas permis de conter fleurette à la fille de Camille, j'espère ?

– Ça te va bien, ce genre de reproche ! Non, je n'ai rien fait de tel. Elle m'a surpris et a voulu savoir ce que je faisais là, tu voulais que je parte en courant ?

– Tu n'as rien dit de mémorable, ce n'était qu'une conversation banale ? Elle a dû s'entretenir avec tellement de gens ces derniers jours, les employés des pompes funèbres, le fleuriste, le traiteur… je suis certain que tu t'inquiètes pour rien, elle ne se souviendra pas de toi.

– J'ai quand même un vrai doute…, soupira Thomas.

– Que lui as-tu raconté, exactement ? Je t'écoute, Thomas et n'omets rien, s'il te plaît !

– De ne pas redouter ce qui l'attendait demain, la vraie douleur de l'absence viendrait plus tard et durerait beaucoup plus longtemps.

Raymond regarda son fils d'un air circonspect.

– C'est du vécu ou tu dis cela pour te faire pardonner ?

Thomas se retourna vers la vitre.

– En attendant, je ne sais pas à quoi jouait ton « surmoi » pendant que tu prononçais ces belles paroles, mais je peux t'assurer que ton « moi » était en plein flirt, et de surcroît il s'y prenait comme une patate.

*

La voiture les déposa sur Green Street. Le capot de la Saab était grand ouvert, et Arthur penché sur le moteur. Thomas s'approcha de lui.

– Elle est en panne ?

– Non, mais elle tousse dès que j'accélère, je ne sais pas d'où ça vient.

– J'aurais aimé pouvoir aider, mais…

– C'est la pompe à essence, murmura Raymond.

– Les bougies sont peut-être encrassées, supposa Arthur en se redressant. Je vais la conduire au garage. Ce n'était vraiment pas le moment, nous sortons ce soir et je préfère éviter de monter dans la Triumph. Mais vous disiez ?

– … D'ôter le tuyau de la pompe, de le purger en soufflant dedans et de le remettre en place, expliqua Raymond d'un ton assuré. Et ne prend pas cet air dubitatif, j'ai roulé dans une Saab 900 pendant des années, mieux entretenue, ça ne fait aucun doute.

Alors Thomas répéta mot pour mot ce que son père avait dit.

– Le tuyau de la pompe à essence…, pourquoi pas. Vous ne sauriez pas où il se trouve ? demanda Arthur.

– Là, répondit Raymond en le pointant du doigt. Bon sang, si je le pouvais, il serait déjà sur l'autoroute.

– À cet endroit, reprit Thomas, impassible.

Arthur alla chercher ses outils sur son établi, dévissa le collier de serrage, exécuta la manœuvre et remit le tuyau en place. Après quoi, il s'installa au volant.

– Il faut qu'il pompe sur l'accélérateur, sinon ça ne démarrera pas !

– Il faut pomper sur l'accélérateur, conseilla Thomas.

Arthur tourna la clé de contact, le moteur ronronna et rugit en montant en régime.

– Impeccable, vous m'avez sauvé.

– Ce n'était pas grand-chose, répondit Thomas.

– Si, vous avez sauvé ma soirée, et ma journée de demain que j'aurais passée à courir les garages. À propos, nous dînons entre amis, vous voulez vous joindre à nous ?

Thomas hésita, le décalage horaire commençait à se faire ressentir, mais Arthur insista.

– Va t'amuser avec des gens de ton âge, je profiterai d'être au calme pour réfléchir à la façon de rectifier tes erreurs. Et ne rentre pas trop tard, demain, nous devrons être sur le pont dès 9 heures, en costume cravate, peigné et rasé de près !

Thomas brûlait de rappeler à son père qu'il n'avait plus dix ans, mais en présence d'Arthur, il préféra s'abstenir.

Raymond tourna les talons et entra dans la maison en traversant la porte.

Arthur ouvrit la portière passager pour que Thomas monte à bord.

– Je dois passer chercher Lauren à l'hôpital et nous irons ensuite directement au restaurant. Vous allez très bien vous entendre avec nos amis. Paul était mon associé avant de devenir écrivain ; vous connaissez peut-être sa compagne, l'actrice anglaise Mia Barrow. D'ailleurs, c'est amusant, ils se sont rencontrés à Paris, Paul y a vécu pas mal d'années, vous voyez, vous ne manquerez pas de sujets de conversation.

La Saab s'engagea sur Green Street, Raymond, le visage collé à la fenêtre, attendait qu'elle s'éloigne pour retourner au colombarium.

*

11.

C'était une tablée joyeuse réunissant des amis de longue date et un invité.

L'accent californien est neutre, mais les conversations s'enchaînaient à un tel rythme que Thomas avait des difficultés à suivre. Peu lui importait, il avait l'habitude de côtoyer des gens dont il ne connaissait pas la langue. Pour faire bonne figure, il souriait de temps à autre, hochait la tête ou ouvrait grand les yeux, luttant aussi contre les effets du décalage horaire.

Il y avait un piano contre un mur de la salle, que Paul ne cessait de reluquer.

– Vous jouez ? demanda Thomas.

– Oui, j'ai débuté très jeune ; j'avais loué un piano quand je me suis installé à Paris, mais je n'y touchais jamais, le cœur n'y était pas. Et puis finalement, je m'y suis remis quand nous sommes revenus vivre ici.

– Vous habitiez dans quel quartier ? questionna Thomas par pure politesse.

– Rue de Bretagne. Mais je passais la plupart de mon temps à Montmartre… pour l'inspiration.

– Le monde est petit, mon père a vécu dans cette rue. Vous êtes écrivain, votre ami Arthur me l'a dit.

– Alors, il faut le dire vite ; des mois que je n'arrive pas à avancer dans mon manuscrit.

– Qu'est-ce qui vous en empêche ?

– Je suis fou amoureux de Mia et comme si cela ne suffisait pas, nous sommes heureux.

– Je vois, répondit Thomas.

– Mon éditeur me harcèle. Un soir comme celui-ci, je devrais être assis à ma table de travail, mais je trouve toujours une bonne raison d'être ailleurs, la peur de le finir et encore plus de le faire lire. Assez parlé de moi, vous êtes en voyage d'affaires ?

– Non, je suis venu… (Thomas hésita.)… pour mon père.

– Qui habitait rue de Bretagne ! Et maintenant il est à San Francisco ?

– Il n'est plus de ce monde, mais il tenait à ce que ses cendres soient dispersées sur la plage au pied du Golden Gate.

Paul sortit un carnet de sa poche et commença à griffonner une page.

– Continuez, dit-il en mâchonnant son stylo. Vous me donnez une idée.

Penché sur sa feuille, Paul semblait attendre que Thomas poursuive.

– Laissez tomber, vous ne seriez pas au bout de vos peines, et puis personne n'y croirait, à moins d'aimer les histoires de fantôme.

– Là, vous ne savez pas à qui vous vous adressez, j'aurais pu obtenir mon doctorat en ectoplasmes. D'ailleurs, pourquoi parlez-vous de fantôme, votre père vous hante ? ricana Paul.

– On peut dire cela, oui.

– Mais c'est génial ! s'écria-t-il. Un père revenu de l'au-delà pour régler ses comptes avec les siens, je vous assure, c'est rapatant.

– Épatant, rectifia Thomas. Si vous le dites, c'est vous l'écrivain, ajouta-t-il, impassible.

Paul le fixa et rangea son carnet et son stylo.

– Je suis désolé, c'était très maladroit de ma part.

– Il n'y a pas de mal, rassurez-vous. Vous n'avez pas quitté ce piano des yeux, vous devriez aller jouer.

– Et pourquoi pas ? s'exclama Paul. Mia adore ça. Qu'est-ce que je joue, du jazz ou du classique ?

– Un morceau de classique risque de casser un peu l'ambiance.

Paul lui lança un clin d'œil complice en se levant et prit place sur le tabouret du piano. Il souleva le couvercle et attaqua un air de ragtime, se retournant vers ses amis pour voir s'ils l'écoutaient.

Et en effet, ils s'étaient tus, ainsi que d'autres convives dont Paul avait capté l'attention. Sauf Lauren, qui ne quittait pas Thomas des yeux.

– Vous jouez aussi ? chuchota-t-elle en se penchant vers lui.

– Qu'est-ce qui vous fait penser cela ?

– Vous pianotez sur la table, depuis que Paul a commencé.

Thomas acquiesça de la tête.

– Vous nous joueriez quelque chose ?

– Non, répondit Thomas.

– Pourquoi ? Nous sommes entre amis.

– Eh bien justement, parce que ce moment appartient à votre ami. Et il s'en sort très bien, d'ailleurs.

– Vous êtes si doué que ça ?

Thomas jeta un regard vers Mia qui écoutait Paul avec beaucoup d'attention.

– Elle était l'héroïne d'une comédie anglaise, si je ne me trompe ? J'ai oublié le titre, mais je l'ai vue il y a quatre ou cinq ans, à Londres.

– Vous avez vécu à Londres ? demanda Lauren.

– Pendant un court séjour professionnel.

– À ce propos, que faites-vous exactement dans la vie ?

– Comment Paul et Mia se sont-ils rencontrés ?

– Vous répondez toujours à une question par une autre ?

– Souvent.

– En quoi cela vous intéresse ?

– Chacun son tour, je vois. Je n'avais aucune curiosité déplacée, je vous le promets. Les acteurs voyagent beaucoup, les musiciens aussi ; j'ai aimé une violoniste, mais je n'ai pas réussi à maintenir une relation à distance.

– Paul et Mia se sont connus grâce à ce film, ou plutôt à cause de lui. Ne lui en parlez pas, c'est un mauvais souvenir pour elle. Son partenaire de scène l'était aussi à la ville, mais sa fidélité n'existait qu'à l'écran. Je ne vous ai rien dit, promettez-le.

– Et comme je suis sourde, le secret sera bien gardé, lâcha Mia en se tournant vers eux. Je m'étais réfugiée à Montmartre, dans le restaurant de ma meilleure amie. Paul était un client régulier. Et puisque nous n'avons plus de secrets, permettez-moi de vous donner un conseil d'amie, si vous aimez une femme qui voyage, voyagez avec elle. C'est ce que j'ai fait avec Paul.

– Vous m'en voudriez si je filais à l'anglaise ? demanda Thomas. Je suis épuisé et une grosse journée m'attend demain.

Il sortit son portefeuille, mais Arthur lui signifia qu'il était leur invité.

La nuit était douce et le ciel plein d'étoiles. Thomas décida de regagner la maison de Green Street à pied, il avait besoin de réfléchir, de solitude aussi, la demi-heure de marche qui l'attendait lui ferait le plus grand bien.

*

Raymond, bras croisés, arpentait le colombarium, observant les moindres détails, comme jadis, lorsqu'il s'apprêtait à opérer.

– Je n'aime pas l'avouer, mais je dois reconnaître que ton mari te connaissait drôlement bien, dit-il après avoir respiré le bouquet d'églantines qui trônait sur l'autel. De toute façon, elles ne sentent rien, alors je me fiche bien de ne plus avoir d'odorat, bougonna-t-il.

Il remonta les travées et s'installa au dernier rang, pour se faire une idée de ce que les proches de Camille verraient le lendemain.

– Je perds mon temps. Même si Thomas arrivait le dernier et s'asseyait ici, Manon finirait tôt ou tard par le repérer. Réfléchis, mon vieux, c'est demain ou jamais.

Son regard navigua de l'autel à la porte d'entrée, s'arrêta sur la chaise réservée à M. Bartel, balaya le premier rang, se posa sur l'orgue électronique puis à nouveau sur la porte d'entrée et revint soudain en arrière pour s'immobiliser.

– En curé non, mais la voilà ma solution, souffla-t-il très content de lui.

En se levant, il passa ses mains sur les plis de son pantalon, et constata que, mort ou pas, on ne se défaisait pas de ses vieilles manies.

Il n'avait pas perdu sa soirée et, ravi, il traversa le mur. Pourquoi s'enquiquiner à faire les choses normalement.

*

Raymond réapparut dans la chambre de Thomas. Il s'assit au pied du lit et observa son fils.

– Tu dors ? chuchota-t-il.

Thomas ne bougeait pas.

– Notre problème de demain est réglé, il faudra que nous partions un peu plus tôt que prévu, 9 heures au maximum. Veux-tu que je te réveille ?

N'obtenant toujours pas de réponse, Raymond s'approcha de l'oreiller et chuchota.

– Quand je venais te border dans ta chambre avant d'aller me coucher, tu faisais toujours semblant de dormir. Et tu plissais si fort les yeux que je me mordais les lèvres pour ne pas rire. Je ne voulais pas te décevoir, tu te donnais tellement de mal. Il t'arrivait souvent d'avoir oublié d'éteindre ta lampe de poche. La lumière traversait les draps. Alors, je repartais bouquiner dans mon bureau guettant le moment où tu dormirais vraiment pour revenir te l'ôter des mains. Tu sais, Thomas, si je pouvais rester plus longtemps, si j'en avais le droit, je ferais attendre Camille. Les dernières années de ma vie, tu me manquais terriblement et j'ai la certitude que tu vas me manquer encore plus.

Raymond embrassa Thomas sur le front, posa les mains sur le revers du drap et, à regret, se trouva incapable de border son fils.

*

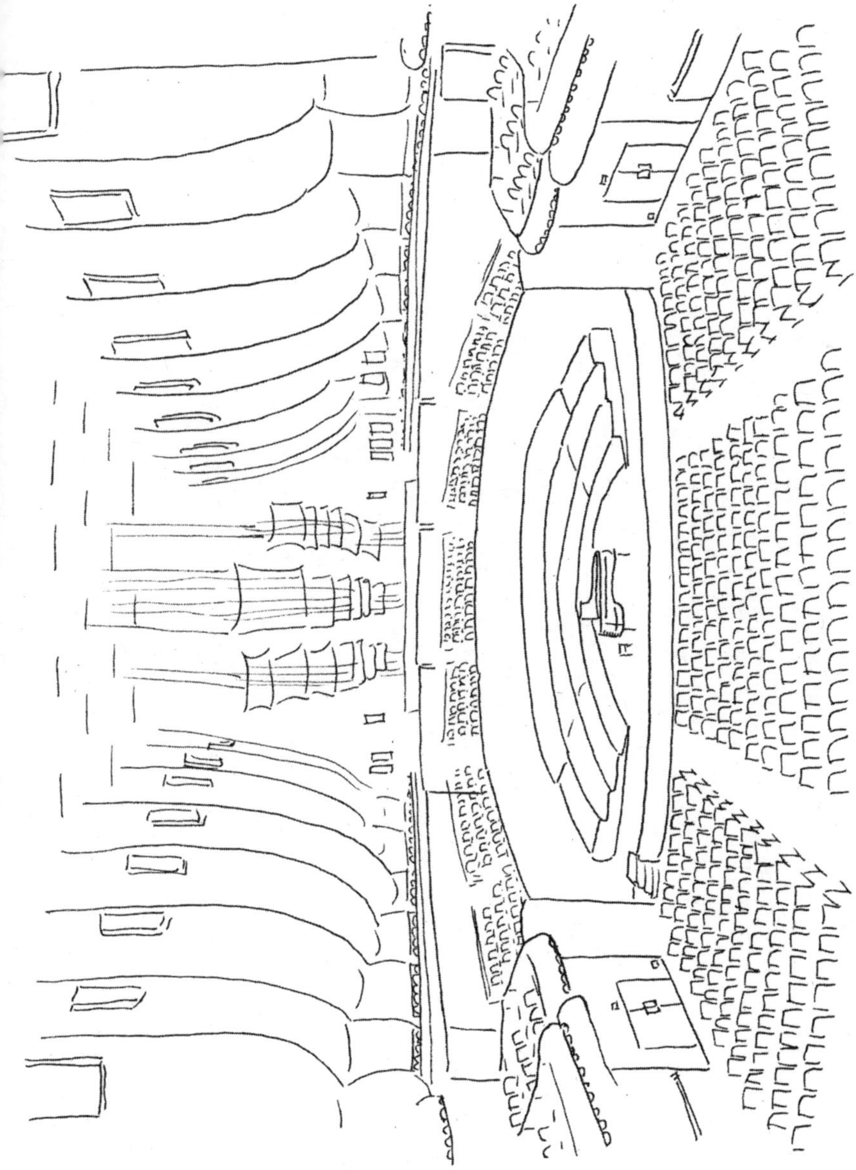

12.

– Pourquoi partir si tôt ? demanda Thomas en nouant sa cravate.

– Parce que, répondit son père, laconique.

– Impatient ?

– Attendre vingt ans un rendez-vous amoureux, je ne crois pas que ce soit être impatient.

– Nerveux, donc.

– Tu n'aurais pas le trac à ma place ? Fais le mariol ; je n'ai pas oublié ta tête quand cette Sophie est apparue dans ta loge.

– D'accord, mais la cérémonie ne commence que dans deux heures, poireauter devant l'entrée n'est pas ce qu'il y a de mieux pour passer inaperçu.

– Justement, je ne veux surtout pas que tu passes inaperçu. Au lieu de t'infiltrer, tu vas te faire inviter.

– Dans quel monde tu vis ? Pardon, ce n'est pas ce que je voulais dire, mais personne n'invite un parfait inconnu aux obsèques de sa mère, ce n'est pas une surprise-partie.

– Attends d'être sur place pour en juger, tu veux bien me faire confiance ?

– Ai-je vraiment le choix ? Oh, et tu sais quoi, j'aime mieux ça. Si ton stratagème échoue, au moins je n'aurai pas eu à me comporter comme un malotru.

Raymond dévisagea son fils, un petit sourire au coin des lèvres.

– Malotru à l'égard de qui ?

– De la fille de Camille pour commencer.

– Manon, donc. Tu as oublié son prénom ?

– Voilà, de Manon, si tu préfères.

– Oh, mais moi, je ne préfère rien du tout.

– Bon, on y va au lieu de se perdre en conjectures ?

– Il nous reste à régler un détail, grommela Raymond, qui n'en est d'ailleurs pas du tout un. Dans quoi comptes-tu transporter mon urne ? Pas dans un cabas encore !

Thomas regarda autour de lui. Son sac de voyage était trop grand, il attirerait l'attention. Il se rendit dans la chambre et fouilla les placards.

– J'ai trouvé, dit-il en revenant dans le salon avec un sac en toile siglé à l'enseigne d'une librairie que son père jugea trop quelconque.

– Il est discret et puis il ne s'agit pas de ton habit de cérémonie, rappela Thomas.

Raymond inspecta l'intérieur du sac pour en vérifier la propreté. Voyant l'heure tourner, il se résolut à ce que son urne y prenne place.

*

La voiture les déposa devant la grille du parc. Thomas avança dans l'allée et s'arrêta à une cinquantaine de mètres du colombarium.

– Qu'est-ce qu'on fait maintenant ?

– On se promène, répondit son père.

– On se promène ?

– Tu es atteint de surdité précoce ? Tu arpentes, c'est si compliqué à comprendre ?

– J'arpente quoi exactement ? Et puis parle-moi gentiment, je pourrais être tranquillement chez moi à Paris au lieu d'arpenter, comme tu dis.

– Peut-être, mais ce serait d'un ennui mortel.

– Parce que tu trouves que là, c'est plein de vie ?

– Ne reste pas planté ici, ça va paraître louche. Va t'asseoir sur ce banc, joue avec ton téléphone, compte les moutons, prends un air naturel, c'est tout ce que je te demande.

Thomas foudroya son père du regard et alla s'installer sur un banc au milieu de la pelouse, en face du mausolée. Il prit son iPhone et consulta ses messages. Serge lui annonçait que sa petite amie avait réintégré le domicile conjugal, mais qu'ils s'étaient encore disputés la veille. Philippe lui donnait d'autres nouvelles du tournage. Il était impatient de lui montrer les rushes. Sa mère s'inquiétait de ne pas réussir à le joindre et lui demandait s'il était reparti en tournée sans être venu l'embrasser.

– Eux non plus ne reculent devant rien, s'amusa Raymond en réapparaissant à côté de lui.

– De qui parles-tu ?

– Des gens qui ont conçu le banc sur lequel tu as posé ton postérieur. C'est aussi une urne, figure-toi. J'imagine qu'ils ont dû mêler les cendres au ciment. Ce pauvre Gerald est plâtré pour l'éternité. Là, vise cette petite plaque, je n'invente rien, tu n'as qu'à lire toi-même.

Thomas se pencha pour lire l'inscription gravée sur le banc.

À LA MÉMOIRE AIMANTE DE GERALD FILMOORE
(1949-2008),
QUI REPOSE ICI.

– En même temps, il avait peut-être passé sa vie entière debout, souffla Raymond.

Thomas releva la tête. Manon l'observait depuis l'entrée du mausolée.

– Je crois que je me suis fait repérer, chuchota-t-il.

– Il était temps, répondit son père, soulagé.

– Elle ne cesse de me regarder, poursuivit Thomas, inquiet.

Manon marcha vers lui, s'arrêta devant le banc et demanda si elle pouvait s'asseoir. Elle semblait bouleversée à nouer ses doigts sans dire un mot. Thomas resta muet lui aussi, hésitant à engager la conversation.

– Vous avez trouvé votre bonheur ? dit-elle en rompant le silence.

– Pour être franc, je ne le cherchais pas vraiment ici.

Il espérait la faire sourire, ce ne fut pas le cas.

– Quelque chose ne va pas ? questionna Thomas.

– J'enterre ma mère, tout va pour le mieux.

– C'était sarcastique ? Oui, forcément.

– Comme si la perdre n'était pas assez dur, il faut que je me charge aussi d'accomplir ses dernières volontés. Ce n'est pas à mon père, mais à moi qu'elle les a confiées ! Est-ce que nos parents pourraient penser à nous faciliter un tout petit peu la vie quand ils envisagent leur mort ?

– À qui le dites-vous, répondit laconiquement Thomas.

– Pardon d'être directe, mais le temps presse. Je n'ai pas rêvé hier, vous m'avez bien dit que vous étiez musicien ? De quel instrument jouez-vous ?

– Je suis pianiste.

– Alors c'est le ciel qui vous envoie !

– Je vous assure que ce n'est pas lui, quoique…

– Ne croyez pas que je sois opportuniste, mais j'ai un immense service à vous demander, déclara Manon en se tournant vers lui. Je vous paierai, bien sûr.

– Quel genre de service ?

– L'organiste que nous avions embauché a eu une attaque ce matin, il fallait que ça arrive aujourd'hui !

– Il est mort, lui aussi ?

– Non, pas ce genre d'attaque, plutôt une crise de démence subite. D'après ce que vient de me raconter son compagnon au téléphone, il aurait poussé un hurlement dans la salle de bains, en serait sorti en courant, toujours en hurlant, comme s'il était poursuivi par un démon, et il aurait glissé. Une jambe cassée et une commotion cérébrale. Bref, seriez-vous disposé à le remplacer au pied levé ? Je ne vois pas ce qui vous fait sourire.

– La jambe cassée et le pied levé, je suis désolé, c'est nerveux.

Thomas décocha un regard à son père qui se curait les ongles, masquant à peine sa satisfaction.

– Ce n'est pas la peine de me lancer ces yeux noirs, protesta Manon, je vous demandais ce service parce que je n'ai aucune solution. Mon père va être dans un état !

– Le mien aussi, mais un peu plus tard, faites-moi confiance.

– Je croyais qu'il était…

– Où se trouve le vôtre d'ailleurs ? interrompit Thomas.

– Il assiste à la crémation, répondit Manon en tournant la tête.

Ses yeux se perdirent vers le fond du parc, où la toiture d'un bâtiment isolé émergeait derrière une haie de cyprès.

– Je ne pouvais pas, confia-t-elle, la voix triste.

– C'est d'accord, dit Thomas, mais je refuse que vous me payiez. Que dois-je jouer ?

Spontanément Manon, posa sa tête sur son épaule, les yeux pleins de larmes. Thomas la consola, mais n'osa pas lui prendre la main. Il sortit un paquet de mouchoirs en papier de sa poche et le lui tendit.

– Tenez.

Manon s'essuya les paupières et l'observa fixement.

– Qu'est-ce qu'il y a ? demanda Thomas.

– Une sensation de déjà-vu. Allons-y, je vais vous montrer où vous installer.

Ils se dirigèrent vers le mausolée. Raymond leur emboîta le pas, plus aérien que jamais. En chemin, Thomas fit brusquement demi-tour pour récupérer le sac en toile qu'il avait oublié près du banc.

*

Manon l'avait accompagné jusqu'à l'orgue, l'abandonnant aussitôt. L'arrivée des premiers invités avait abrégé ses explications sur le déroulement de la cérémonie. Par chance, l'organiste avait laissé ses partitions sur le pupitre, rangées en ordre, ainsi qu'une feuille détaillant, minute après minute, la succession des morceaux qu'il devait interpréter. Thomas aurait souhaité les répéter, mais l'assemblée se formait déjà sous la coupole. Il se pencha sur le clavier, cherchant à s'y retrouver parmi une kyrielle de boutons sur lesquels il suffisait d'appuyer pour changer de son. Violons, trompette, guitare, clarinette, percussions et hautbois… l'orgue électronique pouvait simuler un orchestre entier. Il enclencha prudemment la touche représentant un piano à queue et plaqua un accord parfait.

– Pas mal, murmura-t-il en ajustant le volume.

Son pied rencontra le sac en toile qui contenait l'urne de son père, que Thomas s'empressa d'aller cacher derrière l'autel avant de regagner sa place. Il continua de se familiariser avec son instrument en effleurant les touches du bout des doigts, se faisant le plus discret possible.

*

La salle s'était remplie. Les invités, debout devant leur chaise, se recueillaient en silence. Manon guettait à la porte. La brise faisait frémir sa robe légère. Bientôt, elle se retourna vers Thomas, les yeux rougis, et lui fit signe que la cérémonie commençait.

Le premier morceau qu'il joua fut le *Clair de lune* de Debussy et pour l'avoir interprété tant de fois, il se passa de la partition. Ses doigts se mouvaient avec grâce, accompagnant dans la langueur du tempo les cendres de Camille qui entraient dans le mausolée. M. Bartel confia l'urne à sa fille qui la posa sur l'autel. Puis il avança vers le pupitre et déclama pompeusement les vers de Lamartine.

Que me font ces vallons, ces palais, ces chaumières,
Vains objets dont pour moi le charme s'est envolé ?
Fleuves, rochers, forêts, solitudes si chères,
Un seul être vous manque et tout est dépeuplé.

Que le tour du soleil ou commence ou s'achève,
D'un œil indifférent je le suis dans son cours ;
En un ciel sombre ou pur qu'il se couche ou se lève,
Qu'importe le soleil ? je n'attends rien des jours.

– Amis de longue date, nous voici réunis pour accompagner mon épouse à sa dernière demeure…

Thomas profita du répit qui lui était accordé pour repérer son père dans la salle. Raymond avait pris place au troisième rang, les yeux rivés sur l'autel, visiblement ému.

Pendant que M. Bartel terminait son oraison, Thomas se pencha sur sa feuille de route. Il rangea le premier feuillet de musique et découvrit le deuxième non sans un certain étonnement.

– Tiens, murmura-t-il, le *Gloria* de Vivaldi, au piano ?

Se rappelant que son instrument relevait plus du synthétiseur que d'un Steinway, il appuya sur le bouton « Violons », curieux de savoir ce que cela donnerait.

Et il fut emballé, les accords qu'il plaquait sur le clavier faisaient résonner un ensemble de violons dans une harmonie parfaite. Thomas s'élança dans une interprétation enflammée, maîtrisant à la perfection le rythme saccadé et effréné de la partition. Il était loin d'être au bout de ses surprises, car au moment où les chœurs devaient intervenir, les invités se levèrent et se mirent à chanter *Gloria, gloria, gloria, gloria, in excelsis Deo*, comme s'ils avaient fait cela toute leur vie.

Thomas joua avec plus d'entrain encore, il avait l'impression de diriger un orchestre, l'un de ses plus grands rêves, et le résultat était sublime. Si magnifique, qu'à la fin du morceau, toute la salle l'applaudit. Et comme il en avait l'habitude, il se leva de son tabouret et s'inclina respectueusement, sous le regard courroucé de M. Bartel.

Puis ce fut le tour d'un vieil ami de Camille de venir prononcer quelques mots. Il parla d'elle en des termes tendres, admiratifs et pleins d'humour, convaincu qu'elle les observait de « là-haut ».

Thomas n'en écouta pas davantage et plaça le troisième feuillet sur son pupitre. Il se figea en lisant les premières portées.

Il fit aussitôt des petits signes à Manon, puis de plus amples pour attirer son attention.

– J'ai l'impression que le pianiste vous appelle, souffla un invité.

Manon lui retourna son salut avant de comprendre enfin qu'il avait besoin d'elle. Pendant que le vieil ami de Camille poursuivait son discours, elle se leva discrètement et rejoignit Thomas qui lui chuchota à l'oreille :

– Je crains qu'il y ait une erreur pour la suite…

– Aucune, je vous assure, tout se déroule comme prévu.

Thomas jeta un œil sur la partition.

– *Stayin' Alive*, vraiment ?

– Je n'ai pas eu le temps de vous prévenir. Maman tenait à des obsèques joyeuses, à son image. Comme les processions à La Nouvelle-Orléans, quand la musique vous entraîne vers un autre monde ; une autre vie, disait-elle, où tous vos rêves inachevés se réaliseront. Maman ne raffolait pas du jazz, mais elle a été une reine du disco. C'est un peu original, mais c'est une question d'époque. Mon père n'était pas d'accord, j'ai tenu bon et ses amis aussi, alors il a fini par céder. Ne vous inquiétez pas, tout va bien se passer, et vous jouez brillamment, bravo, c'était parfait.

Ce fut lorsque Manon retourna à sa place que Thomas, jusque-là absorbé par sa musique, prit conscience que les invités avaient ôté leurs gabardines et imperméables démodés, découvrant des tenues encore plus démodées, mais surtout improbables.

Une femme assise au deuxième rang était engoncée dans une combinaison des années soixante-dix, son voisin, un pantalon vert bouffant, celui qui se tenait à sa droite, une chemise orange à col pelle à tarte sur un pantalon à jambières bleu pétant. À gauche, une femme portait une robe boogie, derrière elle, c'était une chemise argentée, un costume à gros carreaux, un haut bouffant à paillettes argentées. En bordure de rang, dépassaient des leggings résille fluo. Çà et là, des gants dorés, des lunettes maxi ou papillons, des cravates à sequins, des borsalinos et casquettes brillantes, on se serait cru en plein carnaval.

– Tu disais quoi tout à l'heure ? Ah oui… que nous n'allions pas à une surprise-partie, lança son père, goguenard, assis sur l'autel.

La boule disco se mit à tourner au centre de la coupole, projetant ses éclats sur les murs, les vitraux. Les urnes contenues dans les vitrines étaient enluminées.

– Quand elle affirmait que Dignité.com offrait un catalogue de prestations très variées, elle ne plaisantait pas, reconnut Thomas en hochant la tête.

Après tout, il était là pour remplacer l'organiste et jouer ce que Manon lui avait demandé. Et son étonnement ne fut pas feint quand les invités repoussèrent les chaises et se mirent à danser sur l'air de *YMCA*.

M. Bartel dansait aussi, et Raymond, ne souhaitant pas être en reste, se joignit à la foule, se déhanchant comme un diable, sous le regard éberlué de son fils à qui il adressa un clin d'œil.

L'ambiance était incroyable, Thomas enchaînait les morceaux, suivant sa feuille de route à la lettre : *Lets' All Chant, Just an Illusion, Hang In There Baby, Ring My Bell, Don't Leave Me This Way, Heaven Must Have Sent You, I Am So Excited,* et pour clou de la cérémonie : *I Will Survive.*

Puis les invités se regroupèrent devant l'autel, face à l'urne et sous un tonnerre d'applaudissements. Chapeaux, écharpes et casquettes volèrent dans les airs.

*

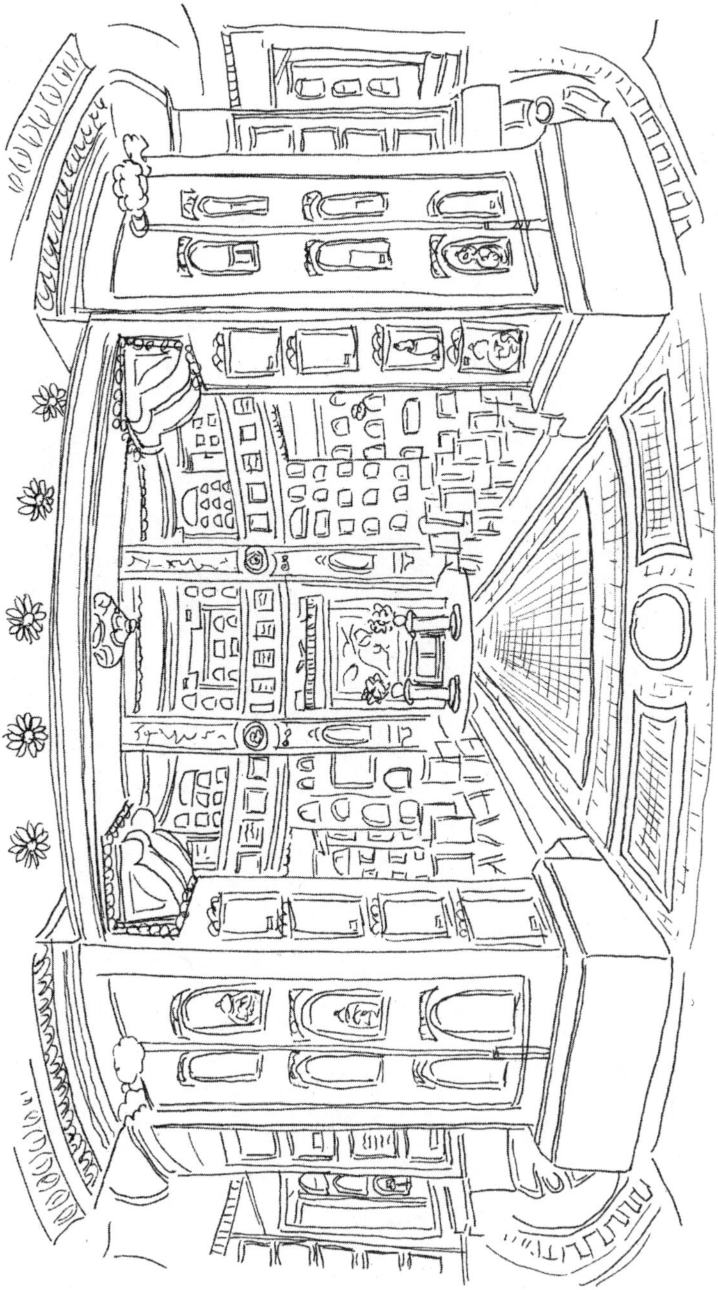

13.

La fête était finie, les invités quittaient le mausolée et se dirigeaient vers la salle où leur serait servie une collation. Thomas classa les partitions, sans se presser, guettant le moment où il serait seul.

Raymond préférait l'attendre dehors, de peur que sa nervosité perturbe la suite des événements, mais aussi afin de surveiller les alentours, prétendit-il. En réalité, pour ne pas devoir assister à ce que son fils allait accomplir.

Quand les dernières conversations s'évanouirent dans le lointain, Thomas s'approcha de l'autel.

Maintenant, il devait agir vite. Ouvrir l'urne de Camille, récupérer celle de son père, qu'il avait cachée, faire le transfert des cendres et filer discrètement.

Il posa la main sur le couvercle en se demandant s'il fallait le soulever ou le dévisser. Une légère traction le fit bouger.

– Qu’est-ce que vous faites ? demanda Manon.

Thomas sursauta, il ne l’avait pas entendue entrer. Il s’empressa de rabattre le couvercle, mais n’arriva pas à le refermer correctement, alors il se retourna et posa ses mains sur l’autel, faisant rempart de son corps.

– Je présentais mes respects à votre mère, bredouilla-t-il.

– C’est très délicat, je vous en remercie, mais j’ai encore besoin de vous.

– Pour jouer ?

– Non, pas du pianiste, mais de vous. Je ne supporte plus d’être seule au milieu de tous ces gens.

– Vous voulez que je vous raccompagne chez vous ?

– J’en rêverais, mais mon père me tuerait si je m’en allais. Vous accepteriez de me tenir un peu compagnie ? Vous n’aurez même pas besoin de me faire la conversation. Restez juste près de moi… qu’on ne vienne plus me présenter de condoléances, parce que là, je suis au bout du bout.

– Promis, je ne vous quitterai pas d’une semelle jusqu’à ce que les invités aient fini tous les petits fours, et s’ils s’attardent, on improvisera.

– Ce que je vais vous dire va vous sembler étrange, mais j’ai vraiment l’impression de vous avoir déjà rencontré.

Thomas resta silencieux.

– OK, je reconnais, c’était un peu pathétique, enchaîna Manon.

– Pas du tout. Allons-y, votre père vous attend et je n'ai rien mangé ce matin, direction le buffet.

*

Les convives s'étaient réunis dans un grand salon aux couleurs vives. Un immense portrait de Camille trônait sur le manteau d'une cheminée factice. Elle devait avoir la cinquantaine sur cette photo, et Thomas découvrit le visage de la femme pour laquelle son père avait eu un coup de foudre, la femme avec laquelle il allait entretenir un amour épistolaire pendant plus de vingt ans.

Manon lui avait préparé un assortiment de mignardises sur une assiette et se précipita vers lui avant qu'une vieille rombière à la mine déconfite ne s'approche d'elle.

– Votre mère était très belle, dit-il en prenant un macaron.

– Elle était ravissante, ce qui est beaucoup mieux. La beauté se fane, son sourire ne l'a jamais quittée même quand elle n'était plus vraiment là. Maman s'en est allée bien avant de mourir. Les derniers mois, elle m'appelait mademoiselle. Elle me prenait tantôt pour l'infirmière, tantôt pour la femme de ménage, les mauvais jours pour une enfant que mon père aurait eue avec une autre femme. Elle me hurlait que je ne prendrais pas la place de sa fille, cette ingrate qui ne venait jamais la voir. Et puis parfois, son visage s'éclairait et j'avais l'impression qu'elle me reconnaissait, même si elle restait murée dans son silence. Je vais enfin pouvoir faire mon deuil. Je suis désolée, ma conversation est vraiment joyeuse...

– Ne vous inquiétez pas, vous pouvez vider votre sac, je suis là pour ça.

– Je ne pense pas que vous soyez venu à San Francisco pour assister aux obsèques de Maman et encore moins pour me soutenir. Vous aurez de merveilleux souvenirs de voyage à raconter. J'espère au moins que vous pourrez en rire.

– Pas sans vous, je vous le promets.

– Vous jouez vraiment bien du piano. Quand vous m'avez dit être musicien, je pensais que vous frimiez. Ici, tout le monde prétend être artiste, mais là, j'étais loin du compte.

– Je n'ai pas grand mérite, c'est mon métier, répondit Thomas en haussant les épaules.

– Ce doit être magique de pouvoir exprimer ses émotions sans avoir besoin de parler.

– Mais vous, vous ne m'avez pas dit ce que vous faisiez dans la vie.

– Parce que vous ne me l'avez pas demandé.

– Alors je vous le demande.

– Pâtissière, je suis contente de voir que vous appréciez mes macarons, huit d'affilée, ça ne rigole pas !

– Pâtissière ?

– Ça vous pose un problème ?

– Non, c'est juste que vous êtes la première que je rencontre.

– Pardon, je vous faisais marcher. Je tiens une librairie près d'Union Square. Et par pitié, ne me demandez pas quel est mon auteur préféré, ça gâcherait tout.

– Ça gâcherait quoi ?

– Notre conversation qui n'a aucun sens, mais qui me fait oublier où je suis et pourquoi.

Raymond se posta devant le buffet, il trépignait d'impatience et Thomas comprit que c'était à cause de lui. Il s'excusa auprès de Manon, il ne s'absenterait que le temps d'aller se resservir, et promit de veiller à ce que personne ne l'approche.

Il rejoignit son père et remplit son assiette des derniers canapés qui n'avaient plus bonne mine.

– Quand tu auras fini de flirter, et ne me dis pas le contraire, le mot libraire éveillera peut-être quelque chose en toi ?

– Tu m'épiais ?

– Je me promenais, puisque personne ne me fait la conversation. J'ai bien tenté de m'intéresser à celle de M. Bartel, mais c'est au-dessus de mes forces. Pas étonnant que Camille soit morte, ce type est d'un ennui à mourir. Bon, libraire… librairie… ça ne te dit toujours rien ?

– Des livres ?

– Formidable, nous sommes sur la bonne voie. Lorsqu'on achète des livres, dans quoi les met-on pour les rapporter chez soi ? Un sac ! Et qu'est-ce qu'un sac peut contenir d'autre ? Mes cendres que tu as oubliées à l'intérieur du mausolée !

– Oh merde !

– Comme tu dis.

– Je les récupère tout de suite.

– C'est ce que je t'aurais prié de faire instamment si le gardien du temple ne l'avait pas fermé à clé. J'espère qu'il le rouvrira en début d'après-midi. Tu peux retourner batifoler, maintenant que tu as enterré ton père.

– Ça, je l'ai fait il y a cinq ans !

– Insolent en plus, c'est le moment. En tout cas, pour l'instant, l'opération urne est un fiasco.

– L'opération urne, vraiment ?

Mais Raymond avait disparu et Thomas fronça les sourcils.

– À qui parliez-vous ? demanda Manon en s'approchant de lui.

– À moi-même, la solitude du pianiste…

Une amie de Camille vint se servir un grand verre de vin blanc, elle portait une perruque afro aux couleurs psychédéliques et leur fit un grand clin d'œil avant de s'éloigner.

– J'imagine que les obsèques de votre père devaient être plus conventionnelles.

– Oui, comme une symphonie inachevée.

*

Une heure passa. Les invités s'en allaient peu à peu. Quand le salon fut presque vide, Thomas remarqua M. Bartel, assis sur une chaise, le regard perdu.

– J'ai l'impression que votre père a besoin de vous, souffla-t-il à Manon.

Elle l'observa à son tour.

– Il ne supportait pas d'aller lui rendre visite dans cette clinique où on l'avait placée. Ou peut-être n'arrivait-il pas à supporter l'idée qu'un homme de sa trempe n'ait pas su garder sa femme auprès de lui. Mon père a toujours obtenu ce qu'il voulait, sans tricherie, sans mensonge, ni flagornerie, à la seule force de son travail et de sa volonté. À ce niveau de réussite, ce n'est pas si fréquent. Sa droiture ne l'a pas doté d'un caractère facile, mais je ne connais personne d'aussi honnête que lui. Pour autant, je n'ai jamais rien compris à leur couple. Ils s'aimaient, se respectaient, s'admiraient même, mais restaient si distants ; il n'y avait pas une ombre de tendresse entre eux, ce qui est absurde, Maman était si joyeuse. Si pétillante de vie que je me suis souvent demandé ce qu'ils avaient en commun. Mais il paraît que les contraires s'attirent. Vos parents formaient un couple soudé ?

– Je n'y comprenais rien non plus, du moins, jusqu'à très récemment. Ils se sont séparés dix ans avant que mon père décède et c'est après leur rupture qu'ils se sont entendus à merveille. Il leur arrivait fréquemment de dîner en tête à tête. Maman aimait sa compagnie, Papa la faisait rire, et elle, elle l'apaisait.

– L'un des deux avait refait sa vie, ou peut-être les deux ?

– Ils ne les avaient jamais défaites, d'où le problème.

– Il n'empêche que je vous envie ; j'aurais de loin préféré ça, et je suis convaincue que ma mère aussi ; mon père est très conservateur, le divorce n'était pas envisageable. Mais vous avez raison, je vais aller m'occuper de lui, soupira-t-elle. Je ne sais pas comment vous remercier.

– De quoi ? Je ne m'étais pas amusé autant depuis longtemps... Je voulais dire au piano, bien sûr.

– Vous êtes désarmant de maladresse, conclut Manon en souriant.

Elle le fixa longuement, hésitante, avant de lui proposer de l'inviter à dîner le lendemain... en tout bien tout honneur, précisa-t-elle. Mais Thomas répondit qu'il serait à bord d'un avion. Il devait rentrer à Paris et repartir aussitôt à Varsovie où il jouerait samedi soir.

– Là, je vous envie vraiment, confia Manon.

– De dormir dans des hôtels sinistres et de me réveiller le matin en ne sachant pas dans quelle ville je suis ?

– De voyager, de partager votre talent avec un public conquis.

– S'il était conquis, je n'aurais pas le ventre noué par le trac avant d'entrer en scène. Je ne connais pas d'auditoire plus exigeant que celui qui vient écouter de la musique classique. J'ai l'impression chaque fois de passer un concours, comme si les spectateurs avaient la partition posée sur leurs genoux, suivant du doigt les mesures pour ne pas me rater à la moindre fausse note… Qu'est-ce qui vous empêche de voyager ?

– Ma mère, ces dernières années.

– Mais maintenant vous êtes libre ?… Vous avez raison, ma maladresse dépasse l'entendement.

– On pourrait échanger nos numéros. On ne sait jamais, si l'envie me prend de visiter Paris… maintenant que je suis libre, ajouta-t-elle moqueuse.

Chacun tapa son numéro sur le portable de l'autre. Manon le dévisagea à nouveau.

– Vous n'avez pas vécu à San Francisco ? questionna-t-elle.

– Non. Où habitiez-vous en France ?

– Dans le Sud, mais j'étais si jeune que je n'en ai gardé que de rares images. La rade de Beaulieu, une maison grecque au bout d'une péninsule, une pizzeria sur le port, et encore, je ne sais pas si ces souvenirs m'appartiennent où s'ils m'ont été racontés. Pour fuir la chaleur de l'été, nous passions nos vacances en Bretagne, mais là, c'est encore plus flou. Une vague réminiscence d'un manège où ma mère m'emmenait faire du poney, un autre que je détestais, paraît-il, où des chevaux de bois sans âme me fichaient une peur bleue, et j'allais oublier…

– Une crêperie !

– Mais oui ! Comment le savez-vous ?

– En Bretagne, je ne prenais pas beaucoup de risques, s'empressa de répondre Thomas.

– Je suis horriblement bavarde, n'est-ce pas ?

– Il n'y a rien d'horrible à cela.

– Si, je me tais. Je dois vous laisser profiter de votre dernière soirée, vous avez suffisamment perdu de temps dans cet endroit sinistre. Faites bon voyage, je vous promets de vous appeler lorsque je me déciderai à faire un pèlerinage sur les chemins de mon enfance.

Raymond redoublait d'impatience à la porte du salon, multipliant les bâillements. Thomas le rejoignit et ils marchèrent côte à côte vers le colombarium.

– Mais quelle pipelette ! s'exclama Raymond.

– Elle n'avait pas envie d'être seule. Un jour pareil, c'est compréhensible, non ?

– Et son père, il ne sert à rien ?

– Je récupère mon sac et nous rentrons.

– Espérons que Camille soit toujours sur l'autel, ce sera le moment ou jamais.

– Et si elle n'y est plus ?

– Il faudra que j'inspecte les lieux, jusqu'à savoir où ils l'ont mise.

– Je pourrais aussi me renseigner, ce serait plus simple non ?

– Et très discret, comme ça quand tu auras forcé la vitrine pour chaparder son urne, ils n'auront même plus à chercher qui a fait le coup.

Thomas partit vers le mausolée sans faire de commentaire.

Un policier en faction devant la porte lui en barra l'accès. Ils échangèrent quelques mots et Raymond le vit faire demi-tour, revenant vers lui les mains vides.

– Que se passe-t-il, encore ?

Thomas lui expliqua ce qu'il avait appris. On enterrait cet après-midi un proche du maire. Et lors des préparatifs de la salle, les employés de Dignité.com avaient découvert au pied de l'autel un paquet suspect. Les services de déminage étaient en train de vérifier ce qu'il contenait.

– C'est bien la première fois que l'on pense que je suis une bombe.

– Ne te flatte pas trop vite, je vais tout leur expliquer.

Raymond leva la main pour l'arrêter.

– Tu ne vas rien leur expliquer ; pas tant que la police sera présente, tout du moins. Ces cow-boys en uniforme seraient fichus de t'embarquer et de t'expulser par le premier avion.

– Pour un sac en toile ?

– Pour avoir emmené ton père en voyage aux États-Unis, après sa mort. Je ne pense pas que ce soit très légal.

– Et c'est seulement maintenant que tu t'en soucies ?

– Mieux vaut tard que jamais, ce n'est pas ce qu'on dit ?

– Tu as un plan C ?

– Pas encore, nous aviserons. Va te promener en ville, je vais rester là et je te rejoindrai dès que j'en saurai plus.

– Comment tu fais pour te déplacer ?

– Ce n'est vraiment pas le moment !

– Très bien, retrouvons-nous en début de soirée à l'appartement.

*

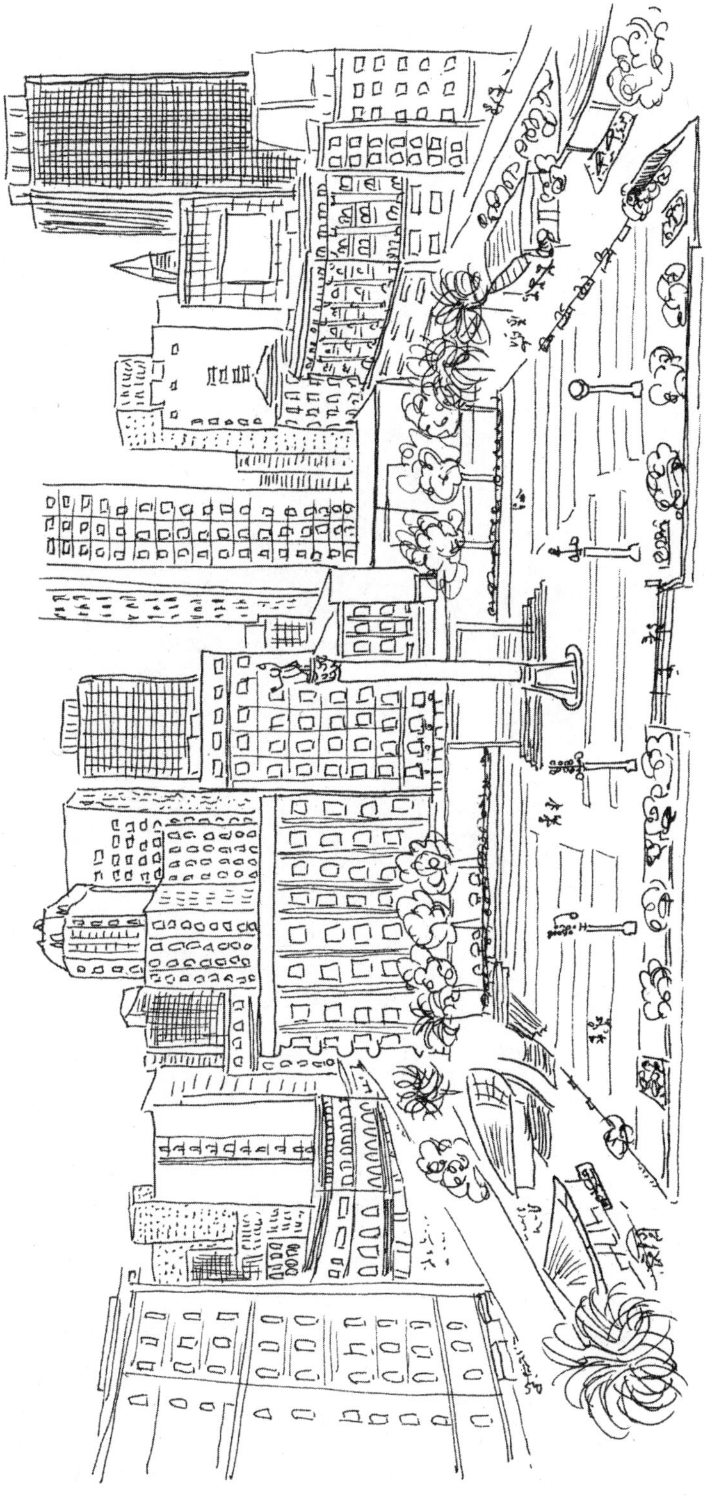

14.

Le directeur de Dignité.com s'était présenté dans le salon de réception, la mine défaite. Manon pensa d'abord qu'il affichait un air de circonstance, mais c'était autre chose, il souhaitait leur parler en privé dans son bureau.

M. Bartel et sa fille le suivirent, inquiets. Bartel craignait qu'on lui demande une rallonge, et il était bien décidé à refuser. Il avait signé un devis et s'en tiendrait là.

Le directeur les pria de s'installer dans les fauteuils, la mine encore plus sombre.

– Je ne sais pas comment vous dire cela, annonça-t-il d'une voix presque tremblante. Une chose pareille ne s'est jamais produite. Nous faisons tout ce qui est en notre pouvoir pour trouver les coupables.

– Coupables de quoi ? demanda M. Bartel.

– Quelqu'un a brisé les scellés de l'urne de votre épouse et mère, dit-il d'un ton sentencieux.

– Je ne comprends pas, reprit Manon.

– Un ou plusieurs individus ont tenté de l'ouvrir, mais rassurez-vous, après une inspection minutieuse, nos services ont conclu qu'ils n'y étaient pas parvenus.

– Vous seriez bien aimable de nous fournir de plus amples détails, ordonna M. Bartel. Quels individus, et quels services ?

– Nous avons confié l'urne à notre chef de la crémation. Il l'a étudiée à la loupe. Le cachet de cire a été brisé, mais il reste entier, ce qui prouve que le couvercle n'a pas pu être ôté. Il s'agit simplement d'une tentative d'intrusion.

– Simplement ! reprit M. Bartel. Qui a fait cela ?

– Nous n'en savons rien, pour l'instant, mais nous enquêtons avec la plus grande diligence, soyez-en assurés.

– Vous ne pensez pas qu'un de vos employés aurait simplement pu la faire tomber ? suggéra Manon dans un souci d'apaisement.

– Impossible ! s'indigna le directeur.

– Mais que quelqu'un tente d'ouvrir une urne, si ?

– Non plus, mais même en imaginant un tel degré d'incompétence, ce qui est inconcevable, le cachet aurait éclaté. Or, comme je vous le disais…

– … il est brisé, mais entier, acheva Manon à sa place.

– Où est ma femme ? demanda M. Bartel.

– À titre de dédommagement, nous lui avons offert l'un des meilleurs emplacements du colombarium. Dans le bâtiment juste à côté de mon bureau. Une magnifique vitrine, au troisième rang en partant du sol, en vis-à-vis d'une fenêtre et donc, avec vue sur le parc. Ce sont de loin les plus coûteuses, mais nous prenons la différence à notre charge, bien entendu.

– Je vous donne vingt-quatre heures pour me trouver les petits salopards qui ont fait cela, c'est une honte ! s'indigna M. Bartel.

– Ou un accident, insista Manon. Qui ferait un truc pareil et dans quel but ? Ça n'a aucun sens et puis les cendres de Maman ne sont jamais restées seules.

– Nous avons une piste, reprit le directeur sans tenir compte de ce que Manon suggérait. L'un de nos jardiniers a aperçu un homme qui traînait dans les parages.

– Que s'est-il passé quand nous avons quitté le mausolée ? demanda M. Bartel.

– Ce qu'il se passe à la fin de chaque cérémonie. Aussitôt le dernier invité parti, l'un de nos employés est venu chercher Mme Bartel, pour la conduire à sa nouvelle demeure et fermer les lieux. C'est à ce moment-là qu'il a constaté le délit.

– Qui était le dernier invité à quitter les lieux ?

Le directeur haussa les épaules, il l'ignorait et Manon se garda bien de dire qu'elle était la dernière à être sortie du mausolée en compagnie de Thomas, encore moins qu'elle l'avait surpris près de l'urne de sa mère. Celui qui s'était dévoué pour remplacer l'organiste, qui avait interprété Debussy et le *Gloria* de Vivaldi avec une telle sensibilité, qui avait accepté de lui servir de chevalier servant tout l'après-midi, n'aurait jamais commis un tel acte… mais sa maladresse n'était peut-être pas que verbale, il avait pu renverser l'urne sans le faire exprès. Elle imagina aussitôt la peur qu'il avait dû avoir et, bêtement, cela la fit sourire. Un sourire qui n'échappa pas à son père et ne contribua pas à le calmer.

– Je suis certaine qu'il s'agit d'un accident, répéta-t-elle en se levant. Vous connaissez l'adage : un crime et un coupable sont toujours précédés d'un motif. Et dans notre cas, quel serait-il ? Voler des cendres ? Absurde !

– Tu es détective, maintenant ? s'emporta M. Bartel.

– Inutile d'en déranger un, il arriverait aux mêmes conclusions que moi. Maintenant, si vous ne m'en voulez pas, je vais aller me recueillir pour la dernière fois de la journée devant ce qu'il reste de ma mère et ensuite, j'irai prendre l'air. Cesse de ronger ton frein, Papa, je viendrai dîner chez toi ce soir. Où se trouve ce magnifique endroit avec vue sur le parc ? demanda-t-elle sur un ton sarcastique.

Le directeur de Dignité.com appela son assistant sans délai et le pria d'accompagner Mlle Bartel. Ce qu'il fit dans le plus grand silence avant de la laisser.

*

Manon se sentit apaisée en regardant la vitrine.

– Nous voilà enfin seules. C'est étrange, Maman, mais j'ai l'impression que tu es encore là. Ces derniers mois, tu n'étais guère plus bavarde qu'aujourd'hui. Je voudrais tant te savoir à nouveau libre, libre d'aller où tu veux, peut-être plus loin encore, à condition que tu reviennes me voir de temps à autre. Je donnerais ce que j'ai de plus cher au monde pour que tu m'entendes... C'est mon pianiste qui a renversé ton urne, était-ce un signe que tu m'adressais ? Une autre de tes facéties, pour me faire comprendre que tu es redevenue toi-même ? En tout cas, tu y as gagné au change, c'est vrai que la vue est belle, ici.

*

M. Bartel avait attendu le jardinier dans le bureau du directeur. Ses déclarations n'apportèrent rien de probant. Tôt ce matin, un homme d'une trentaine d'années, en costume noir, s'était promené dans le parc avant de s'asseoir sur un banc. Le jardinier avait eu l'impression de le voir parler tout seul. Rien de surprenant en ces lieux. Un peu plus tard, une jeune femme était venue le chercher.

– Comment ça, le chercher ? répéta M. Bartel.

– Ils sont repartis tous les deux vers le mausolée, juste avant que la cérémonie commence, conclut le jardinier.

– Il faut retrouver cet individu, ordonna M. Bartel.

– S'asseoir sur un banc n'est pas à proprement parler un délit, rappela le directeur, et puis il semblerait que cet homme comptait parmi vos invités.

– Aucun de nos amis ne correspond à ce signalement. Mais je vérifierai la liste dès que je serai rentré chez moi. J'attends néanmoins des réponses de votre part pour demain au plus tard.

M. Bartel quitta le bureau sans saluer le directeur ni son assistant et encore moins le jardinier. Mais il revint sur ses pas peu après avec une nouvelle requête.

*

Thomas n'avait pas résisté à l'envie de repasser devant le Symphony Hall. Il s'était arrêté un moment sur les marches, rêvant de voir un jour le public s'y presser pour venir l'écouter, puis il s'était dirigé vers Union Square, une grande place entourée de commerces somptueux, de galeries d'art, de magasins pour touristes et de salons de beauté. Une oasis de luxe à quelques pas des trottoirs d'O'Farell Street où les gens dormaient sur le bitume.

Thomas observa la colonne dressée au milieu du square, une divinité grecque perchée sur un pied pointait le sommet de son trident vers les cieux.

– C'est Nikè, la déesse de la Victoire, expliqua Raymond qui était soudainement apparu sans prévenir.

Thomas sursauta et regarda son père, en poussant un long soupir.

– Je t'ai fait peur ?

– À ton avis ! Mais comment fais-tu ?

– Elle est assez reconnaissable et plutôt bien roulée pour l'époque ; quel sens de l'équilibre !

– Je parlais de tes apparitions !

– Aucune idée. Est-ce que je te demande comment tu fais pour marcher ? Chacun son truc. Je vais et viens à ma guise. Elle avait été érigée pour honorer la victoire de l'amiral Dewey contre les Espagnols à la bataille de Manille. L'une des pointes du trident représente le président McKinley, assassiné six mois après avoir inauguré ce monument. Roosevelt lui succéda et lui dédia l'une des piques. Conclusion historique et irréfutable, si McKinley n'était pas une flèche de son vivant, il en est devenu une après sa mort.

– J'ignorais que tu connaissais si bien San Francisco, s'étonna Thomas.

– Ce que je viens de te raconter est inscrit sur le piédestal. Ce qui me fait penser à cette étrange conception que se font les hommes de leur éternité. Une statue, quelle tristesse.

– Tout le monde n'a peut-être pas la chance de pouvoir revenir voir son fils.

– Tu as raison, c'en est une, et si tu espères encore me tirer les vers du nez, tu t'entêtes en vain. Bon, si tu as fini de jouer au touriste, allons nous poser sur ces marches, il faut que nous parlions.

Thomas suivit son père et s'assit près d'un homme qui jouait de la guitare.

– Ils ont confisqué mon urne ! Le directeur de Dignité je ne sais quoi était outré qu'on puisse abandonner ainsi un proche. À l'entendre se lamenter, j'avais l'impression d'être un enfant en bas âge qu'on aurait laissé sur les marches d'une église. Son assistant prenait ta défense, supposant que des gens dans le besoin ne pouvaient se payer une sépulture digne de ce nom et s'en étaient remis à leur bonne volonté. Et le directeur de lui répondre que les gens en question n'avaient tout de même pas incinéré le corps dans leur cheminée ! Je t'en ficherais des cheminées, c'était d'un humiliant ! En attendant, il m'a mis sous clé dans son bureau. Un chirurgien de ma trempe au placard ! Qu'ai-je donc fait pour mériter ça ?

– Je crois que l'expression consacrée est « Qu'ai-je donc fait au bon Dieu ? »...

– Je t'ai déjà dit de lui foutre la paix au bon Dieu, et surtout de ne pas l'appeler. Je te parlais de fiasco, mais au point où nous en sommes, c'est une bérézina.

– La bonne nouvelle, c'est que nous avons retrouvé tes cendres, j'irai les réclamer demain. Ce n'est pas si grave que ça.

– À mon tour de te demander dans quel monde tu vis. Qu'est-ce que tu vas leur raconter ? Que tu es parti en vacances avec les restes de ton père, sans le moindre document légal ? Et comment pourras-tu prouver que cette urne t'appartient ?... enfin, façon de parler... tu les prieras de te croire sur parole ? Tu sais comment sont traités les étrangers dans ce pays depuis qu'ils ont élu leur mafioso peroxydé ? Au mieux ils te ficheront à la porte, au pire ils feront le rapprochement avec le petit incident concernant l'urne de Camille et tu te feras embarquer en moins de deux.

– Quel petit incident ?

– Il semblerait que tu aies mal refermé le couvercle après ta tentative avortée à la fin de la cérémonie. J'ignorais qu'il y avait un scellé, tu l'as brisé, et ils ont remarqué l'effraction. N'est pas Arsène Lupin qui veut !

Thomas écarquilla les yeux et son père s'étonna de voir ses joues s'empourprer.

– Sa fille est au courant ? s'inquiéta-t-il.

– Probable. Au fait, de quelle couleur sont ses yeux ? questionna Raymond.

– Topaze, répondit Thomas, pourquoi ?

– Topaze… Essaie encore de me faire croire que tu as oublié son prénom !

– Je ne l'ai pas oublié, et je ne vois pas le rapport.

– Je suis ton père, mais j'ai eu ton âge, et si tu n'en pinçais pas pour elle, tu ne lui aurais pas prêté autant d'attention. La prunelle de ses yeux, ça te dit quelque chose ? Je t'en ficherais, moi, des topazes. La pomme ne tombe pas loin de l'arbre, mon fils, même si elle roule pour s'en éloigner le plus possible.

– Même mort, tu racontes n'importe quoi. J'ai eu le temps de remarquer la couleur de ses yeux parce que je lui ai tenu compagnie pendant deux heures, et pour te rendre service, au cas où tu l'aurais oublié.

– Vraiment ?

Le guitariste se mit à gratter la chanson de Bob Dylan *Je vais être libéré.* Et Raymond assura qu'il n'y était pour rien.

– Très bien, je reconnais mon erreur et je vais la corriger. Je retournerai au colombarium cette nuit, je trouverai un moyen d'entrer dans ce bureau, je forcerai l'armoire et je te ramène à Paris.

– C'est trop dangereux, Thomas, je ne peux pas te laisser faire ça. L'erreur, c'est de t'avoir entraîné dans cette histoire. La plaisanterie est terminée. Et puis, je ne veux pas retourner chez ta mère, j'ai passé l'âge. Au mieux, ils me mettront quelque part non loin de Camille, au pire, ils disperseront mes cendres. Ce parc sera toujours plus exotique que la bibliothèque poussiéreuse où j'ai passé ces cinq dernières années.

– Il n'y aurait pas mort d'homme, que je sache.

– Ne sois pas grossier, veux-tu ! Ce serait tout de même un cambriolage et dans un lieu sacré. Si tu te faisais prendre, tu serais bien incapable de justifier ton acte, encore moins de solliciter la clémence du juge. En t'emmenant à San Francisco, j'espérais t'aider à réaliser ce vieux rêve de te produire un jour aux États-Unis, pas que nous nous retrouvions tous les deux au placard.

Le guitariste n'en pouvait plus de ce type qui parlait seul. Il plia bagage et alla s'installer un peu plus loin.

Thomas se tut à nouveau, observant un couple de touristes qui se promenait main dans la main.

– Ce voyage n'était pas une erreur. Et tu m'as dit « plutôt mourir que de rester dans cet endroit sinistre ».

– Exact, mais comme tu me l'as fait remarquer si délicatement, c'est déjà fait. Tu as la vie devant toi, mon cœur, je refuse que tu prennes ce risque.

– Et moi, je refuse de te laisser ici. Qu'est-ce que je raconterai plus tard à tes petits-enfants ? Que j'ai abandonné leur grand-père au moment où il avait le plus besoin de moi ?

– Tu es enceinte ?

– Ce que tu es bête, parfois.

– Peut-être, mais c'est avec mes âneries que j'ai séduit ta mère. Ne rate jamais l'occasion de faire un bon mot, particulièrement dans des circonstances difficiles.

– Il est au rez-de-chaussée ce bureau, au moins ? demanda Thomas.

– Rez-de-chaussée, troisième fenêtre, premier bâtiment à gauche. Je reconnais que c'est inespéré, répondit innocemment Raymond.

– Alors, nous ferons le coup après minuit.

Raymond posa un bras sur l'épaule de son fils.

– Tu as raison, ce voyage n'était en rien une erreur. Mais je veux que tu me fasses une promesse.

– Dis-moi d'abord laquelle et nous verrons ensuite.

– Tu reviendras un jour à San Francisco. Tu joueras sur la scène du Symphony Hall et à la fin du concert, quand le public t'acclamera, tu auras une pensée pour ton père.

– Je pense à toi chaque fois que je monte sur scène.

Raymond se tut un instant.

– Nous aurions dû passer plus de temps ensemble, dit-il. Rester les meilleurs amis du monde. Je voulais être pour toi un modèle, te façonner à mon image, te transmettre mes valeurs, et cela demandait de garder une certaine distance. Péché d'orgueil d'un homme qui croyait sa vie exemplaire. Mais ce que tu as accompli dépasse toutes mes espérances. Je ne t'ai pas assez dit comme j'étais fier de toi. Pas seulement de l'homme que tu es devenu, mais déjà quand tu étais enfant. Ta détermination, ton courage, l'attention que tu portais aux autres, et cette lumière dans tes yeux qui me laissait à penser que tout était possible.

– Arrête, Papa.

– Chasse cette pudeur qui nous empêche d'entendre les choses qui comptent. Je n'ai pas beaucoup de temps, je sens que je m'efface peu à peu. Alors je voudrais que tu m'écoutes et que tu me fasses cette promesse.

Thomas regarda fixement son père et promit.

*

15.

Thomas traversa Union Square d'un pas rapide, se dirigeant vers les commerces en contrebas de la grande place.

– Où allons-nous ? demanda Raymond.

– M'acheter une tenue de soirée, répondit Thomas.

– Dans un magasin de sport ?

– Pour un casse, il vaut mieux porter des habits aussi noirs que la nuit et un peu plus confortables que les miens.

– Arsène se débrouillait très bien en costume, murmura Raymond.

*

Après une courte halte à l'appartement de Green Street où Thomas se changea, ils se firent déposer à six rues du colombarium. Une astuce pour éloigner les soupçons, que Raymond avait apprise en regardant la télévision. Ils avaient attendu que le chauffeur s'éloigne avant de se mettre en marche. Au croisement de Geary Street et de Beaumont, Raymond s'arrêta brusquement en passant devant Chez Mel.

– Un vrai drive-in ! s'exclama-t-il, avec une tête de gosse émerveillé devant l'enseigne en néon bleu. Elle est pareille à celle qu'on voyait dans les films des années cinquante. Viens, il serait tout à fait déraisonnable que tu opères le ventre vide, il ne manquerait plus que tu nous fasses un petit malaise.

Thomas regarda sa montre, il n'était pas encore minuit et malgré sa mauvaise foi, son père n'avait pas tout à fait tort. Il ouvrit la porte du drive-in et constata qu'aucun élément ne manquait au décor.

Une rangée de box aux banquettes en skaï vert le long de la vitrine, des chaises assorties autour de tables en formica, des sièges hauts pivotants le long du bar et, adossé à une colonne, un juke-box éclatant de couleurs.

– Viens voir ça ! s'écria Raymond. Qu'est-ce que j'ai pu danser avec ta mère sur *Rock Around the Clock*. Tu aurais un peu de monnaie ?

Thomas fouilla dans sa poche et glissa un quarter dans la fente. La chanson de Bill Haley résonna dans la salle et les clients attablés au comptoir se retournèrent, amusés. Ils s'installèrent dans un box. Une serveuse en tunique rose et tablier blanc apporta un menu à Thomas et lui servit une tasse de café.

– J'ai retrouvé mes vingt-cinq ans, lança Raymond en caressant la banquette.

– Tu allais souvent dans des drive-in ?

– J'allais tous les jeudis au cinéma, et pendant la projection je rêvais de dîner dans un endroit pareil. En sortant de la salle avec mes copains, on arpentait les trottoirs, le torse bombé, en se prenant pour des stars. Le monde était à nos pieds. Tu n'imagines pas combien cela me rend heureux d'être ici. C'est la première fois que je vis cela autrement que sur un écran.

Thomas observa son père et le trouva encore rajeuni. Était-ce d'avoir réalisé un rêve ou parce que, comme dans les paroles de la chanson *Rock Around the Clock*, le temps lui était *décompté* ?

*

Ils arrivèrent à minuit passé devant la grille du parc et Thomas constata qu'elle était bien plus haute que dans son souvenir. Les barreaux n'offraient aucun support pour poser le pied. Impossible également de s'agripper à leurs pointes pour se hisser sans risquer de s'embrocher.

– Si seulement je pouvais te faire la courte échelle, grommela Raymond. Cette infirmité me rend dingue.

– À ta place, je ne me plaindrais pas, fit remarquer Thomas. Mais j'ai bien peur que l'aventure s'arrête ici.

Il avança vers l'une des deux colonnes en pierre auxquelles le portail était enchâssé et repéra des anfractuosités entre les blocs.

– Ça pourrait fonctionner, dit-il en tentant l'escalade.

– Ne va pas te briser le cou, s'inquiéta son père qui l'attendait de l'autre côté de la grille.

Mais Thomas escaladait déjà et il sauta dans l'herbe humide.

Ils se dirigèrent vers les bâtiments administratifs. Raymond ouvrait le chemin, veillant à ne pas tomber sur la ronde d'un gardien, Thomas suivait ses pas.

– Tu es sûr que c'est la bonne fenêtre ?

– Aussi certain que je suis ton père, et nous nous ressemblons comme deux gouttes d'eau.

Thomas chercha un caillou dans les plates-bandes pour faire voler la vitre en éclats.

– Espérons qu'il n'y ait pas d'alarme.

Raymond lui fit signe de retenir son geste.

– Attends ! j'entends du bruit, va te cacher. Je vais voir de quoi il s'agit.

Le seul endroit où se planquer était derrière le banc qu'il apercevait au milieu de la pelouse, mais il fallait la traverser à découvert. Le dernier quartier de lune versait une clarté suffisante pour qu'on repère une silhouette dans le parc. Thomas n'avait pas d'autre choix que de s'allonger entre deux bosquets de rosiers. Les épines l'écorchèrent aux chevilles et aux avant-bras et il se mordit les lèvres pour contenir la douleur.

– C'est bon, fausse alerte, j'ai dû rêver, ou alors, c'était un rongeur, annonça joyeusement Raymond en revenant. C'est fou comme j'entends mieux. Presque trop. Eh bien, où es-tu ?

– Ici, grogna Thomas en se relevant.

– Qu'est-ce que tu fiches par terre ?

– Mes mains sont en sang, je vais être dans un bel état pour mon concert !

Raymond jeta un œil sur la blessure et leva les yeux au ciel.

– Quelques égratignures de rien du tout, ce que tu peux être douillet !

– Tu as vérifié s'il y avait une alarme ? reprit Thomas en se frictionnant les poignets.

– Demandé si gentiment, j'y cours.

Raymond longea le bâtiment vers la porte principale, Thomas le rappela à l'ordre et son père le regarda, circonspect, avant d'afficher un petit air malicieux.

– Évidemment ! s'exclama-t-il, pourquoi faire compliqué quand on peut faire simple.

Il rebroussa chemin, et traversa le mur avec un naturel déconcertant.

Thomas rongeait son frein. Quelques instants plus tard, son père se penchait à la fenêtre.

– Belle nuit, n'est-ce pas ! dit-il rêveur, accoudé à la balustrade en observant le ciel.

– Est-ce que tu pourrais te concentrer pendant que je risque ma peau pour toi ?

– J'essayais de détendre l'atmosphère, ce que tu es bougon ! Bon, je ne suis pas un spécialiste, mais après une inspection minutieuse, je n'ai rien repéré qui ressemble à une alarme. Pas de contacteur sur les vitres ou la porte, et pas de détecteur volumétrique.

– Tu t'y connais tout de même pas mal.

– J'avais fait poser un système chez ta mère après mon départ. À la fin de notre mariage, je ne lui servais plus à grand-chose, mais au moins ma présence la rassurait. L'installateur était intarissable. Alors, tu casses ce carreau, ou je te fais un devis pendant que j'y suis ?

Thomas pria son père de s'écarter, ce qui amusa beaucoup celui-ci.

Un jet de pierre, une vitre en éclats, une fenêtre ouverte, un mouvement souple pour se hisser et Thomas atterrit enfin dans le bureau du directeur de Dignité.com.

– C'est dans cette armoire ? demanda-t-il en désignant une petite encoignure située près de la porte.

– Je repose entre une liasse de factures et un tas de prospectus et ils osent s'appeler Dignité !

Thomas attendit que ses yeux s'accommodent à la pénombre avant de passer à l'action. Il s'empara d'un coupe-papier en argent massif sur le bureau et força d'un coup sec la serrure. La porte de l'armoire s'ouvrit brusquement, à deux doigts de se décrocher de ses gonds.

– Tu n'y es pas allé de main morte. Le directeur va tout comprendre en entrant dans son bureau demain matin.

– Je pense que le carreau cassé l'aurait mis sur la piste, répondit Thomas, nonchalant.

Thomas observa l'urne posée sur l'étagère avec un soulagement immense.

– Tu es bizarre tout de même, tu as l'air plus heureux devant mes cendres que lorsque je suis apparu dans le bureau de ta mère.

– Tu peux tout prendre à la rigolade si ça te chante, mais je ne plaisantais pas quand je t'ai dit que je ne t'abandonnerais pas ici.

– Moi je plaisantais bêtement, c'est ce que l'on fait parfois quand on ne sait pas trouver les mots pour dire ce que l'on a sur le cœur.

Thomas ramassa le caillou sur le tapis.

– Tu veux qu'on fasse d'une pierre deux coups ? demanda-t-il songeur. Quitte à prendre autant de risques, pourquoi ne pas aller chercher l'urne de Camille et accomplir la mission jusqu'au bout ?

Raymond glissa jusqu'à la fenêtre, il regarda dans la direction du mausolée.

– Parce qu'elle n'est plus là, soupira-t-il. Je l'ai ressenti dès que nous sommes arrivés. C'est pour cela que j'étais un peu gauche, je m'en excuse.

– Où est-elle ? s'enquit Thomas.

– Je l'ignore. Son mari a dû flairer quelque chose. Tu me ressembles tant, cela l'a peut-être mis sur ses gardes. Décidément, cet obstiné gagnera toujours la partie. Après nous avoir séparés, il la kidnappe une seconde fois. Va savoir s'il n'a pas déjà dispersé ses cendres. De toute façon, c'est peine perdue. Allons-nous-en. Demain, tu me conduiras jusqu'à la plage. Nous nous dirons au revoir, pour de bon cette fois. Je ne veux pas rentrer à Paris, je préfère rester ici, au grand air, là où Camille a vécu. Tu me comprends ?

– Et moi, je suis où dans tes projets ? Où est-ce que j'irai me recueillir quand j'aurai besoin de te parler, à qui je demanderai conseil si tu n'es plus là ?

– Je suis parti il y a cinq ans, Thomas. Tu t'en es très bien tiré depuis. Nous nous retrouverons dans ta musique. Un jour, tu joueras pour une femme et c'est à elle que tu demanderas conseil, et puis viendra le temps où tu joueras pour tes enfants. C'est la vie, il faut que je m'efface pour te laisser prendre la place.

Raymond quitta la fenêtre et s'approcha de Thomas, il l'entoura de ses bras et sourit tendrement.

– Allez, sèche tes yeux, mon fils. Ne gâchons pas ce temps qu'il nous reste à passer ensemble. Nous nous sommes bien amusés, nous avons eu des moments inespérés. De congrès en congrès, j'ai parcouru le monde, mais mon plus beau voyage aura été d'être ton père.

*

16.

Manon s'était garée sur le trottoir de Sea Cliff Avenue. La rue serpentait à travers l'un des plus beaux quartiers de la ville. Les maisons bordées de jardins luxuriants rivalisaient de taille, offrant une vue sur Baker Beach et l'océan.

Le majordome l'accueillit à la porte et la conduisit à la salle à manger où son père l'attendait, en robe de chambre.

– Tu t'es fait élégant pour recevoir ta fille.

– Tu ne m'en voudras pas, mais je n'avais pas le cœur à m'habiller ce soir, ce qui n'enlève rien au plaisir de te voir.

M. Bartel pria Manon de prendre place à table, le dîner était prêt depuis une demi-heure et la cuisinière était déjà venue deux fois lui demander quand elle pourrait le servir.

Manon se releva aussitôt pour aller l'embrasser. Térésa travaillait chez les Bartel depuis tant d'années qu'elle se refusait à les compter. Manon, qu'elle avait vue grandir, la considérait comme un membre à part entière de la famille.

– Il ne vous fait pas trop souffrir ? chuchota Manon en la prenant dans ses bras.

– C'est lui qui souffre en ce moment, ma petite Manon. Il a son caractère, comme toujours, mais à moi, il ne la fait pas. Vous êtes en retard, vous aussi, comme toujours.

– Ce fut une longue journée.

– Je sais, soupira Térésa, mais c'est fini, vous n'aurez plus à passer vos après-midi dans cet endroit sinistre. Madame est mieux là où elle est maintenant.

– Si elle est quelque part, reprit Manon.

– Oh, ça pour être quelque part, elle l'est !

– Vous avez des contacts privilégiés avec l'au-delà ? questionna Manon d'un ton moqueur.

– Avec l'au-delà, non, mais rien ne m'échappe dans cette maison.

– C'est peut-être la fatigue qui m'abrutit, mais je ne comprends pas ce que vous me dites.

– Je ne dis rien, puisque je n'en ai pas le droit, rétorqua la cuisinière, en versant délicatement le contenu de sa casserole dans une soupière en porcelaine. Mais ce que j'en pense, c'est que ce n'est pas bien.

– Qu'est-ce qui n'est pas bien ?

– Rien du tout ! Motus et bouche cousue, ce sont les instructions du haut état-major, ainsi qu'elle appelait M. Bartel quand il lui tapait sur les nerfs.

– Quelles instructions ? insista Manon.

– Passez à table. Je ne me suis pas donné tout ce mal pour que vous mangiez froid. Et ce pauvre turbot que j'entre et sors du four va finir par attraper le tournis. Après le repas, vous ferez ce que bon vous semble. Par exemple, si l'envie vous prenait d'aller chercher un livre dans la bibliothèque, libre à vous.

– Très bien, j'y vais maintenant.

– Certainement pas ! s'écria Térésa, en retenant Manon par le bras. Vous auriez fait un bien mauvais agent de liaison pendant la guerre. Allez, ouste ! Sortez de ma cuisine et allez rejoindre votre père.

Térésa lui avait fait les gros yeux, comme quand elle était enfant. Même adulte, Manon ne discutait pas ses ordres. M. Bartel, lui-même, ne s'y risquait que très rarement.

Manon s'installa en face de son père, puis attendit que Térésa serve le consommé de petits pois et se retire.

– Tu devrais refaire la décoration. Ces tentures et ces boiseries sont sinistres.

Elle releva les yeux vers le portrait du général Sherman, accroché au-dessus du manteau de la cheminée, qui la terrorisait quand elle était petite.

– Trente ans qu'il me fixe de son regard ténébreux, tu ne pourrais pas trouver un tableau plus joyeux ? Et ces rideaux qui ne sont jamais vraiment ouverts. À quoi sert de vivre dans un quartier aussi luxueux pour ne rien voir de ce qui passe au-dehors ?

– Arrange ton appartement comme il te plaît et laisse ma maison tranquille. Qui était cet organiste que tu as engagé pour la cérémonie ? demanda M. Bartel.

– Un organiste, répondit Manon, distante.

– Il a un nom ?

– Sûrement, mais je ne le connais pas. Pourquoi ?

– Il s'en est donné à cœur joie. Quelle ferveur, quel entrain, les amis de ta mère se sont régalés.

– C'est ce qu'elle aurait souhaité, me semble-t-il ?

– Peut-être, mais c'était un peu exagéré, tout de même. Tu n'as aucune idée de qui il est ?

– Je devrais ?

– Tu l'as bien déniché quelque part. J'ai questionné le directeur de Dignité.com et il m'a répondu que tu t'étais chargée de la musique.

– C'est faux, j'avais fait appel à leurs services.

– Dans un premier temps, mais leur musicien n'a pas pu venir, il a eu un accident ce matin. Tu es au courant puisque tu as remédié à ce problème.

– Pourquoi cet homme t'intéresse-t-il autant ?

– Je n'enterre pas mon épouse tous les jours et tu connais ma passion des détails. J'aimerais simplement savoir qui il est. D'autant que tu as passé toute la réception à discuter avec lui, sans adresser la parole à un seul de nos amis. Ce qui était très grossier.

– Moi non plus je n'enterre pas ma mère tous les jours. J'en avais assez des politesses et des condoléances. Si tu veux tout savoir, je lui ai demandé de ne pas me quitter une seconde afin que personne ne m'approche, justement. Il s'est parfaitement acquitté de sa mission et je me fiche de ce qu'en ont pensé vos amis.

– Il ne t'a jamais donné son nom, comme c'est étrange.

– Je ne le lui ai pas demandé !

– Encore plus étrange.

– Qu'est-ce que tu cherches, à la fin ?

– Tu n'as pas répondu à ma question, ce musicien n'est pas apparu par la volonté du Saint-Esprit, alors où l'as-tu trouvé ?

– Dans le parc, sur un banc où il fredonnait, d'une assez belle voix et très juste, alors j'ai tenté ma chance. Coup de bol, j'ai tiré le gros lot. Tu es content ?

M. Bartel regarda sa fille d'un air affligé.

– Tu comptes passer plus de temps à la librairie, désormais ?

– Tu comptes passer moins de temps à ton bureau, désormais ?

– Ce n'est pas la peine de me répondre sur ce ton. Tu devrais songer à en ouvrir une deuxième, dans un autre quartier, penser à grandir.

– Je ne suis pas libraire par appât du gain, mais parce que j'aime la compagnie des livres. Ce qui me fait d'ailleurs penser que je voulais t'en emprunter un.

Manon repoussa sa chaise et quitta la salle à manger, laissant son père seul à table. Depuis le début du repas, elle n'avait cessé de penser aux allusions de Térésa, dont elle comprit le sens en ouvrant la porte de la bibliothèque.

L'urne qui contenait les cendres de sa mère trônait sur le piano à queue.

Manon s'en approcha dans le plus grand silence. Un silence que brisa son père en entrant derrière elle.

– Elle aimait tant la musique, quel meilleur endroit pour elle, tu ne trouves pas ?

– Qu'est-ce que Maman fiche ici ? s'écria Manon. Tu ne la laisseras donc jamais en paix.

– Après ce qui s'est passé au colombarium, j'ai préféré la mettre en sécurité.

Manon changea brusquement d'attitude. Elle s'approcha de son père et prit ses mains dans les siennes.

– Papa, tu sais bien que ce n'est pas la vraie raison. Maman ne pouvait plus rester dans cette maison, tu n'y étais pour rien. Elle le peut encore moins maintenant. Cesse de te torturer. Je te connais si bien, tu t'es toujours enorgueilli que rien ne te résiste, mais ni toi ni personne n'aurait eu le pouvoir d'empêcher sa maladie d'évoluer.

– Je ne lui ai jamais rendu visite, je ne supportais pas qu'elle ne me reconnaisse plus. Je ne m'explique pas cette faiblesse, je n'y arrivais tout simplement pas. J'ai souvent pris la voiture, roulé vers elle, pour faire demi-tour devant sa porte. Je n'ai même pas eu l'occasion de lui demander pardon. Alors, tout à l'heure en rentrant, je me suis assis sur ce tabouret et…

– Elle t'avait pardonné bien avant de mourir, interrompit Manon en voyant son père les yeux rougis de chagrin. Quand il lui arrivait d'être lucide, nous en parlions. Elle me disait préférer que ce soit ainsi, qu'elle refusait que tu la voies là-bas. Elle ne voulait pas te laisser ce souvenir d'elle et s'accusait même d'être égoïste en t'interdisant de venir.

– Elle te disait vraiment cela ? demanda M. Bartel.

Manon fit oui de la tête pour confirmer ce pieux mensonge.

– Laisse-moi la ramener à l'endroit où elle doit reposer, au colombarium et pas sur son piano.

M. Bartel posa sa main sur l'urne.

– Pas tout de suite, laisse-la ici encore un peu, quelques jours si tu veux bien.

– Quelques jours, répéta Manon.

Aucun des deux n'avait le cœur à retourner à table, ce que Térésa avait deviné en épiant le début de leur conversation depuis le pas de la porte. Elle avait débarrassé le couvert et ne les rejoignit dans la bibliothèque que pour leur servir des tisanes.

Manon s'assit dans le canapé, son père dans le fauteuil.

– Quel livre ? demanda M. Bartel.

– Je te demande pardon ?

– Tu voulais m'en emprunter un.

Manon se releva et fit mine chercher un ouvrage dans la bibliothèque.

– C'est drôle, parfois tu mens divinement bien et d'autres fois c'est pathétique, dit M. Bartel dont la fragilité n'avait duré qu'un temps. Je dirai deux mots à Térésa demain matin, poursuivit-il.

– Tu ne lui feras aucun reproche, elle a agi pour ton bien.

– Je pense savoir mieux que quiconque ce qui me fait du bien.

Manon observa l'urne, étincelante de lumière sur le piano.

– Maman a passé suffisamment de temps enfermée, affirma-t-elle. Demain, je reviendrai la chercher, nous irons disperser ses cendres sur la plage, c'est ce qu'elle aurait souhaité. Être enfin libre.

– Qu'est-ce que tu en sais ? Ta mère ne s'est pas donné la peine de nous laisser un testament. C'est par l'une de ses amies que j'ai appris qu'elle voulait être incinérée et par toi qu'elle souhaitait pour ses obsèques ce spectacle burlesque auquel j'ai accepté de me prêter… à contrecœur.

– Tu es impossible, je t'interdis de la critiquer. Maman ne pouvait pas envisager ce qui allait lui arriver. Toi qui veux toujours tout contrôler, qu'aurais-tu fait si tu avais compris que tu perdais le contrôle de toi-même ? Elle a su être digne jusqu'au dernier moment, c'est mieux qu'un testament, tu ne crois pas ?

– Je refuse qu'elle s'en aille, répondit M. Bartel.

– Elle est déjà partie. Aucun homme ne possède une femme, même pas toi.

– Ça suffit, je ne veux pas que nous nous disputions. Cette journée a été éprouvante pour nous deux. Rentre chez toi, je te raccompagne à ta voiture, nous rediscuterons de tout cela demain, à tête reposée.

Manon se laissa escorter par son père jusqu'à sa Prius.

– Tu les collectionnes, semble-t-il, lâcha M. Bartel en arrachant le PV collé sur le pare-brise.

Manon le lui prit des mains et s'installa derrière le volant.

M. Bartel se pencha à la vitre.

– Ton organiste, je suis certain que c'est lui qui a fait le coup.

– Quel coup ?

– Tu sais très bien de quoi je parle. Je veux savoir comment tu l'as rencontré.

– Tu es ridicule. Il se promenait dans le parc hier et nous nous sommes croisés. Au cours d'une brève conversation, il m'a confié être pianiste. Je l'ai revu par hasard ce matin, je venais d'apprendre que nous n'avions plus de musicien. Il a accepté de me rendre un service immense, en parfait gentleman. Ce qui est arrivé est l'œuvre d'un employé maladroit, un accident, un point c'est tout.

– Et que faisait ce gentleman dans ce parc, deux jours d'affilée ?

– Vraiment ? Tu penses être le seul à avoir perdu quelqu'un ? Mais tu dois avoir raison, il est venu tout spécialement de Paris pour ouvrir l'urne de Maman.

– Comment ça de Paris ? questionna M. Bartel d'un ton sec.

– Il est français. Je peux y aller maintenant ?

Manon salua son père et referma la vitre avant de démarrer.

M. Bartel regarda la Prius s'éloigner dans la rue.

En rentrant chez lui, il rangea l'urne de Camille dans le placard de la bibliothèque et mit l'alarme avant d'aller se coucher.

*

Raymond veillait dans le salon, devant la télévision. Thomas somnolait dans sa chambre.

La chaîne Showtime diffusait un épisode de la série *Ray Donovan.*

– C'est pas mal, Ray, tu ne trouves pas ? s'exclama Raymond en prononçant le R comme un W avalé.

– Qu'est-ce que tu racontes ? marmonna son fils.

– Rway, fait beaucoup plus jeune que Raymond. Tiens, écoute ça : Rway vous wouley un pou de vin ? C'est drôlement chic, non ? questionna-t-il, tout enjoué.

– Mais tu as quel âge ? s'écria Thomas.

– Eh bien justement, la bonne nouvelle, c'est que je n'en ai plus !

Thomas se redressa dans son lit. Son père cherchait à donner le change, mais il n'était pas dupe. Même s'ils avaient réussi à récupérer son urne, leur voyage se terminerait par un échec.

Il se leva sur la pointe des pieds, prit son ordinateur portable dans son sac et découvrit un mail que Manon venait de lui adresser.

Cher Thomas,

En rentrant chez moi, tout à l'heure, j'ai allumé mon ordinateur pour rattraper le retard accumulé dans mon travail, vaste entreprise. Je ne sais plus si je vous l'ai confié, je tiens une librairie sur Geary Street. Elle n'est vraiment pas grande, mais j'y suis très attachée. J'avais l'esprit vagabond et je me suis permis de faire quelques recherches sur internet. Je sais, c'est terriblement indiscret. C'est notre époque qui nous autorise cela. J'ai tapé votre prénom, les mots pianiste, France, et découvert qui vous étiez. C'est seulement en vous voyant sur cette scène que j'ai pris la mesure du cadeau que vous m'avez fait aujourd'hui. Combien de spectateurs étaient venus rien que pour vous dans cette salle à Stockholm ? Mille ? Deux mille ? Peut-être plus encore ?

Je me suis sentie si gênée de vous avoir obligé à jouer pour une cinquantaine de personnes… et dans un mausolée !

Vous n'avez rien demandé, rien attendu en retour. Pourtant, je vous étais étrangère et nous étions bien loin de votre répertoire.

Il fallait que je vous écrive, pour vous remercier, vous dire surtout que je me souviendrai toujours de ce que vous avez fait pour moi.

J'aime la compagnie des livres et je ne changerais de métier pour rien au monde, mais ce que j'ai vu dans votre regard quand vous jouiez était unique, et j'avoue vous avoir envié.

Si je fais un jour ce voyage en France, je viendrai vous écouter. Je devine qu'avec tous les visages que vous devez croiser au cours de vos tournées, vous m'aurez oubliée, mais je vous rappellerai ce jour où j'enterrais ma mère et où, sans le savoir, vous avez réconforté une inconnue.

Merci d'avoir été présent et si généreux.

Manon

Thomas relut le mail deux fois avant de rédiger sa réponse.

Chère Manon,

Je ne suis pas cet homme désintéressé auquel vous pensiez écrire.

Vous ne m'étiez pas inconnue et encore moins une étrangère. La vérité est indicible. Avais-je seulement le droit de vous en révéler une partie ?

Mon père et votre mère se sont aimés passionnément pendant plus de vingt ans, en silence, par-delà la distance qui leur avait été imposée et les obligations de leur époque. Je ne l'ai appris que récemment, en découvrant les dernières volontés de mon père.

Je vous ai menti. Je ne me promenais pas par hasard dans ce parc. J'étais venu vous confisquer votre mère, le jour même où vous l'enterriez, et accomplir leur volonté d'être unis pour toujours.

J'aimerais trouver des mots qui justifient mes actes, mais ils n'existent pas.

Vous ne me devez aucun remerciement, alors que je vous dois des excuses.

Sachez seulement que j'ai agi par amour pour mon père, parce que l'éternité valait bien un mensonge.

Je vous demande pardon.

Thomas

Le son de la télévision venait de s'interrompre. Thomas referma rapidement l'écran de son ordinateur sans avoir eu le temps d'envoyer son mail, et le glissa sous sa couette, avant d'enfouir sa tête dans l'oreiller.

Raymond apparut dans l'encadrement de la porte. Il observa son fils et se mit à sourire.

– Moi non plus je n'arrive pas à trouver le sommeil. Enfin, façon de parler. Tu dormiras dans l'avion demain soir. Je te laisse tranquille, je vais passer la nuit dans le salon. Essaye de te reposer un peu quand même.

Thomas ne répondit pas. Raymond se retira après lui avoir dit qu'il allait finir par se faire mal aux yeux à plisser aussi fort les paupières.

*

Thomas attendit qu'il n'y ait plus aucun bruit avant de se relever pour aller ranger son ordinateur.

En ouvrant son sac de voyage, il tomba sur le coffret en bois et l'observa longuement. Il alla chercher son coupe-ongles dans la salle de bains, et retourna se coucher.

Après avoir crocheté la serrure avec délicatesse, il commença sa lecture.

À 2 heures du matin, Thoma remettait dans son enveloppe la dernière lettre de Camille. En la glissant dans le coffret, il eut le mince espoir que tout n'était peut-être pas perdu.

*

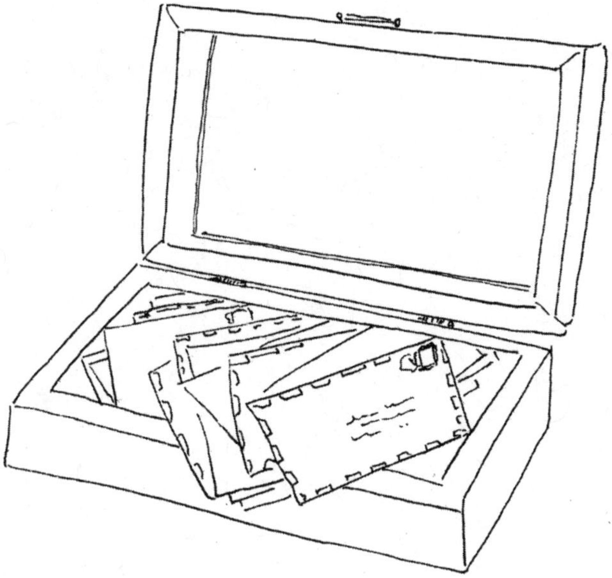

17.

L'inspecteur Pilguez gara son break Ford sur le parking du colombarium. Il frissonna en remontant l'allée vers le bâtiment de l'administration.

L'assistant du directeur l'accueillit à la porte. Impossible de dire lequel des deux faisait plus mauvaise figure.

L'inspecteur fut conduit dans le bureau du directeur qui semblait encore plus chamboulé.

– Ah vous voilà, il était temps ! Ils ont cassé le carreau et fracturé l'armoire, se lamenta-t-il.

– Ma vue est encore bonne, je vous remercie, belle armoire d'ailleurs. C'est eux qui l'ont refermée ou vous m'avez tartiné la serrure d'empreintes avec vos grosses paluches pour me donner un peu plus de mal ?

Le ton était donné, le directeur bégaya et l'inspecteur en tira ses conclusions.

– Qu'est-ce qu'il y avait de si précieux à l'intérieur, de l'argent, des bons du Trésor ?

– Seulement des dossiers.

– Compromettants, j'imagine, pour que l'on se soit donné la peine de cambrioler un endroit aussi joyeux.

– On ne nous a pas dérobé des papiers, mais une urne.

– Une quoi ? demanda Pilguez en fronçant les sourcils.

– Une urne funéraire.

– Ah, et rien d'autre ?

– C'est déjà beaucoup.

– Si vous le dites. Elle était en or, cette urne ?

– En laiton. En soi, sans aucune valeur.

– Alors que contenait-elle ?

– Eh bien des cendres, évidemment.

– Ah, répéta Pilguez.

– C'est agaçant vos interjections, on a volé un mort, c'est extrêmement grave.

– Et qui est ce mort ?

– Le problème, c'est que nous n'en avons aucune idée.

– Ah !

Un ange passa.

– J'en connais qui ont des cadavres dans le placard, mais avec vous, c'est du sérieux. Et que faisait ce mort dans votre bureau ?

– Quelqu'un l'avait honteusement abandonné hier en fin de matinée. Dès que nous l'avons découvert, nous avons fait notre devoir et l'avons accueilli chez nous. Nous n'allions quand même pas le laisser dehors.

– Vous avez recueilli une âme perdue, en quelque sorte. Je dois reconnaître que votre métier est plus folklorique que je ne l'avais imaginé.

– J'entends vos sarcasmes, inspecteur. Une enquête aussi singulière doit vous sortir de la routine, mais je vous prierai néanmoins de tout mettre en œuvre pour retrouver…

– Retrouver qui, précisément ? interrompit Pilguez d'un ton grave.

– C'est que… Nous l'ignorons, répondit le directeur, penaud.

– Mais qu'est-ce que j'ai fait au bon Dieu pour hériter d'affaires aussi tordues ? râla Pilguez pendant que le directeur se signait. Résumons-nous, quelqu'un se débarrasse d'une urne dans un cimetière, ce qui n'est pas complètement sot quand on y pense…

– Pas un cimetière, un colombarium, rectifia aussitôt le directeur d'un ton pincé.

– Vous la mettez à l'ombre et elle s'évade pendant la nuit, reprit l'inspecteur imperturbable. Trente ans de métier pour accoucher de trucs pareils, c'est effrayant. Vous est-il venu à l'idée que cette urne puisse contenir autre chose que des cendres ? De la drogue, par exemple.

– Impossible, nous l'avons ouverte.

– En êtes-vous si certain ? Vous n'avez pas… Non, bien sûr, ce serait immonde. Admettons, pas de drogue, alors pourquoi voler ce que quelqu'un a abandonné quelques heures plus tôt ?

– C'est vous le policier.

– Hélas ! Bon, reprenons depuis le début, dit Pilguez en sortant un carnet et un stylo de la poche de son veston. Une idée de l'heure à laquelle a eu lieu l'effraction ?

– J'ai quitté mon bureau à 20 heures, juste avant la fermeture des grilles. Notre gardien fait des rondes la nuit dans le parc, mais il n'a rien remarqué d'anormal. Je n'en sais pas plus.

– Vol d'une urne funéraire dans le placard du directeur, marmonna Pilguez en prenant ses notes. Qu'est-ce que j'inscris comme valeur ?

– Sentimentale, je suppose.

– Ça va coûter une fortune à votre assurance. Pas de caméras de surveillance ?

– Le quartier est très sûr, et nos pensionnaires ne risquent plus rien. Enfin, c'est ce que nous pensions jusqu'à la nuit dernière. Nous en ferons installer, vous pouvez compter sur moi.

– Évidemment. Pas d'empreintes, pas de caméra, pas d'identité, c'est mince pour résoudre un kidnapping.

– Un kidnapping ? s'écria le directeur. Vous pensez qu'on va nous réclamer une rançon ?

– Ça m'étonnerait beaucoup.

– Comment en êtes-vous si certain ?

– Je les vois mal menacer de zigouiller l'otage. Quant à négocier la restitution de ce qu'il en reste, personne ne sait de qui il s'agit, alors je vous laisse en tirer vos propres conclusions.

Le directeur hocha la tête avant de se laisser choir dans son fauteuil.

– Mais pourquoi alors ?

– C'est une bonne question, je dois admettre que le motif m'échappe. Vous n'auriez pas remarqué une petite anomalie, la moindre bizarrerie me suffirait, quelque chose sortant de l'ordinaire et qui m'offrirait un semblant de piste ?

Le directeur se pinça le menton, et réfléchit avec une ardeur sincère.

– Si ! Notre organiste a eu un accident hier matin, quelqu'un l'a remplacé au pied levé.

– Eh bien voilà la piste qui me manquait ! s'exclama l'inspecteur en se tapant les genoux. De quoi résoudre cette affaire en un rien de temps.

– Vraiment ? s'écrièrent en chœur le directeur et son assistant.

– Non, vraiment pas. Qu'est-ce qu'il lui est arrivé, à votre organiste ?

– Il a glissé dans sa douche.

– Passionnant ! Et qui l'a remplacé ?

– Nous l'ignorons également. En tout cas pas quelqu'un de chez nous. Puisque nous en parlons, notre jardinier a vu rôder l'individu en question l'avant-veille dans le parc.

– Mais l'urne n'a été abandonnée qu'hier ?

– Rien ne vous échappe, inspecteur, il était peut-être là en repérage. La fille de M. Bartel lui a parlé, elle est d'ailleurs venue à sa rencontre, notre jardinier les a vus ensemble dans le parc.

– Et où peut-on rencontrer cette jeune femme ?

– Nous avons l'adresse de son père.

L'inspecteur la recopia sur son carnet et n'ayant plus grand-chose à constater, il se retira.

*

Thomas se réveilla tardivement, il entendit du bruit dans le salon et trouva son père assis devant la télévision.

– Comment tu as fait pour l'allumer ?

– Aucune idée, j'y ai pensé très fort et hop ! Les voies des ondes sont impénétrables... Toute une vie de chirurgien pour se réincarner en télécommande, ça en valait la chandelle, n'est-ce pas ?

Thomas alla s'asseoir près de lui. Il aurait voulu pouvoir inverser les rôles, que pour une fois ce soit le fils qui protège le père et le rassure. Il aurait voulu pouvoir lui dire que demain tout irait mieux, même s'il savait qu'ils n'auraient plus jamais de lendemains ensemble. Mais Raymond, fidèle à lui-même, prit les devants et consola Thomas.

– Ne sois pas triste, mon fils. Nous avons essayé. Et puis reconnais que ce voyage nous aura donné un peu de rab, ce n'est pas offert à tout le monde. Je ne veux pas te voir malheureux à cause de moi. J'ai eu une vie formidable et la tienne le sera encore plus. Pense à tout ce qui t'attend, à tes concerts, à l'amour, à la beauté des matins, à la joie d'être en vie, à tout ce que tu n'as pas encore vécu. C'est magnifique. Tu réalises la chance que tu as ? Tu ne peux pas gâcher un seul instant en te lamentant sur mon sort. J'ai fait des choix, je n'en renie aucun. Même si je travaillais beaucoup, je t'ai élevé, je t'ai aimé, t'ai vu grandir, devenir un homme, et quel homme ! Alors, crois-moi, je repars sans regret, sauf en ce qui concerne Camille, mais je suis certain qu'elle comprendra. Il ne nous reste plus longtemps, alors vas-y, pose-moi toutes les questions que tu veux, ou plutôt non, une seule, mais la plus importante à tes yeux et je te promets d'y répondre, sans détour.

Thomas le regarda avec une tendresse infinie.

– Dis Papa, c'est quoi être un père ?

– À quelle heure est ton avion ?

*

Manon releva le rideau de fer à mi-hauteur et se plia en deux pour entrer dans la librairie. Elle coupa l'alarme et regarda autour d'elle. Elle aimait cette heure de la journée, avant l'ouverture, lorsqu'elle pouvait se promener seule entre les rayonnages, faire librement ses inventaires ou simplement s'abandonner à la lecture d'un livre pioché sur une table, choisir ce qu'elle lirait à sa mère l'après-midi. Elle reposa l'ouvrage qu'elle avait pris et pensa qu'à compter d'aujourd'hui, la vie retrouvait son cours normal. Manon n'était pas de nature à se laisser aller. Elle tenait cela de Camille qui lui avait transmis son optimisme. Elle se rendit dans la remise et commença de déballer les cartons des publications de l'été. Les livres ont des parutions saisonnières qui diffèrent souvent du temps où on les lit, et les classer était pour Manon une préoccupation quotidienne. Elle les disposait sur les tables comme on arrange les couleurs d'un bouquet, jamais par thème, pour inciter ses clients à davantage de curiosité. Un libraire à qui on ne pose pas de questions ne trouve plus de sens à son métier. Conseiller, faire découvrir, partager le bonheur d'un lecteur la mettait en joie, même quand ce dernier n'était pas affable. Ce qui lui rappela la commande passée par son voisin l'antiquaire. Elle fouilla dans les colis reçus durant la semaine, et sortit les ouvrages qu'il lui avait réclamés. Puis elle retourna à son bureau, derrière la caisse, et s'attela à la comptabilité. Une pile de factures attendait, et attendrait encore… un message venait de s'afficher sur son portable.

*

Thomas prétendit devoir préparer son sac pour s'échapper dans sa chambre, pendant que son père regardait un énième épisode de sa nouvelle série favorite. Il enjamba la fenêtre, traversa le jardin, emprunta l'allée qui contournait la maison et frappa à la porte de ses hôtes.

Quelques instants plus tard, il parcourait le même chemin en sens inverse.

Puis il prit son courage à deux mains pour appeler son agent et solliciter un service.

– Qu'est-ce que tu fais à San Francisco ? demanda Marie-Dominique. Je te croyais à Paris.

– Mon père disait que la croyance était une affaire de religion.

– Laisse ton pauvre père en paix. Tu comptes passer la nuit en avion et jouer le soir de ton arrivée, est-ce bien raisonnable ?

– Plus que d'annuler ce concert. Je n'ai pas le choix, je dois rester un jour de plus.

– Et tu voudrais que je m'occupe de ton billet, soupira Marie-Dominique, tu ne changeras donc jamais.

– Si je changeais, tu ne m'aimerais pas autant.

– Qui t'a dit que je t'aimais autant ? Tu es infernal.

– Marie-Do, ne m'oblige pas à te supplier ou si, voilà, je te supplie.

– S'il te plaît aurait suffi. Je vais te trouver un vol San Francisco-Varsovie. Je ne te promets pas qu'il soit direct, mais je m'arrangerai pour que tu arrives à temps, et toi, tu as intérêt à jouer comme un dieu, fatigué ou pas.

– Ce n'est pas toujours le cas ?

– Prétentieux en plus. Il m'est revenu aux oreilles que tu avais eu un petit couac à Pleyel, vendredi dernier. Ton chef d'orchestre était furax.

– Ce sont les mauvais ouvriers qui blâment leur outil ; s'il dirigeait mieux, il n'aurait pas eu à se plaindre.

– Parce que c'est de sa faute, bien entendu. Bon, puisque en plus d'être ton agent, je suis devenue une agence de voyages, je vais m'occuper de ton problème, je travaillerai ensuite. Je t'enverrai les informations par mail. Ne rate pas cet avion, Thomas, Varsovie t'attend et la salle affiche complet.

Thomas promit et raccrocha. Il garda son portable en main et juste avant d'aller rejoindre son père, il tapa un message que, cette fois, il envoya.

*

Manon regarda l'écran de son iPhone et sourit en relisant le mot qu'elle avait reçu.

J'ai raté mon avion. Votre invitation à dîner tient toujours ?

Comment avez-vous réussi ce prodige ? Il ne décolle que cet après-midi.

Comment le savez-vous ?

J'ai un don.

Le mien est de rater les avions qui ne sont pas encore partis.

D'accord.

???

Pour notre dîner !

Où avez-vous envie d'aller ?

Venez me chercher
à 19 heures, à la librairie.

Sur Geary Street ?

Vous avez bonne mémoire.
À tout à l'heure.

Thomas rangea son portable et regagna le salon.

– Tes affaires sont prêtes ? lui demanda son père.

– Je ne pars plus.

– Qu'est-ce que tu racontes ? questionna Raymond.

– Tu es encore là, et je resterai avec toi jusqu'au dernier moment. C'est cela être un fils.

Raymond se retourna, et sourit en disant :

– Et c'est bon d'en avoir un.

Puis il se replongea dans la fin de son épisode.

*

Pilguez se rendit chez M. Bartel aux alentours de midi. Sa longue carrière lui avait appris à accorder une attention particulière à la façon dont les gens réagissaient lorsqu'il leur présentait son badge. Étonnement, méfiance ou bienveillance en disaient long. Le comportement de son interlocuteur n'entrait dans aucune de ces catégories, il semblait l'attendre et l'accueillit presque soulagé.

– Tout de même, ils se sont décidés à porter plainte, je m'apprêtais à le faire.

– L'urne vous appartient ?

– Évidemment, c'est celle de ma femme.

– Vous savez où elle se trouve ?

– Dans la bibliothèque.

– Avec le Colonel Moutarde ?

– Je vous demande pardon ?

– Si cette urne contient les cendres de votre épouse, pourquoi l'avoir volée ?

– Mais je n'ai rien volé, qu'est-ce que vous racontez ? Le directeur du colombarium sait pertinemment pourquoi j'ai refusé qu'il la garde.

– Je sors de son bureau, et il n'avait pas l'air au parfum.

Pilguez contempla les lieux. Boiseries, moulures, menuiseries en chêne, mobilier d'époque, toiles de maître accrochées aux murs, le luxe s'étalait sous toutes ses formes, et il pensa qu'un an de son salaire ne lui permettrait pas de s'offrir la paire de bergères Directoire qui se trouvait devant lui.

– Quelque chose cloche. Un homme de votre condition aurait fait appel à ses avocats au lieu de casser un carreau. Qu'est-ce qui vous a pris ?

– Je ne comprends pas un traître mot de ce que vous me dites. Quelqu'un a tenté d'ouvrir l'urne de mon épouse après la cérémonie. J'ai d'abord pensé à l'œuvre d'un détraqué et, craignant qu'il récidive, j'ai prié Dignité.com de me la restituer. Je leur ai signé une décharge et j'ai ramené Camille à la maison.

– Votre défunte épouse, en l'occurrence.

– De quel carreau parlez-vous ?

Pilguez ne répondit pas et demanda à M. Bartel si sa fille était présente.

– Manon ? Qu'a-t-elle à voir dans cette histoire ?

– Votre épouse n'est pas la seule à avoir subitement déserté cet établissement. On leur a dérobé une urne cette nuit, et ma seule piste, pour autant que cela en soit une, ce dont je doute fort, repose sur le témoignage d'un jardinier qui aurait vu rôder un inconnu dans le parc. Votre fille était en sa compagnie.

– Venez, ordonna M. Bartel, votre inconnu ne l'est pas autant que vous le pensez.

Pilguez accompagna M. Bartel à son bureau. Ce qu'il avait considéré tout à l'heure comme fastueux n'était rien comparé au luxe de la pièce qu'il découvrait. Un bureau Louis XVI, des marquises de la même époque, des tapis persans, même les tentures et rideaux semblaient ne pas avoir de prix. Sans compter le Picasso et le Van Gogh que l'inspecteur admirait, ébahi.

– Vous aimez la peinture ? questionna Bartel.

– Dans les musées, oui. Puis-je vous demander ce que vous faites dans la vie ?

– Si vous pensez que cela fera avancer votre enquête…

– Non, simple curiosité. Vous disiez connaître le suspect ?

– Je vous disais penser savoir qui il était, ce n'est pas tout à fait la même chose. Mais avant de vous en révéler davantage, je veux l'assurance que vous laisserez ma fille en dehors de tout cela.

– Je vous promets de faire mon travail de flic, pour le reste, nous aviserons.

Les deux hommes se défièrent du regard et Bartel fit pivoter l'écran de son ordinateur.

– Vous allez au concert ce soir ? questionna Pilguez en regardant l'affiche qu'il lui montrait.

– Voici votre coupable.

Pilguez se pencha vers l'écran et observa les traits du concertiste qui posait devant son piano à queue sur la scène de l'opéra de Stockholm.

– Comment en êtes-vous si sûr ? La Suède n'est pas la porte à côté.

– Il était là hier, je l'ai reconnu.

– Pourtant, vous m'avez repris tout à l'heure en prétendant que vous ne le connaissiez pas, alors comment l'avez-vous identifié, ce Thomas Saurel ?

– En tapant « pianiste » « français » « concerts » sur Goobing, rien de très savant. Je ferai une donation à votre commissariat pour qu'on remplace vos machines à écrire par des ordinateurs, répondit Bartel d'un ton désabusé.

Pilguez lui lança un regard incendiaire.

– Vous avez l'arrogance des gens qui ont trop réussi, mais votre étalage de luxe ne m'impressionne pas. Je ne passerais pas une nuit ici si on m'y invitait. Changez de ton si vous voulez que nous poursuivions cette conversation.

Bartel baissa les yeux et s'excusa, invoquant la douleur du deuil.

– Qui vous a dit qu'il était français ? reprit Pilguez en s'asseyant sur le coin du bureau.

– Manon.

– Donc elle le connaît bien ?

– Non, protesta Bartel. Elle l'a rencontré hier dans le parc, ils se sont croisés et il lui aurait dit être musicien. Quand elle a appris ce matin que notre organiste était alité, elle lui a demandé de le remplacer.

– Ce qu'il a accepté.

– Uniquement pour entrer dans la place, j'en suis convaincu.

– Il suffisait de passer par la porte, non ? Le colombarium est ouvert à tout le monde.

– Pour s'approcher de Camille !

– Admettons. Mais dans quel but un concertiste de renom aurait voulu ouvrir une urne ? C'est assez sordide.

– C'est plus compliqué que ça… Manon ignore tout de ce que je vais vous révéler et je tiens à ce qu'il en reste ainsi.

Pilguez écouta patiemment M. Bartel lui raconter sa vie et les raisons qui l'avaient conduit à s'éloigner de France trente ans plus tôt.

– Soit, imaginons que ce jeune homme ait souhaité voir de près à quoi ressemblait la maîtresse de son père, il s'y est pris un peu tard, non ? Admettons encore. C'est un délit, certes, mais pas encore un crime. Et en quoi serait-il lié au vol qui me préoccupe ?

– Eh bien, c'est évident. Ce lascar en voulait à l'urne de ma femme, qui je vous le précise, n'a jamais été la maîtresse de ce filou de chirurgien. Non content d'avoir raté son coup, il revient à la faveur de la nuit, ne trouve pas Camille dans sa dernière demeure, en déduit que la direction aura mis l'urne en sécurité et pour réaliser ses funestes projets, il cambriole le bureau du directeur. Sauf que cet idiot se trompe d'urne.

– Une vendetta post-mortem… Vous ne trouvez pas qu'elle est un peu tirée par les cheveux, votre histoire ? En tout cas, je n'y crois pas.

– C'est pourtant évident, il voulait réussir là où son père avait échoué, en kidnappant ma femme !

– Pour l'emmener au bal ? Monsieur Bartel, soyons raisonnable, je respecte votre douleur, mais admettez que tout ça n'a aucun sens. Quel âge a ce jeune homme, la trentaine ? S'il se produit devant la reine de Suède, c'est la preuve qu'il doit plutôt bien réussir en tant que pianiste. Et il traverserait l'Atlantique et risquerait de foutre sa vie en l'air pour venger son père ? Et de quelle manière, en volant des cendres ? Je ne connais pas un procureur en ville qui accepterait d'entamer une procédure sur un motif aussi absurde.

– Un homme essaye de me voler ma femme, son fils se présente à ses obsèques. Vous appelez cela une coïncidence ? s'emporta Bartel en tapant du poing sur le bureau.

– Votre épouse n'était pas une commode Louis XVI. Et puisqu'elle vous a suivi jusqu'ici, c'est que personne ne vous l'a volée. D'ailleurs, vous parlez d'une époque qui ne date pas d'hier. Ce jeune homme la connaissait-il seulement ?

– Bien sûr qu'il la connaissait, les rencontres entre Camille et Raymond avaient nos enfants pour prétexte. Ils se retrouvaient en catimini au manège, ou autour des balançoires de la plage. C'est là que je les ai surpris.

– Mais il y a si longtemps que votre fille n'a pas reconnu le petit garçon avec qui elle jouait. Et cet enfant, est-ce qu'il a entretenu le moindre lien avec votre épouse, se sont-ils revus ensuite ?

Bartel fut indigné d'une telle question et répliqua avec véhémence que ce n'était évidemment pas le cas.

– Je vais vous proposer une version plus plausible de la façon dont les faits ont dû s'enchaîner. Notre pianiste, en visite à San Francisco, peut-être pour s'y produire d'ailleurs, apprend en lisant le journal que l'enterrement de votre épouse a lieu durant son séjour. À supposer qu'il soit au courant de la vie sentimentale de ses parents, ce qui je vous le rappelle n'est pas le cas de votre fille, il décide par curiosité de se rendre à ses obsèques. Lorsque sa camarade d'enfance, qui ne le reconnaît pas, le supplie de lui sauver la mise en remplaçant l'organiste, il accepte, peut-être même pour racheter la conduite de son père. Je ne vois en cela qu'un clin d'œil du destin, voire une certaine poésie. J'irai l'interroger par principe, mais fiez-vous à mon expérience, il n'est pas votre coupable.

– J'ignore où vous le trouverez, reprit Bartel, plus persuadé que jamais que sa version des faits était la bonne.

– Un coup de fil aux services de l'immigration et je l'apprendrai d'ici demain.

Pilguez estima avoir assez perdu de temps. Cette enquête n'aboutirait nulle part. On avait volé les cendres d'un anonyme et personne ne saurait jamais pourquoi, peut-être pour des raisons familiales. Un légataire ne voulant pas payer une sépulture s'en était débarrassé, pris de remords il aurait changé d'avis, à moins que ce ne soit un proche qui ait voulu les récupérer. Qui que ce soit, il avait déjà dû les disperser. Affaire classée sans suite.

Par acquit de conscience, il appela de sa voiture un collègue des douanes et lui demanda une copie de la fiche d'entrée sur le territoire d'un certain Thomas Saurel. Si le musicien était innocent, il logerait à l'adresse qu'il avait déclarée. En attendant, il pianota Manon Bartel sur le clavier de son ordinateur de bord, apprit qu'elle était libraire et prit la direction de Geary Street, pour aller l'interroger, certain qu'elle en savait beaucoup plus que son père ne le pensait.

*

Manon le fit entrer dans la librairie, ne semblant pas étonnée outre mesure de sa visite. Elle savait qui l'envoyait. Elle lui offrit sa chaise et s'adossa au comptoir de la caisse.

– C'est exigu, mais plutôt joli, vous ne trouvez pas ? dit-elle.

– Plus charmant que la maison de votre père, si je peux me permettre.

– J'aurais parié qu'il vous demanderait de venir me questionner. Il est tellement entêté.

– Vous avez perdu votre pari ; au contraire, il m'a interdit de vous approcher, sans quoi je ne serais pas là, d'ailleurs.

– Il est obsédé par cette histoire de scellés sur l'urne de Maman. Elle a dû échapper des mains d'un employé des services funéraires. Ils ont mis cela sur le dos d'un inconnu, pour se couvrir, et c'est tellement absurde que je ne comprends même pas qu'on vous dérange pour ça.

– Je suis venu pour une affaire un peu plus sérieuse.

L'inspecteur lui révéla le vol qui avait été commis et les accusations que portait M. Bartel à l'encontre d'un certain Thomas Saurel. Manon confirma qu'ils s'étaient bien parlé, précisa qu'il avait agi en gentleman en lui accordant une faveur très généreuse pour un musicien de son niveau. Bien qu'elle l'ignorât alors, sinon elle n'aurait jamais osé la lui demander.

– Laissez-moi vous montrer quelque chose, dit-elle en ouvrant son portable.

Elle se connecta à Youtuyo, et lui montra la vidéo du concert que Thomas avait donné à Stockholm.

– Regardez son expression quand il joue.

C'est Manon que Pilguez observa pendant que le court extrait défilait. Le son était à peine audible, mais un coup d'œil sur l'écran suffisait pour apprécier la virtuosité du pianiste.

– Et maintenant, écoutez cela, renchérit-elle en tournant le bouton de la chaîne hi-fi qui diffusait un fond de musique. C'est lui, dit-elle avant de faire silence.

Les *Consolations* de Liszt envahirent la librairie, Manon augmenta encore le volume au milieu du morceau.

L'inspecteur lui tendit la boîte de mouchoirs qu'il avait aperçue sur le bureau.

– Tenez, vous devriez éviter ce genre de musique en ce moment, même moi cela pourrait me tirer des larmes.

– Et vous imaginez que celui qui a enregistré cet album ait l'âme d'un vulgaire fossoyeur ? Je ne sais pas pourquoi Papa s'entête, une jalousie de père idiote parce qu'il m'a vue parler avec lui ?

– Probablement.

– Je suis désolée qu'il vous ait dérangé pour rien.

– Vous le connaissiez ?

– Comme je vous l'ai dit, je l'ai rencontré hier pour la première fois, pourquoi ?

– Pour rien.

Manon se pencha vers Pilguez et scruta son visage.

– Vous me cachez quelque chose ?

– Rien qu'il m'appartienne de vous dire.

– Vous avez des preuves contre lui ? Mais non, suis-je bête, vous essayez de me faire douter pour savoir si je vous cache quelque chose. C'est une vieille méthode de flic, j'ai vu ça cent fois à la télé.

– Vous regardez trop la télévision. Parlez avec votre père, il vous en apprendra plus.

– Je préférerais en parler avec vous plutôt qu'avec lui, allez, mettez-vous à table.

– Vous êtes en train de me piquer mon texte, c'est au flic de balancer ce genre de phrase.

– Eh bien comme ça, cela vous sortira de votre routine.

– Qu'est-ce que vous avez tous aujourd'hui avec ma routine ? Thomas Saurel, votre pianiste, vous le connaissez depuis plus longtemps que vous ne le croyez, lâcha l'inspecteur.

Et comme Manon ne disait plus rien, l'inspecteur se demanda si les accusations de M. Bartel étaient aussi infondées qu'il l'avait jusque-là supposé. Pour en avoir le cœur net, il proposa un marché.

– Un secret contre une promesse, proposa-t-il.

– Quelle promesse ?

– Je pensais que vous me demanderiez quel secret. Ne rien dire à votre père de ce que je vais vous apprendre. Je ne plaisante pas. Si vous me trahissez, je vous assure que votre voiture qui empiète sur le trottoir devant la librairie ne bénéficiera plus jamais du régime de faveur qui vous est accordé. Je vous ferai coller tellement de PV par mes collègues, que vous ne circulerez plus qu'à bicyclette, et dans cette ville je vous souhaite bien du courage.

– D'accord, je suis terrorisée par un vélo, allez-y, je promets et ce n'était pas la peine de me menacer, je n'ai qu'une parole.

Quand elle apprit la vérité sur le passé de sa mère, des souvenirs d'enfance ressurgirent et Manon comprit enfin pourquoi le visage de Thomas lui avait semblé si familier.

*

GEARY'S BOOKS

18.

– Papa vous a confié que ma mère avait vécu une histoire d'amour avec ce médecin ?

– Il m'a affirmé le contraire, que ce n'était qu'un moment d'égarement sans conséquence. Mais le fait qu'il ait tout plaqué pour aller vivre aussi loin me laisse penser que ce n'était pas pour soustraire votre mère à une simple passade.

– Je le crois volontiers, Maman ne m'a jamais rien raconté et j'étais sa confidente.

– Je connais peu de parents qui partageraient un tel secret avec leur enfant. Comment imaginer une mère confiant à sa fille qu'elle a aimé un autre homme que son père.

Manon resta sans voix. L'inspecteur lui laissa le temps de digérer ce qu'elle venait d'apprendre. Elle digéra… difficilement… et décida qu'elle n'avait pas à porter de jugement. Si sa mère avait éprouvé des sentiments pour un autre homme, ce moment de sa vie lui appartenait et, de toute évidence, elle avait tourné la page et laissé ce passé derrière elle. Elle se remémora les justifications hasardeuses de ses parents lorsqu'elle leur demandait pourquoi ils avaient quitté la France et choisi de vivre à San Francisco. À cause de la carrière de ton père, lui expliquait invariablement Camille. Et chaque fois que Manon voulait savoir si elle avait souffert de s'être éloignée de sa famille et de ses amis, sa mère lui répondait d'un sourire et d'un haussement d'épaules. Et pourtant, elle avait dit « à cause » et non « grâce ». L'inspecteur avait raison, on ne partait pas ainsi pour une passade et Manon s'en voulut de n'avoir jamais su deviner ce secret. Puis elle en voulut à sa mère de ne pas l'avoir partagé. Elle aurait tant aimé l'entendre se confier, raconter un amour passionnel, et peut-être plus encore apprendre qu'elle en avait vécu un. Qui était cet homme qui avait fait battre son cœur ? À quoi pouvait-il ressembler, que lui avait-il promis pour la faire chavirer ? N'avaient-ils échangé que des mots, des moments complices, ou s'étaient-ils aimés pleinement ?

– Et vous pensez que Thomas était au courant ? demanda-t-elle.

– Vous seule pouvez répondre à cette question, vous le connaissez mieux que moi. Je ne l'ai même pas rencontré. Vous ne croyez toujours pas à sa culpabilité, n'est-ce pas ? demanda Pilguez en s'en allant.

– Je ne sais pas, répondit Manon. Qu'il ait été maladroit en s'approchant de l'autel, peut-être, mais le reste… non… non, c'est impossible.

– J'ai aussi du mal à y croire. Mais pour autant, je doute que sa présence au colombarium relève d'un simple hasard.

Manon resta silencieuse un instant.

– Peut-être voulait-il en tête que son père y repose un jour ?

– Peut-être, peut-être pas… Il vous a dit dans quel hôtel il était descendu ?

– Non, mais vous arriveriez trop tard, répondit Manon en regardant sa montre. Il est déjà reparti, son avion décollait cet après-midi.

– Espérons que cette urne réapparaisse par magie, je pourrai classer cette affaire et m'éviter une tonne de paperasserie fastidieuse. Si vous le revoyez, touchez-lui-en un mot, on ne sait jamais.

Pilguez salua Manon et quitta la librairie après avoir pointé du doigt sa voiture pour lui rappeler les termes de leur pacte.

*

Thomas n'avait pas dit un mot depuis longtemps ; de temps à autre, il arpentait la pièce, jetait des regards à son sac de voyage, puis à son père et retournait dans le canapé, l'air lugubre. Raymond n'en pouvait plus de le voir tirer cette tête d'enterrement.

– Qu'est-ce qu'il y a, bon sang ?

– L'idée de te laisser seul, alors que c'est notre dernier soir… l'idée que c'est notre dernier soir.

– J'ai vu qu'il y avait un match au Stadium, cet après-midi. Ce n'est que du football américain, mais ça nous rappellerait de bons souvenirs. Je ne sais pas si tu t'en souviens, tu devais avoir huit ans, je crois, ton cœur battait pour le Paris Saint-Germain. Un jour, pour te faire enrager, alors qu'ils avaient perdu trois matchs consécutifs, j'ai jeté mon journal par terre et je t'ai dit que je les plaquais pour de bon. Qu'à compter de ce moment, je soutiendrais l'Olympique de Marseille. Tu m'as fait la tête pendant plus d'une semaine. Je rigolais comme une baleine, jusqu'à ce que ta mère me prie de mettre un terme à la plaisanterie, en m'expliquant que je te rendais très malheureux. Je suis venu te voir le soir dans ta chambre pour me faire pardonner, mais ça n'a pas été une partie facile à gagner.

– Je n'ai pas très envie d'aller au Stadium, se contenta de répondre Thomas.

– Tu sais ce que tu m'as dit alors ? Qu'on n'abandonnait pas dans les moments difficiles, que le jour où le PSG gagnerait la coupe, je pourrais faire ce que je voudrais, mais pas tant qu'ils avaient besoin de notre soutien.

– Et alors ? J'avais huit ans.

– Alors, n'abandonne pas.

– Tu parles de toi ?

– Non, de ta joie de vivre. J'ai plus que jamais besoin de la ressentir, sinon, je vais culpabiliser encore plus.

– Tu veux vraiment aller au stade ?

– Je t'aurais volontiers emmené manger une glace, mais c'est au-dessus de mes moyens.

– Combien de temps ? lâcha Thomas en regardant son père.

– Je ne suis pas atteint d'une maladie incurable.

La plaisanterie ne fit pas sourire Thomas qui repartit vers sa chambre.

– Excuse-moi, dit Raymond en se jetant devant lui.

– Je t'ai demandé combien de temps il nous reste.

– Quelques heures, une journée peut-être, mais guère plus. Je sens bien qu'on me rappelle, je commence à avoir des difficultés à me déplacer, et puis je vois un peu flou de près, et j'entends moins bien, je dois vieillir !

– J'ai plutôt l'impression que c'est le contraire. Et puis arrête avec ton humour déplacé, tu es le seul à trouver ça drôle.

– Je ne trouve rien de drôle à devoir te quitter, mais je n'ai jamais rien trouvé de plus élégant que l'humour face à l'adversité.

– La compassion, par exemple.

– Alors ça, mon fils, autant que tu veux, à condition que tu la gardes pour les autres.

Raymond s'installa devant la télévision dont l'écran resta noir.

Thomas s'approcha de la table basse.

– Laisse cette télécommande là où elle est. Si j'avais voulu allumer la télé, je l'aurais fait tout seul.

– De quoi as-tu envie ?

– Que tu m'emmènes voir le Golden Gate, et prends mon urne.

– D'accord pour la promenade, mais tes cendres resteront ici, je t'interdis d'abandonner, c'est moi qui ai encore besoin de toi.

Raymond hocha la tête, un sourire au coin des lèvres.

– Appelle ton ami Hubert et on s'offre la tournée des grands-ducs !

*

Manon faisait les cent pas, son portable à la main. Elle avait éconduit un client, sous prétexte de devoir fermer plus tôt pour cause d'inventaire. Depuis le départ de l'inspecteur, elle était tourmentée par des pensées contradictoires. Dix fois, elle avait voulu annuler le dîner, et changé d'avis pour des raisons qui lui échappaient. Elle trouvait la chaleur intenable et alluma la climatisation avant de retourner à son bureau.

Elle n'arrivait même plus à faire correctement une addition et ratura un bon de commande avant de le jeter pour en remplir un autre. Impossible aussi de remettre la main sur son dossier de compta qu'elle chercha longuement pour finir par se rendre compte qu'elle l'avait abandonné sur la table de la littérature étrangère. Quand elle alla le récupérer, le souffle du ventilateur lui rappela soudain un carrousel enseveli sous la poussière du temps. Des chevaux de bois se remirent à tourner, la ramenant vers des étés oubliés.

Une petite fille qui s'accrochait à une crinière dorée passait devant sa mère assise sur un banc.

À ses côtés, un homme agitait son chapeau en souriant au petit garçon qui conduisait un camion de pompiers.

*

La voiture serpentait sur Camino del Mar, faisant route vers l'océan. Raymond souhaita s'arrêter un instant devant une propriété perchée au sommet de Sea Cliff Avenue. Il appuya sa tête contre la vitre et observa la façade.

– Qu'est-ce que tu as fait après mon départ ? demanda-t-il d'une voix distraite.

– J'ai enchaîné les concerts.

– Je n'en attendais pas moins de toi.

– Tu attendais quelque chose de moi ?

– Que tu ne te désespères pas. Que tu ne blâmes pas la terre entière pour ton chagrin ; en fait je ne voulais pas que tu sois triste. Enfin, un minimum, le nécessaire, si tu vois ce que je veux dire.

– Non, je ne vois pas.

– Et après ? Tu ne passais pas tout ton temps dans des salles de concerts.

– Après, il y a eu Sophie.

– Ah oui, Sophie. Et ensuite ?

– Je n'ai pas connu autant de femmes que tu l'imagines.

– Je te demandais ce que tu as fait de ta vie.

– Je suis pianiste, je joue du piano ! Que veux-tu que je fasse d'autre ?

– Je vais te confier un secret et pas n'importe lequel. Comme j'étais chirurgien, j'ai passé la mienne à opérer.

– Tu parles d'un secret.

– Ce que tu es impatient ! Le secret c'est que c'était une belle connerie. Toutes ces journées et ces nuits passées à l'hôpital au lieu d'aller me promener avec toi ou de rire avec ta mère.

– Tu me suggères d'interrompre ma carrière pour aller me balader ?

– Ce que tu peux être ennuyeux, Thomas. Je voudrais simplement que le jour où tu seras enfin heureux, tu songes à tout faire pour le rester. Tu n'auras qu'à te rappeler les occasions que j'ai ratées, penser au temps que nous aurions dû passer ensemble.

– Il est un peu tard pour me faire la leçon, tu ne crois pas ?

– Va au bout de tes reproches, c'est le moment. Je suis certain que tu t'en sentiras plus léger.

Thomas envoya valdinguer d'un coup de pied une canette abandonnée sur le trottoir.

– Tu es parti sans dire au revoir, je n'étais pas prêt.

– Je suis revenu pour ça.

– Tu es revenu pour Camille.

– Je n'ai pas eu le temps de te faire mes adieux, tu parcourais le monde avec ta musique et moi je guettais tes retours, je ne savais pas que mon cœur allait s'arrêter de battre un matin. Demain, je réparerai cette erreur, je te le promets.

– Pourquoi sommes-nous à l'arrêt devant cette maison ? questionna Thomas en se penchant vers la vitre.

– Je suis venu dire au revoir, soupira son père.

– Elle vivait là ?

– Et maintenant elle y repose, répondit-il. Il l'a ramenée chez lui, comme si vingt ans de prison ne lui avaient pas suffi ! Allons-y.

La voiture redémarra pour descendre un chemin qui menait au parking en bordure de Baker Beach. Thomas pria le chauffeur de patienter, il avait besoin d'aller prendre l'air avant de rejoindre le centre-ville.

– Ça, je m'en doutais un peu, répondit le chauffeur en ricanant. Vous n'en auriez pas un peu pour moi ? questionna-t-il en lui faisant un clin d'œil. Je vous fais la course gratuite, y compris l'attente.

– Qu'est-ce que je devrais avoir pour vous ? s'étonna Thomas.

– Vingt minutes que vous parlez avec les oiseaux ; elle doit être drôlement bonne, c'est de la jamaïcaine ? Moi aussi je me sens seul la nuit dans cette voiture, alors je n'aurais rien contre un petit échantillon de ce que vous avez fumé.

– Je préfère vous régler la course, répondit Thomas en ouvrant la portière. Au volant, ce ne serait pas raisonnable.

Raymond s'approcha de l'océan avant de faire volte-face, les yeux rivés sur la demeure devant laquelle ils s'étaient arrêtés ; la façade blanche aux volets bleus se détachait sur la colline.

– Baker Beach sera l'endroit parfait, dit-il. Je m'y promènerai et avec un peu de chance, elle m'apercevra depuis ses fenêtres. Ce n'était pas ce que j'avais imaginé, mais on ne peut pas tout avoir. Et puis reconnais que le panorama est splendide.

– Question de point de vue, grommela Thomas.

– Ne sois pas égoïste. Tu as la vie devant toi, il t'appartient de décider de ce que tu en feras. Mais lorsque tu iras jouer au Symphony Hall, car je sais que tu tiendras cette promesse, viens aussi te promener sur cette plage. Tu penseras à moi et ce sera bien plus joyeux qu'ailleurs.

– Je ne vois rien de joyeux là-dedans.

– Parce que tu regardes par le mauvais côté de la lorgnette. Tu penses à l'absence au lieu de considérer ce qui a existé ; songe à tout ce que nous avons eu la chance de faire ensemble. Tu te rappelles notre virée à bicyclette quand je t'ai emmené visiter les châteaux de la Loire ? Je te faisais pédaler toute la journée, et le soir en arrivant…

– … tu m'emmenais voir les spectacles de sons et lumières. Chambord, Cheverny, Blois, Chaumont, j'avais le derrière en feu.

– Et tu oublies Amboise ! Mais tu restais éveillé tard ; nous en avions tous deux plein les jambes et aussi plein les yeux. Un jour, tu feras ce voyage avec ton fils ou ta fille, et tu pédaleras en jetant tout le temps des regards en arrière. Tu vois, peut-être que c'est aussi simple que cela d'être un père, ouvrir la route et se retourner sans cesse.

Thomas fit quelques pas. Il s'assit sur le sable et scruta la ligne d'horizon. Son père le rejoignit et lui donna un coup de coude.

– On va être en retard à ton dîner. Au fait, je peux venir ?

– Comment te le refuser.

– Je me ferai discret, promis. Je me tiendrai à l'écart. Tiens, je m'accouderai au bar pour épier la conversation de mes voisins, ça me fera réviser mon anglais, j'en ai bien besoin. Va savoir qui je vais rencontrer là-bas.

– C'est comment là-bas ?

– Allez, dépêche-toi, on ne fait pas attendre une femme.

En remontant le chemin, Raymond s'arrêta, affichant son petit sourire malicieux.

– Ramasse ces algues séchées sur le sable, mets-en quelques-unes dans ta poche, tu les donneras à ton chauffeur en lui promettant une soirée inoubliable.

*

Le soir était descendu sur la ville, Manon n'avait pas rempli une page de son cahier d'inventaire.

Ses pensées étaient ailleurs, loin de sa librairie et de San Francisco.

Les chevaux de bois s'étaient transformés en poneys, marchant au pas sur le sable d'une carrière, entraînés par une longe.

Camille agitait distraitement la main quand Manon passait devant elle, et l'homme qui conversait sur le banc en lui tenant la main n'accordait plus la moindre attention à son petit garçon qui avançait fièrement au trot.

On toqua à la vitrine et Manon sursauta en découvrant Thomas qui la saluait de la main.

– Je ne suis pas trop en retard ? dit-il alors qu'elle lui ouvrait la porte.

– Je n'ai aucune idée de l'heure qu'il est.

– Nous dînons toujours ensemble ?

Elle voulait prendre son imperméable, mais Thomas lui fit remarquer qu'il n'y avait pas un nuage dans le ciel. Manon releva la tête et reconnut qu'il n'avait pas tort et pourtant, elle attrapa un parapluie avant de fermer la porte de la librairie.

– C'est tout ? demanda Thomas.

– Qu'est-ce qui est tout ?

– Pas d'alarme ni de rideaux de fer ? La ville est si sûre que ça ?

– Mais si, les deux d'ailleurs, répondit-elle en revenant sur ses pas.

Lorsque le rideau arriva à mi-hauteur, Thomas lui suggéra d'en arrêter la course.

– Quelque chose coince ? s'inquiéta Manon

– Non, une question de dernière minute. Vous vendez des sacs à main ?

– Quelle drôle d'idée, c'est une librairie.

– C'est ce que je me disais aussi. Alors c'est peut-être le vôtre que j'aperçois dans la vitrine.

Manon rouvrit la porte, récupéra son sac, et enclencha l'alarme.

– Tout va bien ? demanda Thomas alors qu'ils descendaient vers le square.

– Depuis que vous êtes arrivé ? Oui, très bien. J'ai réservé dans un restaurant... lequel d'ailleurs ? Ah si, une table pour deux chez Greens, c'est derrière le Musée d'Art Moderne, sur les quais. Cuisine végétarienne, vous n'avez rien contre ? Laitages, œufs, poissons, moi tout me convient, mais j'ai arrêté de manger des animaux, déjà qu'ils passent leur temps à se bouffer entre eux, alors si on s'y met aussi, il n'y en aura plus.

– Je ne crois pas que les vaches et les moutons soient carnivores, répondit Thomas en l'observant, circonspect.

– Exact, mais vous comprenez le principe.

– Vous êtes sûre que tout va bien ?

– Attendez une seconde, j'avais une voiture, normalement je la gare devant la librairie et...

Manon se retourna alors qu'ils avaient déjà parcouru une bonne centaine de mètres.

– Elle y est toujours. Je n'ai rien dit, alors il n'a aucune raison de mettre ses menaces à exécution.

– Quelqu'un vous menace ?

– Pas du tout… une histoire de contractuel qui vous ennuierait à mourir.

Thomas accéléra le pas pour rejoindre Manon qui marchait à grandes enjambées.

– Tout réfléchi, un steak me ferait le plus grand bien, une fois de temps en temps, ça ne compte pas.

– Vous voulez que je conduise ?

Elle ne l'écoutait plus, elle cherchait ses clés dans son sac, et les trouva enfin. Elle ouvrit les portières et pria Thomas de s'asseoir à l'avant de la Prius.

– Vous croyez que c'est mal venu ? questionna-t-elle en bifurquant sur les quais.

– D'avoir brûlé deux feux de suite ? Non, ça arrive à tout le monde.

– De dîner en compagnie d'un inconnu le lendemain des funérailles de votre mère. Mais puisque vous ne m'êtes pas totalement inconnu, j'imagine que ce n'est pas si grave que cela.

– Vous avez passé une sale journée ?

– Pleine de surprises.

– Bonnes ou mauvaises ?

– Allez savoir… et puis je n'ai rien fichu de l'après-midi… donc oui… plutôt une sale journée.

– Concentrez-vous sur la route et nous parlerons de tout cela à table.

Mais Manon bifurqua brusquement et se rangea sur un parking devant d'anciennes casernes.

– C'était un fort, dans le temps, expliqua-t-elle, en descendant de la voiture. Maintenant ces bâtiments abritent un musée, un théâtre, un marché bio et notre restaurant.

Thomas ouvrit la porte de l'établissement et céda le passage à Manon. En entrant, il découvrit son père, accoudé au comptoir, qui lui décocha un clin d'œil. Abasourdi, il ne prêta pas attention à l'hôtesse qui les accueillait.

– Vous préférez dîner avec elle ? demanda Manon.

– Avec qui ?

– La femme au bar. Ça n'a pas l'air de lui déplaire que vous la matiez.

Thomas ne répondit pas et avança vers leur table.

Le serveur leur présenta deux cartes qu'ils étudièrent dans le plus grand silence.

Thomas ne comprenait rien à ce qui était inscrit sur le menu.

– Vous avez une idée de ce qu'est un *cheak pea hush pupple* ? Ou un *urban macro bowl* ?

Manon commanda une salade d'avocat avec du tofu épicé et Thomas s'en remit à ses choix.

– À la mort de mon père, dit-il, je me suis interdit de pleurer, même pendant l'enterrement, et quelques jours après je me suis effondré. Je comprends que vous ayez l'esprit ailleurs, ne vous sentez pas obligée, nous pouvons écourter le dîner.

– Vous êtes bourré de contradictions, lâcha Manon.

– Pourquoi ?

– D'un côté, un parfait gentleman et de l'autre un fieffé effronté.

Thomas fronça les sourcils.

– J'ai dit quelque chose qui vous a blessée ?

– Maman m'obligeait à porter une bombe sur la tête sans quoi je n'avais pas le droit de monter sur mon poney. Je me sentais ridicule, car tous les autres enfants en étaient dispensés. Un petit garçon, qui faisait partie de mon cours, se fichait allègrement de moi, il m'appelait « Noix de coco ». Le même garçon, un peu plus tard, m'offrait sa crêpe alors que ma mère avait oublié son porte-monnaie. Une autre fois, il sautait à pieds joints sur le château de sable que j'avais passé l'après-midi à construire et le lendemain, il m'aidait à en faire un autre. Un jour où je mangeais une glace, il m'a donné un coup de coude et le cornet m'a explosé au nez, provoquant les rires de tout le monde et, pire encore, de ma mère. Ce petit monstre m'a aidée à me relever quand je suis tombée de la balançoire, se précipitant vers Maman pour qu'elle vienne soigner mon genou. Et pendant qu'elle me faisait un bandage, il restait à côté de moi pour me consoler. Maintenant, Thomas, vous allez me dire ce que vous faisiez à son enterrement et pourquoi vous m'avez menti ?

Thomas la regarda droit dans les yeux.

– Un autre été, répondit-il, la petite fille m'a volé mon camion bleu, la benne s'inclinait et elle a fait exprès de la casser, c'était un cadeau de mon père auquel je tenais énormément. Moi, mon père me forçait à me couvrir la tête dès que j'allais au soleil, les autres enfants qui jouaient sur la plage pouvaient s'en passer. Il m'avait acheté une casquette de marin avec une ancre jaune cousue sur la visière, l'humiliation de tous mes après-midi. Une gamine infernale, dont je rêvais pourtant d'être l'ami, m'appelait Popeye pour se moquer de moi. Je vous ai reconnue le premier, dès que je vous ai vue dans ce parc.

– Bravo, mais ce n'est pas la réponse à la question que je vous ai posée.

– Je suis venu, parce que mon père tenait à assister à la cérémonie.

– Votre père qui est mort, donc..., répondit Manon avant de siffler son verre de vin d'un trait. Et il vous avait fait part de ce souhait dans son testament ?

– Non, il me l'a confié lui-même.

– Votre père vous a confié que quand ma mère mourrait, il aimerait que vous le représentiez à son enterrement ?

– Pas exactement, il tenait à être là en personne.

– Mais il est mort...

– Oui, il y a cinq ans.

Manon fit signe au serveur de lui resservir un verre illico.

– Alors pardon, mais un truc m'échappe.

– Si je vous raconte mon histoire vous me prendrez pour un fou, ce qui est dommage d'ailleurs, vous êtes probablement la seule personne au monde avec qui j'aurais pu la partager.

Manon but son verre de vin d'un trait et le reposa sur la table. Elle s'essuya les lèvres d'un revers de la main comme un vrai flibustier et fixa Thomas dans les yeux pour le défier.

Thomas soutint son regard et lui raconta une partie de son histoire, une partie seulement, qui débutait par une étrange cigarette et une apparition fantomatique bien plus étrange encore.

– Je reconnais que ce n'est pas facile à admettre. Moi le premier, j'ai eu beaucoup de mal à me faire une raison, avoua-t-il.

– Votre père est revenu de l'au-delà pour vous demander de l'accompagner aux obsèques de ma mère ? reprit Manon en se faisant remplir son verre à ras bord.

– Si vous voulez mon avis, reprit Thomas, je crois que « l'au-delà » est très différent de l'idée qu'on s'en fait. J'ai essayé plusieurs fois de lui tirer les vers du nez, mais il ne veut rien lâcher, il paraît que s'il vend la mèche, ils le rappelleront sur-le-champ.

– Ils…, dit-elle en faisant claquer sa langue.

– Oui, enfin façon de parler, je n'en sais vraiment pas plus, je vous le jure. Mais si ça peut vous rassurer, Papa n'est pas réapparu en suaire en traînant un boulet derrière lui, ricana Thomas, mal à l'aise.

– Alors… il vous est réapparu comment ? demanda Manon en hachant ses mots. Je vous demande ça par pure curiosité, bien sûr.

– Comme je vous l'ai dit, dans le fauteuil où il avait l'habitude de lire. La première fois, j'entends.

– Son apparence ! insista Manon, ironique.

– Ah… pareil à lui-même, chemise blanche, pantalon de flanelle, et veste cintrée. Mais plus jeune que lorsqu'il est parti.

Manon hocha la tête, se pinça les lèvres et s'offrit une généreuse gorgée de vin.

– Et il a pris l'avion avec vous…

– Heureusement, d'ailleurs. Un passager a fait un grave malaise pendant le vol, nous l'avons sauvé. Enfin, le mérite lui revient, je n'ai fait que suivre ses instructions.

– Comment vous le reprocher… vous n'êtes pas médecin, enchaîna Manon d'un ton hautement sarcastique qui échappa à Thomas.

– C'est ce que ma voisine s'évertuait à dire, mais personne ne l'écoutait. Ça la mettait dans tous ses états, c'était assez marrant, j'avoue.

– Sans blague. Et quoi ensuite, vous avez posé l'avion ?

– Non, mais la suite est encore plus invraisemblable, je ne sais même pas par où commencer.

– Stop ! Arrêtez-vous là, c'est préférable. Avec une imagination pareille, vous devriez changer de métier et vous mettre à écrire. Vraiment, ça ferait un tabac, et c'est une libraire qui vous le dit. Cela étant, ne m'en voulez pas si je ne fais pas partie de vos futures lectrices, la littérature fantastique n'est pas ma tasse de thé.

– Vous ne croyez pas un mot de ce que je vous ai raconté.

– Vous voulez qu'on change de place ? Je vous cède ma chaise et je prends la vôtre ; quand j'en aurai terminé, je vous poserai la même question. Vous me répondrez quoi, à votre avis ?

– Je vous citerai un livre que j'ai lu il y a longtemps.

– Ah oui, et que racontait ce livre ?

– Que certaines histoires qui semblent impossibles peuvent devenir vraies si l'on veut bien y croire à deux. Je peux vous demander quelque chose, à mon tour ?

– Au point où nous en sommes…

– Lorsque nous étions enfants et que nos parents s'aimaient en silence, est-ce qu'on vous racontait le soir des contes où se mêlaient fées et démons ? Vous croyiez à ces créatures aux pouvoirs merveilleux ? Est-ce que vous rêviez à des mondes fantastiques ?

– Oui, comme tous les gosses.

– Alors qu'est-ce qui vous est arrivé depuis ?

– La femme qui me lisait ces histoires m'a quittée, c'était hier, répondit Manon.

– Mon père est revenu pour m'en raconter une autre, et cela m'a rappelé pourquoi j'étais devenu pianiste, alors j'ai voulu le croire de toutes mes forces, au risque de passer pour un dingue. Maintenant, à mon tour de vous demander d'inverser les rôles. Imaginez… Un matin ou un soir, demain, ou dans cinq ans, votre mère réapparaît devant vous et vous demande un service. Un service dont son éternité dépend. Que feriez-vous ? Vous prenez le risque de passer pour une folle ou vous lui tournez le dos ?

Manon demanda qu'on lui resserve un verre, et Thomas lui fit remarquer que c'était au moins le quatrième.

– J'espérais me changer les idées ce soir, et l'homme que j'invite à dîner m'explique qu'il voyage avec le fantôme de son père. Alors je ne pense pas que ce soit une bouteille de bordeaux qui me fasse tomber à la renverse, répondit-elle, néanmoins un peu pompette.

Thomas se retourna brièvement vers le bar, Raymond semblait s'amuser follement à épier la conversation d'un couple en devenir.

Ce petit coup d'œil n'avait pas échappé à Manon.

– Et dire que j'ai eu le toupet de vous faire une scène en entrant tout à l'heure, ricana-t-elle. C'était lui que vous regardiez, bien sûr !

Thomas resta silencieux.

– Je demande l'addition et je vous raccompagne, proposa-t-il.

– Oh que non, la soirée n'est pas terminée et je meurs d'envie d'un dessert.

Manon claqua des doigts pour appeler le serveur.

– J'ai besoin d'un remontant. Ce que vous avez, du moment que c'est au chocolat, et avec deux cuillères s'il vous plaît, et un autre verre de vin. Vous aimez le chocolat ? demanda-t-elle à Thomas.

– Oui, c'était bien lui que je regardais ; j'ai accepté qu'il vienne à condition qu'il nous laisse en tête à tête.

– Votre conviction est désarmante, soupira Manon.

– Je croyais que c'était ma maladresse.

Elle le dévisagea avec curiosité.

– Ma mère et votre père… vous saviez depuis longtemps ?

– Non, il me l'a appris lorsqu'il est revenu et seulement parce qu'il avait besoin que je lui rende ce service.

– Sinon il aurait gardé ce secret dans la tombe, évidemment…, répondit-elle, non sans une certaine ironie. Eh bien alors, mettez-moi dans la confidence, après tout, ça me concerne autant que vous.

– Je n'ai pas grand-chose à vous apprendre, sinon qu'ils se sont aimés pendant trente ans, se retrouvant chaque été ; puis à distance, à compter du jour où vos parents se sont installés ici.

– Ça, c'est la version de votre père, ou encore l'une de vos affabulations ! Rien ne prouve que ce n'était pas un simple moment d'égarement.

– Vous comprenez pourquoi j'ai préféré me taire quand nous nous sommes revus. Je ne vous ai pas menti. Comment auriez-vous réagi si je m'étais présenté et vous avais tout avoué ?

– Je vous aurais prié de repartir sur-le-champ, vous vous en doutiez, et c'est pour cela que vous vous êtes tu.

– Probablement, et je le regrette.

– Pourquoi ?

– Finissez votre dessert, je vous raccompagne, vous n'êtes pas en état de conduire, et puis le passé de nos parents rendrait la suite trop compliquée.

– Quelle suite ?

– Je suis désolé, il n'en fait toujours qu'à ta tête, soupira Thomas en regardant la table voisine.

Manon suivit son regard et éclata de rire.

– Parce qu'il est assis là, maintenant ?

Raymond prit un petit air malicieux en assurant à son fils qu'il allait le sortir de ce pétrin dans lequel il s'était fourré tout seul, et Thomas prononça, une fois encore, des mots qui n'étaient pas les siens.

– C'était un après-midi, le ciel était gris. Votre mère portait une robe bleue à fleurs, vous portiez la même, on aurait dit deux sœurs. Mon père vous avait offert des caramels et votre mère l'avait laissé faire. Ils étaient assis sur un banc et se tenaient discrètement la main pendant que vous jouiez à la marelle. Vous êtes venue vers eux et vous avez demandé qui était ce monsieur. Votre mère vous a répondu : « Un ami d'été, ma chérie. » Alors, vous êtes repartie jouer, insouciante et heureuse. Lorsque l'automne est arrivé, vous avez à nouveau interrogé votre mère sur l'homme qui vous avait offert des caramels. Elle s'est agenouillée et vous a dit la vérité cette fois, vous parlant d'un complice cher à son cœur, vous faisant promettre de garder ce secret. L'année de vos dix ans, vous aviez toutes les chances de remporter un concours de danse, mais vous vous êtes cassé la clavicule en glissant d'une poutre pendant un cours de gymnastique acrobatique. Vous étiez inconsolable et votre mère vous a emmenée au Nouveau-Mexique pour vous changer les idées. Ce voyage entre mère et fille est devenu un rituel et chaque année, au moment de Thanksgiving, vous partiez toutes les deux. Le canyon d'Antelope en Arizona, le Grand Lac Salé en Utah, Yellowstone, La Nouvelle-Orléans, les chutes du Niagara, Bâton-Rouge et le Mississippi, le mont Rushmore, et pour fêter vos seize ans, elle vous a fait visiter Rome et Venise. Vous étiez bonne élève, mais très effrontée, ce qui a fini par vous valoir un renvoi du City College. Votre père a fait une donation et ils ont accepté de passer l'éponge. À quinze ans, vous étiez fan de hockey sur glace et souteniez les Sharks de San José, au lieu des Bulls de San Francisco. Votre mère vous soupçonnait d'être amoureuse de Bill Lindsay, un ailier.

– N'importe quoi, il était affreux, j'étais folle de Todd Harvey et j'avais dix-sept ans ! Et comment savez-vous tout ça ?

Le serveur apporta l'addition dans une pochette en cuir qu'il posa devant Thomas.

– Vous êtes mon invité, c'est ce qui était convenu, rappela Manon en voulant s'en emparer.

Mais Thomas avait confié discrètement sa carte de crédit au serveur, un peu plus tôt. Il signa le reçu et rangea son portefeuille.

– Je ne sais pas comment vous avez réussi ce tour de passe-passe, je n'ai rien vu, protesta Manon.

– Ma maladresse, répondit-il en se levant.

Il s'arrêta devant la table voisine et pria son père de rentrer par ses propres moyens. Raymond soupira et disparut.

Manon ne marchait pas très droit sur le parking et en arrivant à la voiture, elle lança ses clés à Thomas et lui indiqua son adresse.

La Prius remontait California Street. Un silence de plomb régnait depuis qu'ils avaient quitté Fort Mason. Silence que Manon finit par rompre.

– Après tout, pourquoi pas. Chacun fait son deuil comme il peut, si vous avez besoin de continuer à faire exister votre père de cette façon, libre à vous. Moi qui ne bois jamais, je viens bien de me payer une cuite. Demain, je me réveillerai avec une migraine phénoménale qui s'annonce déjà, et plus rien de tout cela n'aura existé.

– C'est ce que je me disais aussi… après le joint.

– Bon, allez, soupira-t-elle en ouvrant sa vitre, comment avez-vous appris toutes ces choses sur moi ?

Ils venaient d'arriver à destination et Thomas gara la Prius le long du trottoir. Il se retourna pour prendre un sac qu'il avait laissé sur la banquette arrière et le posa sur les genoux de Manon.

– Tenez, dit-il, cela vous appartient.

– Qu'est-ce que c'est ?

– Un coffret où mon père conservait les lettres de votre mère. Si vous retrouvez un jour celles qu'il lui écrivait, j'aimerais beaucoup que vous me les fassiez parvenir. Moi aussi je vous ai écrit, un mail, je ne l'ai pas envoyé, de peur que vous ne vouliez plus jamais me parler. Je l'ai recopié, il est au fond du sac.

Manon fixa Thomas et se sentit incapable de prononcer un mot, incapable aussi de comprendre l'émotion qui l'avait surprise au moment de le quitter. Elle avait envie de rester là, qu'il lui parle encore de son enfance, lui fasse d'autres confidences sur sa mère. Elle avait envie de lui poser mille questions, sans insolence, ni scepticisme cette fois, même si tout cela n'avait rien de logique, simplement pour entendre sa voix, pour ne pas rentrer seule chez elle. Mais Thomas ne disait rien, et elle sortit de la Prius avant de revenir sur ses pas, chancelante.

– Je viens de me souvenir que c'est ma voiture.

– Bien sûr, s'excusa Thomas en lui rendant ses clés. Je vous escorte jusqu'à votre porte.

– Je peux me débrouiller toute seule, affirma-t-elle en s'éloignant vers son immeuble.

– J'en doute, répondit Thomas en se précipitant alors qu'elle glissait lentement le long du réverbère où elle s'était adossée.

Thomas l'aida à se relever, patienta le temps que le vertige s'estompe et la soutint quand elle grimpa les marches du perron.

Ils montèrent l'escalier jusqu'au premier étage et Thomas attendit qu'elle ait ouvert sa porte.

– Vous allez réussir à atteindre votre lit ?

– C'est un studio, je devrais y arriver. Attendez, ne partez pas encore, que vouliez vous dire par *le passé de nos parents rendrait la suite trop compliquée* ?

Thomas la regarda fixement, il s'approcha d'elle, et posa un baiser sur ses lèvres.

– Bonne nuit, Manon.

*

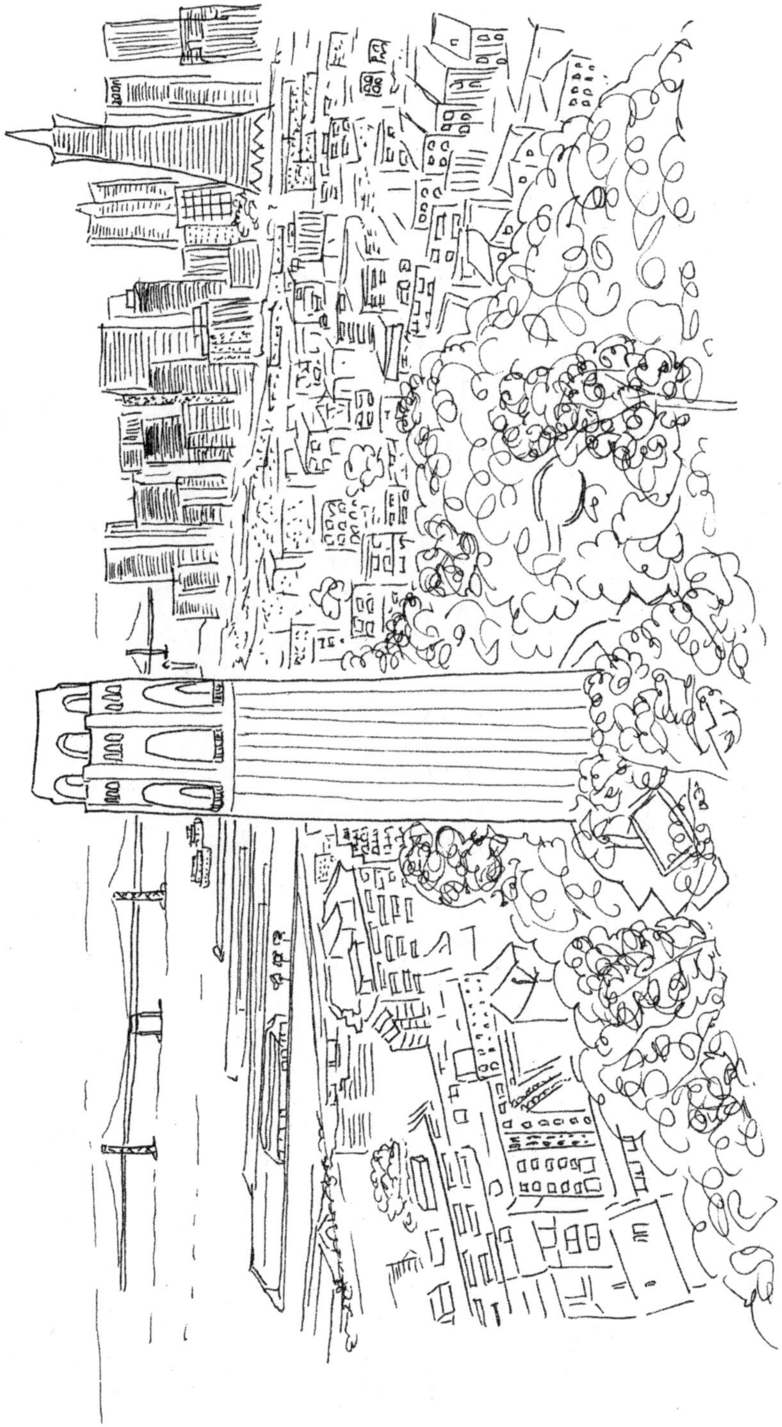

19.

Vendredi, 3 heures du matin

En rentrant chez elle, Manon avait pris une longue douche qui l'avait remise d'aplomb, mais n'avait pas apaisé sa migraine.

Elle avait enfilé un long tee-shirt et s'était assise en tailleur sur le tapis. Elle observa longuement le coffret avant de trouver le courage de l'ouvrir. Enfin, elle inspira profondément et souleva le couvercle.

L'émotion fut vive en découvrant toutes les enveloppes qui portaient l'écriture de sa mère.

Elle s'empara de la première lettre adressée à Raymond.

La date remontait à vingt ans.

Mon amour si lointain et si proche,

Une année a passé. L'appartement où nous sommes installés n'est pas très grand. Comme ma maison de France me manque, bien moins que vous, mais leurs souvenirs sont liés. J'ai fait de ma chambre mon refuge et réuni les souvenirs qui me restent. Quelques photos que vous aviez prises en été. Je les regarde comme on admire un coucher de soleil, éblouie et triste de voir le jour s'en aller, nourrissant l'espoir que le matin reviendra bientôt.

Dans la petite entrée tapissée de moquette, j'ai installé ma bibliothèque en merisier qui porte dans ses flancs tous les livres que j'aime et avec qui j'ai passé tant de soirées, toutes ces lectures dont nous parlions sur un banc. Le living est une grande pièce claire dont les fenêtres donnent sur la baie. Les meubles patinés par le temps y luisent souvent. Le divan est recouvert d'un plaid coloré. Vous souvenez-vous ? Vous l'aviez admiré dans cette boutique de la Grande Rue. Le lendemain, j'étais revenue me l'offrir en cachette. Assise à mon bureau où je vous écris, je peux contempler toute la baie de San Francisco. À droite le Bay Bridge, la colline de Telegraph Hill où domine la Coit Tower, quel drôle de nom n'est-ce pas. C'est une femme peu ordinaire qui l'a fait ériger, après sa mort, figurez-vous. Elle fumait le cigare et portait des pantalons bien avant que cela ne soit acceptable. Elle était une joueuse invétérée et s'habillait en homme pour entrer dans les cercles de jeu qui leur étaient réservés. Une femme admirable dont j'aimerais tant avoir eu le courage et qui légua sa fortune à la ville. Et pendant des années, au sommet de cette tour, les hommes guettèrent l'arrivée des navires. Il m'est arrivé d'y monter, et de guetter aussi. Tout ce que je vous raconte, j'en suis consciente, n'est pas d'un grand intérêt, mais que vous dire sans vous blesser ? Manon se fait à sa nouvelle vie, j'ai tant craint que ce départ précipité ne la perturbe. Elle parle déjà anglais, enfin, disons qu'elle se débrouille admirablement bien. Elle est ma complice et ma meilleure amie, tandis que moi je m'oublie pour être la mère aimante dont elle a tant besoin. Elle a beaucoup grandi, je devine déjà l'étonnante jeune femme qu'elle deviendra un jour. Elle a son caractère, que je tempère souvent, lui cachant avec toutes les peines du monde combien elle me fascine et m'émerveille chaque jour. Elle s'est mise à la danse en arrivant ici, son professeur me dit qu'elle est particulièrement douée. J'espère qu'elle ne voudra pas devenir ballerine, c'est un métier qui impose tant de souffrances, mais si elle le souhaite, je ne m'y opposerai pas, rien ne s'opposera à sa volonté farouche, et encore moins à son esprit rebelle.

Il est 3 heures de l'après-midi, bientôt, j'irai la chercher à l'école. Il fait doux aujourd'hui, mes fenêtres sont ouvertes et j'entends le cliquetis des cable cars qui sillonnent la ville. Quand on y monte, on peut se tenir debout sur les marchepieds extérieurs. Le vent soulève votre chevelure et la sensation est grisante, un peu semblable à celle que l'on ressentait au temps des vieux autobus à Paris, quand on restait sur la plateforme arrière.

Le soir, une odeur d'embruns remonte de l'océan et me transporte loin de ce paysage. Je respire le parfum d'une autre mer où nous regardions ensemble la péninsule qui avançait vers les flots noirs ou les bateaux des pêcheurs rentrant dans le soir.

Vous êtes pour moi celui à qui on peut tout dire, celui qui vous comprend et qui vous aime. Alors je sais que vous comprendrez tout ce que mes mots cherchent à vous dire, même quand ils sont maladroits.

Mon amour, vous qui étiez mon univers, vous savez bien que je ne suis pas partie, puisque votre souvenir est toujours là, comme un chant dans mon cœur.

Camille

Manon replia la lettre et la remit dans son enveloppe. Avant d'en lire une autre.

Mon amour lointain et si proche,

Votre lettre m'a ravie. Je suis passée comme chaque jeudi à la poste restante. Lorsque je m'y rends, je m'imagine être une espionne partant cueillir un message de la plus haute importance. N'est-ce pas le cas d'ailleurs ? Mais personne ne me suit. Manon est au collège, et lui, je ne sais où, tant il voyage.

Je ne veux surtout pas vous inquiéter, mais pour que vous compreniez ce que je m'apprête à vous écrire, je dois vous avouer avoir été récemment prise d'un petit malaise. Rien de grave, je vous le promets. Vous qui êtes médecin, jamais je ne vous mentirai. Mais au moment où je perdais conscience dans la rue, j'ai bien cru mourir. En recouvrant mes esprits, j'ai connu une peur terrible, pas celle causée par ce petit désagrément, mais à l'idée qu'il m'arrive un jour quelque chose sans que je me sois entièrement confiée à vous.

Quand Manon s'endort, ma maison est vide. Vous êtes absent, vous qui, il y a dix ans, me rendiez à ma jeunesse. Je n'étais plus qu'une mère, comblée par sa fille, et ne vivais que pour elle, avec pour seul horizon de la rendre heureuse. Je vivais mes journées au rythme des siennes. L'amenant le matin à l'école et attendant d'aller l'y rechercher. Nous remontions à la maison, main dans la main, puis elle venait s'asseoir près de moi et dessinait jusqu'au coucher. Le mercredi, quand le temps le permettait, nous préparions un pique-nique, et nous nous installions dans le jardin.

Lorsque venait le temps des vacances, il nous arrivait souvent pendant la semaine de dormir ensemble, puisque son père ne nous retrouvait que les week-ends. Un jour d'été, il était midi, il faisait un temps merveilleux, la mer était calme, pas un souffle de vent. Seules quelques vaguelettes languissantes venaient mourir à nos pieds. La plage était dépeuplée, Manon dévorait à belles dents son sandwich, assise dans une barque échouée sur le sable.

Je lisais, quand une voix d'homme dans mon dos a dit : « Si cette petite fille n'avait pas une si jolie maman, je la gronderais. »

J'ai relevé la tête et rencontré votre regard. Je vous ai répondu, presque furieuse : « Et pourquoi ? »

Et vous m'avez dit : « Parce que j'ai passé la matinée à nettoyer ma barque et qu'elle est en train de me la remplir de miettes. »

Vous êtes parti pour revenir un peu plus tard, avec une bouteille de rosé et deux verres. Votre fils suivait un cours de poney dans un manège, non loin de nous, et vous m'avez suggéré d'y inscrire ma fille. Vous étiez si beau, si droit. Vos yeux venaient de faire renaître en moi une femme, morte depuis si longtemps. L'amour ne se commande pas.

J'ai inscrit ma fille aux leçons de poney. Chaque jour nous étions assis sur un banc à regarder nos enfants, et vous respectiez mes silences. Vous avez eu la délicatesse de ne jamais me raconter votre vie et j'en ai fait de même. Ces moments que nous passions ensemble n'appartenaient qu'au présent et à nous. Un jour, Manon s'est approchée de vous et vous a dit : « Je crois que Maman vous aime beaucoup », et j'ai rougi.

La suite, vous la connaissez, mon amour, mais il fallait que je vous dise ce cadeau merveilleux que vous m'avez fait. Manon est devenue une jeune femme et grâce à vous, moi aussi, pour l'éternité.

C'est si dur d'être sage.

Camille

Manon poursuivit sa lecture, durant toute la nuit, jusqu'à la dernière lettre qu'avait écrite sa mère, puis, juste avant de se coucher, elle se souvint des paroles de Thomas.

Elle se précipita vers le sac et trouva le mot qu'il lui avait laissé.

Aux premières lueurs du jour, elle ouvrit sa fenêtre et s'imprégna du parfum des embruns qui remontaient vers elle.

*

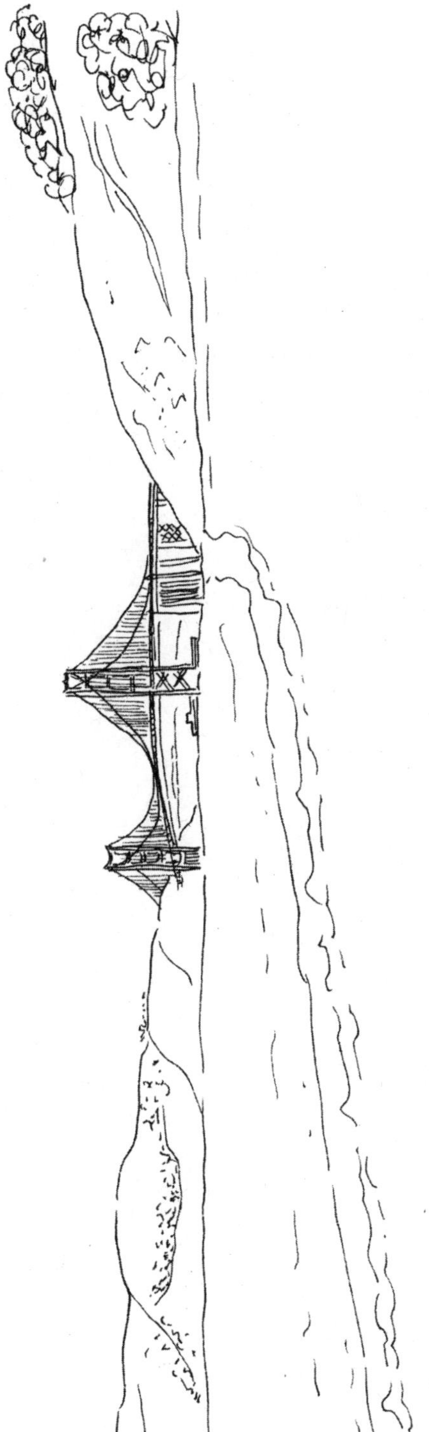

20.

Vendredi, 10 heures du matin

Thomas roulait vers Baker Beach. Raymond, assis à côté de lui, tapota tendrement sa main.

– Nous avons de la chance, il fait beau, dit-il.

Thomas resta silencieux.

– Ta soirée s'est bien terminée ?

– On ne peut mieux.

– On se demande grâce à qui, enchaîna Raymond. Sacrée descente quand même. Mais comment l'en blâmer, tu avais choisi une excellente année.

– C'est toi qui m'as appris à choisir un vin.

– Ah oui ? J'avais oublié.

– Tu vas tellement me manquer, murmura Thomas.

– Je sais, c'est réciproque, mais maintenant c'est moi qui veillerai sur toi. Chacun son tour.

– Tu seras heureux là-bas ?

– Ne t'inquiète pas, j'ai du métier. J'ai passé ma vie à courir après les petits moments de bonheur et il m'est arrivé d'en rattraper quelques-uns, parfois des grands, comme quand tu es né. Je m'en tirerai très bien. Comment crois-tu que j'ai réussi à obtenir cette petite perm ? Tu connais plus débrouillard que ton père ?

– Je connais sa fierté, j'en ai hérité.

– Alors, fais attention à ses excès, mon fils.

La voiture s'approcha au plus près de la plage et arrêta sa course sur le parking désert de Baker Beach. Thomas dit au chauffeur de ne pas l'attendre.

Il ouvrit la portière, attrapa son sac de voyage et fit signe à son père de le suivre.

Ils avancèrent tous les deux sur le sable. Raymond fit un tour d'horizon et désigna une dune.

– Là-haut, ce sera idéal, dit-il.

Thomas commençait à y grimper quand son portable vibra dans sa poche.

– Où es-tu ? demanda Manon.

– À Baker Beach, répondit-il.

– Je serai là dans vingt minutes au plus.

– Je crois qu'il vaut mieux que je sois seul.

– Je sais ce que tu t'apprêtes à faire, j'ai lu ta lettre.

– Et tu appelles quand même le fou qui l'a écrite ?

– J'ai rencontré un pianiste. Il m'a promis qu'une histoire, aussi folle soit-elle, pouvait devenir vraie si l'on y croit à deux. J'ai envie qu'il tienne cette promesse. Tu étais là pour Maman, je serai là pour ton père, attends-moi.

Depuis le sommet de la dune, Raymond admirait la ligne d'horizon. Thomas le rejoignit et s'assit près de lui.

– On ne fait pas patienter une femme, mais nous, nous passons notre vie à les attendre, c'est mal foutu, que veux-tu.

– Parce que tu écoutes aussi mes conversations téléphoniques !

– Je n'y suis pour rien... la voie des ondes... Tiens, d'ailleurs, c'est étrange, j'entends comme une musique dans ma tête.

– C'est une mélodie que j'ai composée cette nuit.

– Parce que tu composes, maintenant ?

– Depuis toujours mais je n'ai jamais rien fait écouter à personne.

– Tu as tort, c'est très beau, on dirait le refrain d'une chanson. Tu as pensé à lui donner un titre ?

– *Ghost in Love*, répondit Thomas.

Raymond le regarda avec ce petit sourire en coin dont il usait et abusait pour cacher ses émotions.

Et ils restèrent tous les deux côte à côte, dans le plus grand silence. De temps à autre, Thomas consultait sa montre et son père lui répétait chaque fois de ne pas s'inquiéter, elle était en chemin. Et plus le temps passait, plus Raymond se montrait ragaillardi.

– La voilà, s'exclama-t-il soudain, lève-toi pour l'accueillir, c'est la moindre des choses et époussette tes bas de pantalon, ils sont couverts de sable.

Manon était vêtue d'un jean noir et d'une chemise blanche cintrée à la taille. Elle portait à l'épaule un grand sac en lin qui ajoutait une touche élégante à son apparence délicate.

Elle grimpa la dune et arriva essoufflée au sommet.

– J'ai roulé aussi vite que je le pouvais, dit-elle en posant son sac à côté de celui de Thomas.

Il la regarda sans dire un mot et Manon lui rendit son baiser de la veille.

– Tu avais raison, je me suis souvenue de tout. J'ai lu cette nuit les lettres de Maman, ton mot aussi et…

Elle contempla les sacs à leurs pieds, dont les lanières s'étaient mêlées.

– …Je ne sais vraiment pas comment m'y prendre pour exaucer leur vœu, poursuivit-elle.

Thomas se pencha et sortit l'urne de son père. Manon l'imita et prit celle de sa mère.

– Je suis allée la chercher chez elle, pour ce dernier voyage. Papa ne voulait rien entendre, je ne lui ai pas laissé le choix. Nous nous sommes disputés, il m'en voudra pendant des semaines et puis il se calmera. Il n'a jamais su résister longtemps à sa fille. Est-ce que l'on doit prononcer quelques mots ? demanda-t-elle un peu inquiète.

Raymond fit comprendre à Thomas que ce n'était pas la peine, le temps pressait. Mais cette fois, c'est Thomas qui n'en fit qu'à sa tête.

– Personne ne peut exiger de nous qu'on enterre deux fois de suite nos parents, même pas eux. Nous allons procéder de façon beaucoup plus joyeuse.

– Il est là ? questionna Manon.

Thomas répondit d'un regard. Raymond les observait, l'impatience se lisait dans ses yeux.

– Et Maman, tu la vois ?

– Non, mais il me fait signe qu'elle est bien là, elle aussi. Ouvrons les urnes, il ne tient plus en place.

Ce qu'ils firent avec d'infinies précautions. Thomas versa les cendres de son père dans l'urne de Camille et déclama à haute voix :

– Par les pouvoirs que vous nous avez conférés, nous vous déclarons unis pour l'éternité.

Manon le dévisagea, presque amusée.

– Tu as oublié de leur dire qu'ils pouvaient s'embrasser, c'est la coutume, ajouta-t-elle.

Alors, Thomas secoua l'urne, comme son père le lui avait demandé.

Au moment où Manon dispersa leurs cendres, la silhouette de Camille apparut sur la plage.

Radieuse, elle rejoignit son ami d'été et l'enlaça fougueusement.

– Je crois que pour le baiser… c'est chose faite, témoigna Thomas.

Camille et Raymond se tournèrent vers leurs enfants, ils semblaient tous deux si heureux que Thomas se surprit à sourire. Manon ne le quittait pas du regard.

Leurs silhouettes s'effacèrent peu à peu. Juste avant de disparaître, Raymond pria Camille de l'excuser un instant, il avait une dernière chose à confier son fils, quelques mots qui vaudraient pour eux deux.

Il s'approcha de Thomas et lui chuchota à l'oreille :

– Je sais ce que je ne t'ai jamais assez dit. L'essentiel était là et la réponse à ta question si évidente que je me demande comment j'ai pu mettre autant de temps à la trouver. La pudeur peut bien aller au diable, moi j'irai au paradis puisque je t'aime, mon fils. C'était cela d'être un père et je suis le tien pour l'éternité tout entière.

*

Épilogue

Trois avions et un jour plus tard, Thomas avançait sur la scène de l'Opéra de Varsovie et s'installait derrière son piano.

Ce soir, il jouait à nouveau Rachmaninov, mais le *Concerto n° 2* l'emmenait bien au-delà des plaines de Russie, à l'autre bout du monde, sur une plage de Californie, à Baker Beach.

Lorsqu'il attaqua le deuxième mouvement, il fit une fausse note qui scandalisa le chef d'orchestre.

Thomas n'avait pu résister à l'envie de jeter un œil vers la salle.

Manon était assise au troisième rang.

Remerciements

À

Raymond.
Pauline, Louis, Georges et Cléa.
Danièle et Lorraine.

Susanna Lea.
Emmanuelle Hardouin.
Cécile Boyer-Runge, Antoine Caro.
Juliette Duchemin, Sandrine Perrier-Replein, Lætitia Beauvillain, Sylvie Bardeau, Lydie Leroy, Joël Renaudat, Céline Chiflet, toutes les équipes des Éditions Robert Laffont.
Pauline Normand, Marie-Ève Provost, Jean Bouchard.
Léonard Anthony, Sébastien Canot, Mark Kessler, Xavière Jarty, Julien Saltet de Sablet d'Estières, Carole Delmon.
Devon Halliday, Noa Rosen, Kerry Glencorse.
Brigitte Forissier, Sarah Altenloh.
Djohr Guedra.
Éric et Miguel.
Gilles et Carine.

www.marclevy.info
www.laffont.fr
www.versilio.com

Et pour m'écrire, une seule adresse :
marc@marclevy.net

Ce volume a été composé et mis en pages
par *ÉTIANNE COMPOSITION*
à Montrouge.

FSC
www.fsc.org
MIXTE
Papier issu de
sources responsables
FSC® C103567

L'Éditeur de cet ouvrage s'engage
pour la préservation de l'environnement
et utilise du papier issu de forêts gérées de manière responsable.

MARQUIS
Québec, Canada

Imprimé au Canada